U0115413

新加坡华文教研中心华文教学研究丛书

深入教学
——新加坡华文特级教师的教学实践与反思

主编　陈志锐博士

目次

苏序／令人惊喜的深邃反思……………………………苏启祯　　1

陈序／培养先研－后证－再教的教研思维，

期待研究型的华文教师……………………………陈志锐　　3

辑一　教材与评估

纵横三十年：新加坡小学华文教材框架设计与

体系的变迁………………………………………黄黛菁　　3

从新旧教材的编写看新加坡中学华文（快捷）

课程语文学习系统的建立………………………吴宝发　　43

探索新加坡小学口语互动教学

——以小学华文教材为例………………………黄黛菁　　87

新加坡小学低年级华文科全面性评价的尝试

——对几个个案的思考…………………………周凤儿　　113

新加坡中学华文评估方式的改变为课堂教学

带来的挑战………………………………吴宝发　张曦姗　147

辑二　教学探讨

（1）口语教学

从高中 H1 华文新评估方式重新审视口语教
学法 ………………………………………………… 张曦姗　177

浅谈适合多语家庭背景学生的口语课程设计
——基于小学导入班校本研究经验与反思……… 郭秀芬　197

转型中的新加坡小学口语教学法刍议
——以小学口语互动能力教学配套之教学法
为例 ……………………………………………… 郑迎江　227

（2）书面语教学

思维与写作的中间站
——"思维模板"的设计及其在写作教学中
的应用 …………………………………………… 洪瑞春　253

新加坡和台湾报章语料分析与华文教学的思考 ·· 谢瑞芳　277

（3）其他教学探讨

跨国界的学习——教学示范课的经验与反思…… 林季华　319

初探通过保罗思维模式培养新加坡中学生的
批判性思维能力……………………………………… 陈玉云　343

新理念，新设计

——电影教学配套设计与教学……………………洪瑞春　367

教学目标的设定与表述刍议

——反思教案设计比赛参赛作品………………林振南　395

新加坡"领袖教师"与教师的专业成长

——以课例研究为例……………林季华　谢瑞芳　林振南　437

作者简介……………………………………………467

主编简介……………………………………………471

苏序 / 令人惊喜的深邃反思

首先，我谢谢志锐博士这个先读为快的机会。这本书带给我的是惊喜。

先说喜。作者都是学有专长、经验丰富、热爱华文的华文特级教师。他们们在繁忙的公务之外，抽出宝贵的时间，结合实际的经验和深邃的反思，写成这些文章，给华文教师开拓新的道路。课题都和今后新加坡的华文教学有密切关系，而不是无的放矢，确实难能可贵。文章写来，都能旁征博引，中外兼顾，不乏理论根据。

再说惊（这里作担心解）。正因为这些文章有相当高的学术性，可能不是一般华文教师所期待的，或是一读即通的。目前，华文教师需要的是针对课堂教学的具体提示和指导，帮他们解决和处理日常遇到的教学问题。话说回来，华文教师对本书的文章会感到兴趣的，相信也不乏人在；他们也可写下经验和反思，做出类似的贡献。

教师的任务是教学，这无可疑义。然而，针对教学进行反思，是教学工作的有机部分。结合经验和反思是改进教学的途径，而写成文章和同道分享，也是一种乐趣。华文教学

所面对的问题，需要互相研究，共同探讨。我恳切希望特教
们的这些文章，能引发华文教师的兴趣和反响。果真如此，
受益的是华文，受益的是学华文的孩子们。

研究顾问　苏启祯博士

新加坡华文教研中心

二〇一四年八月

苏启祯博士，从事师资训练及教育研究经年，并担任教育部要
职，曾任南洋理工大学国立教育学院实用教育研究所所长及心理
学系高级院士。苏博士曾担任新加坡教育部，国防部，文化部，
与社会发展部评估与调查顾问，现为南洋理工大学新加坡华文教
研中心研究顾问。苏博士专长于教育研究法、教育统计，教育评
估，与创意心理学。

陈序／培养先研-后证-再教的教研思维，期待研究型的华文教师

本书《深入教学——新加坡华文特级教师的教学实践与反思》是南洋理工大学新加坡华文教研中心丛书的最新出版作品，标志着教师专业和研究上的又一次提升。我们策划并出版此套丛书的的主要目的，在于展示与分享华语文以及华文教学的学术研究与文章，探讨能活络华文作为二语课堂教学的理论与方法。本书即展示与分享了肩负领导责任的新加坡华文特级教师在这方面的努力与尝试，以及他们在实践中所累积的经验与反思。

从二〇〇九年到二〇一四年的五年多以来，为了确保教学法的培训课程内容具实用性和科学性，新加坡华文教研中心以及所有华文特级教师都已在本地中小学里头与学校教师、中心的研究员一起携手展开教学法的实验，身体力行地落实"先研－后证－再教"（research - verify - teach）的教研理念。作为新加坡华文教研中心的教研指导方针，"先研"就是先展开研究工作，包括文献与理论的梳理、教学策

略的设计等。"后证"就是在理论研究之后，即刻展开教学现场的干预与观课、后续的反思与评估、以及进一步的验证，方法可以是在其他学校、其他班级、其它类型的受众身上尝试所研究的策略，以期策略的改善与普及。"再教"就是把理论研究和实际干预及验证后的有效策略制作成教学配套，并以此针对教师进行培训，提升教师的专业能力。我们期待通过严谨的"先研—后证—再教"的教研过程，可以培养、锻炼出"以研带教"的特级教师和接受培训的华文老师，最后逐步朝"学习型"以及"研究型"教师的目标迈进。

所谓的"研究型教师"（teacher-researcher），指的就是具有基本的研究能力、清晰的科研意识，并自觉地在教学实践中探索相关的教育现象和教学法的改进，同时有能力自主地进行教研反思、利用改进后的科研成果和教学法提高个人，甚至是学校与校群的教学成效的教师。近十多年来，在新加坡教育部、国立教育学院和新加坡华文教研中心等机构的配合与推广下，教育研究（Educational Research）已经成为新加坡教育体系内的常态。再加上各校专业学习社群（Professional Learning Communities, PLC）的大力推广，教师们开始熟悉好些研究方法和模式，其中就包括行动研究（action research）、课例研究（lesson study）、设计型探究（design research）等，而这些研究模式的推广和普及，已经逐渐引领我们教师踏入教育科研的领域，对我国教师和教学的专业提升产生了关键性的影响。

本书其实就是为特级教师所提供的一个展示"先研—后证—再教"的反思平台，也可以是新加坡以及其他国家华文教学同道的一个交流与分享华语文教学科研成果的起点。这个平台不应该只局限于纸本的论文集，而是可以从这个起点延伸至教师之间的专业沟通和深入交流。通过这本论文集的书写与阅读，我们真诚地希冀教师同道们在交流和互动中彼此借鉴"研证教"的经验，吸收最新的教学理念。如此一来，我们便可以扩大视野，在专业水平上获得提升，共同促进华语文教学的发展。

此书的出版是新加坡华文特教们努力的结晶、长年实践后的反思，更是他们辛勤为教师培训、积极为校群提供咨询、忙碌工作之余的首次集体结集出版。在新加坡教育史上，在所有的教学科目当中，由特级教师联合出版学术性论述，甚至可能是第一回，所以不能不说是一项小创举。对于我们华文特级教师以身作则带头参与教研工作并展开学术论述的撰写，我们除了给予充分肯定和高度评价之外，亦要提供大力的支持，同时也诚挚地盼望各界多多鼓励并提供建设性的意见，以期教师们未来的研究与出版工作做得更完整周全。

我深信，像这样的科研成果的结集付梓，就是我们千里之行的足下，更是我们迈向"先研—后证—再教"研究型华文教师的一个令人充满期待的开始！大家共勉之。

陈志锐

谨志于南洋理工大学新加坡华文教研中心洞天阁

二〇一四年五月十五日

辑一

教材与评估

纵横三十年：新加坡小学华文教材框架设计与体系的变迁

黄黛菁

提 要

自建国以来的将近半个世纪，新加坡的华文教育经历了几次重大的调整和改革。本文重点关注一九七九年起至今（2013）所使用过以及正在使用的四套华文教材，就其各自的知识体系和结构特点等方面对语文技能学习的关系进行探讨。

根据新加坡小学华文教材框架设计与体系的变迁，四套教材在语文知识体系的方面，对于听说读写四项语言技能的强调重点不同，这与当前教育越来越全球化的趋向密不可分。在结构方面，可以看到从教材演变中逐渐呈现出对于学生自主认知能力的培养，本文通过分析法比较四套教材中具有传统价值观的课文在各年级的分布情形，说明传统文化是华文学习的根基。

教材编制的程序一般是政策、课程纲要／标准、教材与评估。新加坡在教材编制程序一般是政策先行，然后按实际需要来考虑课程纲要／标准，教材或评估的编制程序。本论文总结显示，无论编制哪一套教材都应该从学生的实际能力出发，考虑其教学价值。教材从主题单元编制，重视学生的个别差异，内容趋向生活化、趣味化，达到互动的效果。

现行的小学华文教材由于采用了"单元模式"的形式来编纂，与以往教材的编写方式不同。本论文结合四套教材加以分析，着重从教师使用的角度对这四套教材进行比较，并总结其各自特点，以作为未来的教材编写和课程改革之鉴。

关键词：小学华文教材、教材框架设计、变迁、教材编制

一　引言

　　从一九七九年至二〇一三年的三十四年时间里，新加坡的华文教育政策经过了五次重大的改革。这包括：一是一九七九年《吴庆瑞报告书》，属于教育制度的全面性改革的一份文献；二是一九九二年的《王鼎昌报告书》；三是一九九八年《李显龙政策声明》；四是二〇〇四年的《华文课程与教学法检讨委员会报告书》；五是《2010 母语教育检讨报告书》。上述教学改革报告书都对小学教育制度、方针提出许多主张和要求，遵照报告书的建议和要求，小学的教材也随之改变来配合学生的学习能力与需要。

　　一九七九年的《吴庆瑞报告书》指出，语文教学必须依据学生的能力高低而安排适当的课程。报告书建议根据学生的学习能力分别编入三种语文课程，它们是英文华文均为第一语文（EM1）、英文第一语文华文第二语文（EM2）、英文为第一语文而华文只上会话课（EM3）。为了照顾学生的个别差异，当时的小学华文课程除了原本一年级至六年级的普通课程，还建议增加四年级至八年级的延长课程。[1]一九七九年的《吴庆瑞报告书》公布后，教育部除了修订课程标

1　新加坡教育部：《吴庆瑞报告书》（新加坡：教育部课程发展署，1979 年）。

准，也根据报告书的建议改进教材。由洪孟珠担任组长的小学华文教材组也在一九七九年底出版了以句型教学为主的小学一年级（上册）学生读本。

一九九二年的《王鼎昌报告书》要解决的问题是如何创造一种可以让离校学生继续使用华语的环境和奠定学童的华文基础。报告书建议放宽进入 EM2 课程的条件，并开设以母语为主要教学媒介语的 EM3 课程。《王鼎昌报告书》也建议提早在小四以前教导汉语拼音，重新编写华文教材，以符合最新的语文教学趋势。[2]由于政策的改变，一九九四版的《好儿童华文》教材的内容多样化，包括民间故事、历史故事、神话和诗歌等。

一九九八年的《李显龙政策声明》急于解决的问题是如何培养具有双语双文化的学生、如何教育学习华文有困难的学生，制定一套适合学生程度的华文课程。[3]《李显龙政策声明》发表后，教育部首先删减内容比较深奥的课文，并于二〇〇一年出版新的华文教材《小学华文》小学一年级上册。教育部于二〇〇二年发布新的课程标准，小学华文教材组继续编写一下至六下的教材。

二〇〇四年的《华文课程与教学法检讨委员会报告书》建议采用单元式的教学模式，为不同语言背景的学生制定不

2　新加坡教育部：《王鼎昌报告书》(新加坡：教育部课程发展署，1992 年)。

3　新加坡教育部：《李显龙政策声明》(新加坡：教育部课程发展署，1998 年)。

同的学习进度。报告书认为语言背景不同的学生学习起点不同，建议采用差异教学法照顾学生的差异，根据学习的需要为学生制定一套适合的华文课程。[4]华文单元教学模式课程分成导入单元、核心单元、强化单元和深广单元。单元教学模式灵活性较大，教材的编写员在编写教材时有更大的选材空间，避免教材内容流于千篇一律。

二〇一〇年的《母语检讨委员会报告书》建议教学和考试更紧密地接轨，制定一套鉴定母语能力的指标，更精准地反映个别学生所掌握的沟通和互动技巧。针对加强母语的教学，委员会建议调整教学与评估方式，让学生有效地使用母语；为不同能力的学生提供资源，以强化学习；营造有利于母语学习与使用的环境。[5]为了让学生更好地掌握沟通和互动的技巧，小学教材组于二〇一一年加强一年级和二年级课本后面的"听听说说"部分，为华文老师编写了"口语互动配套"，让学生在课堂里有更多机会使用母语进行交流和互动。

综合五个报告书的建议，笔者认为教育制度必须考虑到学生的语文能力，因材施教。华文教材虽然根据课程大纲编写，但也应该定期审查教学效果。教材的编写员可以到学校去，了解教师的反馈，也了解学生的反应和学习兴趣。

4　新加坡教育部：《华文课程与教学法检讨委员会报告书标准》（新加坡：教育部课程规划与发展司，2004 年）。

5　新加坡教育部：《2010 母语检讨委员会报告书》（新加坡：教育部课程规划与发展司，2007 年）。

　　每套教材都有可取和不足之处，若能根据报告书的建议，借鉴文献综述中的教育理论、教学理念、教学思路和编写经验，从教材内容、课程编排、教学设计、评估检测等方面具体地、深入浅出地对新加坡的小学华文教材进行分析与研究，探索适合新加坡学生的有效华文教材。

二　小学课程目标的变动

（一）课程目标

1 培养语言能力

　　华文课程是以"理想教育成果"为宗旨，以"核心技能与价值观"为基础，兼顾国民教育、思维能力、资讯科技、社交技能与情绪管理的学习等方面，从而拟定课程总目标。[6]

　　华文课程的总目标包括培养语言能力、提高人文素养和培养通用能力。

　　华文教材的主要目标是培养学生的语言能力，让学生能听懂日常生活中的一般话题，能以华语与人交谈；能阅读适合程度的儿童读物，能主动利用各种资源多阅读；能根据图意或要求写内容较丰富的短文，能在生活中用华文表达自己

6　新加坡教育部课程规划与发展司：《小学华文课程标准》（新加坡：教育部课程规划与发展司，2007 年）。

的感受；能综合运用听、说、读、写的语言技能进行学习，与人沟通。

2 课文语篇编制

课文为教材的主体。课文内容是否丰富多彩、生动有趣、有实用价值，都是课文语篇编制的关键。通过课文的学习，学生能认识华族文化与传统道德价值观。

课文语篇编制包括主题单元、选文式和传统道德价值观。根据一九七九、一九九三、二〇〇二和二〇〇七的课程标准，四套教材的选材原则和选材范围大致相同，主题内容充实，思想正确，富有教育意义，适合儿童心理和生活经验。

（1）主题单元

根据一九七九《华文课程纲要》，《小学华文教材》的取材较广，教材的主题包括适合儿童心理的儿歌、诗歌、谜语、科幻故事；能培养公民意识，启发爱国思想及促进民族团结的名人故事、传记；介绍东方传统文化价值观的历史故事、民间故事以及介绍新加坡各民族文化、生活及风俗习惯的作品等。

根据一九九三年《小学华文科课程标准》拟定的课程总目标，《好儿童华文》兼顾语文技能训练、华族传统文化与传统价值观的灌输。教材的选材范围以八大主题及其副题为依据，作为课文语篇编制的主题单元。

表一　《好儿童华文》教材的八大主题[7]

	主题	副题
1	人际关系	个人、家庭、学校、朋友
2	卫生与个人健康	整洁、好习惯、个人卫生、居住环境、体育活动
3	社区与国家	邻里、社区、国家
4	华族传统文化与传统价值观	华族传统节日、谜语、儿歌、寓言故事、民间故事、成语故事、历史故事等
5	外国文化与事物	外国文化、风俗习惯、奇闻趣事、名胜等
6	自然世界	植物世界、动物世界、人与自然景象、环境生态、自然灾害等
7	科技天地	科学常识、科学发明、医药及用途、高科技产品、科技对人类的影响
8	想象与幻想	神秘物体，如飞碟、外星人等 幻想事迹，如传奇故事、梦游仙境

　　《好儿童华文》为了让学生接触多方面的教材，以主题为纲，围绕主题编写教材，每个单元都有一个主题。由于选题的种类很多，教材的内容和字词的难易度也受影响。

7　新加坡教育部课程发展署：《小学华文课程标准》（新加坡：教育部课程发展署，1993 年）。

　　根据二〇〇二年的《小学华文课程标准》，《小学华文》教材主题环绕五个主题编写：以人为本、家庭为根、社会为先、胸怀祖国和放眼天下。编写者把教材分为特定篇章和一般篇章两大类。特定篇章是指以传授文化为主的篇章，一般篇章指的是以教学生活语言为主的篇章。这两种篇章的百分比各占一半，各类篇章的比例如见下表。

表二　《小学华文》教材的五大主题[8]

序号	主题	基础华文		华文	
		特定篇章	一般篇章	特定篇章	一般篇章
1	以人为本	10	15	15	10
2	家庭为根	10	15	10	15
3	社会为先	10	10	10	10
4	胸怀祖国	10	10	10	10
5	放眼天下	5	5	5	5
	共计（%）	45	55	50	50

　　《小学华文》编制的教材以语篇为主体，以主题单元为组织形式，除了根据课标编写教材，也采用过去教材中的佳作名篇。以及一些浅白的本地和外地文学作品。

8　新加坡教育部课程规划与发展署：《小学华文课程标准》（新加坡：教育部课程规划与发展署，2002年）。

根据二○○七的课程标准，教材的编写必须体现课程理念，实现课程目标。教材的主题内容应有利于激发学生对华文和中华文化的兴趣，培养爱国意识和树立正确的价值观，以及增强学生的自学能力和思维能力。

二○○七年版的《小学华文》是由新加坡教育部课程规划与发展司和中国人民教育出版社与课程教材研究所共同编写的。教材采用单元模式，根据不同类型的学习对象，进行差异教学。教材中的核心单元是所有的学生必须修读的，华文程度较弱或需要帮助的小一、小二学生可以修读导入单元和核心单元，小三和小四的学生可以修读强化单元和核心单元。能力强的学生可以修读核心单元和深广单元。

校本单元的内容是根据学校和学生需要而定，不受限制。

经过详细地分析四套教材中课文的内容，笔者把教材的内容分成六个主题单元：品德陶冶、生活情趣、哲理启发、乡国意识、文化素养和人际沟通。

（2）单元系统的设计

单元系统的设计是从学科为本，走向学生为本。语文教材的主体是选文。将若干选文组合成单元，若干单元组合成教材，这是长期以来人们已经习见的现代语文教材的基本结构方式。教材单元，就是把教学内容的各种元素按某种标准加以集中而构成的单位。在我国，语文教材组织从选文的单篇排列，到将选文组合成若干单元，再由单元组成教材，是语文教材走向现代化的一个显著标志。

现代教材理想的单元组合，应该具有怎样的特征？即以关注学习者的发展为核心来组织课程和教材单元，实际上，为我们提示了语文新教材在选文－单元系统方面的发展方向。这一发展方向，就是教材编制中以学生为本的思想，即现代的教材编者必须将学习主体——学生装在心中，一切设计均要符合学生学习语文的认知特点和他们的心理发展规律；从教材"教"的角度说，也应有利于学生的积极主动的学习，服务于学生这个主体。

多年以来，新加坡小学语文教材单元的组合和呈现，大体都以选文阅读为主，再与其他语文学习内容相组合。在阅读选文的单元编排上，主要采取了按人文主题（或话题）编排、按活动板块编排、按语言功能和学习方法编排三种：

第一，按人文主题（或话题）编排

阅读选文的单元编排关注语文与外部世界和学生主体发展之间的联系，就会在更为宽广的视野中认识语文学科，于是出现了按生活内容或人文主题（话题）编排单元的教材，以及按学习活动的方法策略等编排的教材。这类教材着眼于语文学科内容与广阔生活（客体）、学生已有经验积累（主体）的联系，展示语文学习的方法和过程，致力于学生语文知识和能力的自行建构。

第二，按活动板块编排

这种结构的特点是以选文为中心，围绕选文设计学习提示、加上注释、配以练习，以听说读写中的某一项单项训练为主。活动板块结构则打破了这种传统的单一结构，不强调教材内容的系统性和完整性，在选材上"敢于跳跃"，选文在板块结构中变成了一种为语文学习活动服务的"例子"。

第三，按语言功能和学习方法编排

阅读选文之间的组合关系。为了减轻学生的学习负担，体现学习内容的重点、教学方法的讲读与自读、阅读策略的精读与略读之间的轻重关系，多数教材将选文按语言功能和学习方法编排。例如，阅读与写作、口语交际、综合性学习之间的组合关系。两者可以分编，也可以混编，多数教材都选择混编型。一般教材编者的处理，都以阅读选文为重点形成单元，而将其他教学内容分别插排在各个单元之中，从而体现了教材编排的综合性和简约化。

四套教材的选文方式不同，改编选文的依据也各异，课文的改编可以根据生词的多寡，篇幅长短，是否融入传统价值观而定。选文的来源体裁多样，可选自经典儿童文学、历史故事、新闻和作文、童话故事、语言故事、诗歌等。教材的选文也应能体现本土特色，联系学生的生活经验。

（二）课程目标的不断完善与稳定

最初的统编教材的课程目标与后来的课程目标还是有所差异的。先看下表。

表三　四套教材课程目标分布情形

课程目标	1979	1993	2002	2007
语言能力	√	√	√	√
传统道德价值观	√	√	√	√
提高人文素养	√	√	√	√
通用能力	-	√	√	√

通用能力包括思维能力、自学能力、社交技能与情绪管理能力和借助资讯科技进行学习的能力。现行的教材特别重视通用能力，配合二十一世纪技能教育的需要；另一方面也注重人际沟通与口语互动的能力。

（三）课程目标对教材编制内容的影响

新加坡是一个多元种族、多元文化和多元宗教的国家，各民族之间的和睦共处和传统的价值观是很重要的。四套教材的内容有很多是属于传统价值观的纲目，如：以四套小一

至小六教材为例，把每套教材中具有传统价值观的课文逐课
找出来。从表一到四中得知，除了一九七九年一年级，所有
的教材都很重视传统价值观，所占的百分比都很高。

表四　具有传统价值观的课文在各年级的分布情形

课程目标	1979 教材	1994 教材	2002 年	2007 年
一年级	4.16% (2/48 课)	30% (12/40 课)	56.25% (18/32 课)	43.33% (13/30 课)
二年级	37.50% (18/48 课)	35% (14/40 课)	40.63% (13/32 课)	50% (22/44 课)
三年级	44.44% (16/36 课)	30.56% (11/36 课)	47.5% (19/40 课)	40% (16/40 课)
四年级	75% (21/28 课)	40.63% (13/32 课)	55% (22/40 课)	15% (6/40 课)
五年级	27.50% (11/40 课)	16.67% (6/36 课)	34.38% (11/32 课)	58.33% (21/36 课)
六年级	37.50% (15/40 课)	34.38% (11/32 课)	50% (12/24 课)	65% (13/20 课)

以上只是总体分布情况。归结到各个年级里，反映传统
价值观的课文分布并不均衡。以下笔者详细列出一至六年级
各年级里这类课文的篇目，以便大家参考。

表五　一年级篇目

1979年	1994年	2001年	2007年
12.3 我爱妈妈（孝亲）	1.1 我是新加坡人（爱国）	2.2 我起床了（礼貌）	1 核心 上学校（礼貌）
12.4 小华是个好孩子（勤劳）	2.1 我的家（爱家）	2.4 穿新衣（孝亲）	1 深广 上学歌（爱学习）
	4.3 好朋友（友情）	3.3 我们是同班同学（友情）	7 核心 我们都爱新加坡（爱国）
	4.4 当我们同在一起（友情）	3.4 十个好朋友（友情）	7 阅读 国旗国旗我爱你（爱国）
	5.1 两个宝（尊老）	4.2 小猫跳上墙头（不灰心）	7 深广 国庆到（爱国）
	5.2 伯伯·叔叔·姑姑（尊亲）	4.3 好爸爸 好妈妈（孝亲）	8 核心 是你们啊（爱干净）
	5.3 不分我和你（分工合作）	4.4 外婆来我家（孝亲）	8 阅读 家（爱家园）
	5.4 到外婆家去（孝亲）	5.3 你不要怕（勇气）	8 深广 蛙（爱家人）
	7.1 向国旗敬礼（爱国）	6.1 我爱新加坡（爱国）	9 核心 找朋友（友情）
	7.2 升旗礼（爱国）	6.2 小羊快回家（爱家）	9 阅读 老师爱我们 我们爱她（尊师）
	7.3 送什么给国家（爱国）	6.3 画国旗（爱国）	9 深广 我自己做（爱学习）
	7.4 国庆到（爱国）	6.4 挂国旗（爱国）	12 核心 三个小学生（爱护公物）
		7.2 妈妈笑了（孝亲）	15 深广 勇敢的人（勇气）
		7.3 上巴刹（亲情）	
		7.4 生日蛋糕（亲情）	
		8.1 小红花（助人）	
		8.2 小雨点（孝亲）	
		8.3 做了好事真高兴（助人）	
2/48课	12/40课	18/32课	13/30课

注：
前九个单元的内容都以句型的形式呈现，没有传统价值观的课文

单元至单元十二的课文除了句型，还加入短文和儿歌，俗

统值观课文多

表六　二年级篇目

1979 年		1994 年		2001 年		2007 年	
3.2	读书和游戏（友爱）	1.1	小画家（爱心）	1.3	清道夫叔叔（尊重）	4 核心	长大后（建设国家）
5.3	我们的手（爱劳动）	1.2	孔融让梨（礼让）	2.1	谁也不能少（合作）	8 核心	小猫钓鱼（专心学习）
6.1	捡小鸡造房子（爱护小动物）	1.3	我是一个小时钟（爱惜时间）	2.2	你在忙什么（孝亲）	8 阅读	学习华文要用心（专心学习）
6.2	兔妈妈搬家（互相帮忙）	2.4	折筷子（团结，合作）	2.4	快乐的歌（互相体谅）	8 深广	谁最不关心（专心学习）
6.3	大家一同出力（合作）	3.1	我真的快乐（爱校）	4.2	爸爸妈妈的话（敬老）	9 核心	文具们（好习惯）
7.4	姐姐做的鸡蛋糕（亲情）	3.2	小光发本子（改过）	4.3	外公的家（敬老）	10 核心	我们住下来吧（爱家园）
8.2	小青蛙学本事（爱学习）	3.3	故事书不见了（助人）	6.4	爸爸下厨（亲情）	10 阅读	美丽的园国（爱国）
8.3	小鸭子和小公鸡（不可炫耀）	4.2	虫儿的话（注意卫生）	7.3	神衣（舍己）	10 深广	小鸟的家（友爱）
8.4	母鸡生蛋（不可炫耀）	5.4	邻居为什么不喜欢乌鸦（睦邻）	7.4	谢谢您 老师（感谢师）	11 核心	孔融让梨（礼让）
9.2	一张好画（认真学习）	6.1	杨香打虎（孝亲）	8.1	坐地铁（爱家园）	11 阅读	小白兔过桥（礼让）
9.3	玩儿也可以做功课（勤学）	7.1	小鸟和大树（爱护环境）	8.2	小鱼种白菜（努力）	12 核心	我的好朋友（友情）
9.4	进忘的一次听写（勤告学习）	7.2	蚂蚁（团结，合作）	8.3	我国的动物园（爱护动物）	12 深广	小狗请客（友情）
10.1	留着妈妈吃（孝亲）	8.2	鸽子灭死了（勇敢）	8.4	我们是新加坡的儿童（爱国）	13 核心	小鸟和大树（合作与分享）
10.2	聪明的小马鸦（勇敢）	10.2	神衣死了（舍己为人）		13/32 课	13 深广	一本书和一本书（不可自私）
10.3	能做的事自己做（孝亲）		14/40 课			16 阅读	司马光救人（机警）
11.3	狗捉下跑了（勇敢）					16 阅读	乌鸦喝水（睦邻）
12.1	小蚂蚁搬蝴蝶（合作，团结）					17 阅读	组屋歌（睦邻）
12.3	逃出火场（合作）					17 深广	雷公公和电婆婆（饮水思源）
	18/48 课					18 核心	爷爷的童年（互相关爱）
						19 阅读	这是怎么一回事（孝亲）
						21 核心	借生日（孝亲）
						21 深广	袋鼠的小口袋（尊老）
							22/44 课

表七　三年级篇目

1979 年	1994 年	2001 年	2007 年
2.1 好军人 (爱国)	1.3 两封信 (友情)	2.1 微微蚁 (爱心)	1 核心 看企鹅 (守秩序)
2.2 教师的功劳 (尊师)	2.1 乌龟爷爷住顶楼 (守望相助)	3.1 射太阳 (为民除害)	2 强化 妈妈去了哪里 (朝邻居)
2.3 建筑工人 (饮水思源)	2.2 救救我的孙女吧 (勇敢)	3.2 文具盒不见了 (诚实)	2 核心 懂事的丽文 (为别人着想)
2.4 新书包 (爱国)	2.3 我也要当兵 (爱国)	3.3 喷水池 (热心公益)	2 深广 咖喱鸡香 (种族和谐)
3.2 亚平的车 (注意卫生)	4.1 日记一则 (孝心)	3.4 青花木 (为民服务)	3 强化 我小时候的愿望 (尊老)
4.1 功课要紧 (毅力)	7.3 电梯演说 (爱护公物)	4.1 代父从军 (孝心)	3 核心 藏起来的话 (尊老)
5.1 帮助老婆婆 (助人)	8.2 美丽的喷水池 (热心公益)	5.1 谁到田里去做工 (孝老)	3 深广 我看见了妈妈的爱 (孝心)
5.2 做好事 (宽容)	8.3 买纪念品 (爱国)	5.2 我的孙子冀冀 (敬老)	4 强化 洗衣粉和水的争吵 (合作)
5.3 请把孩子还给我 (爱护动物)	8.4 湖边的路灯 (爱护公物)	5.3 飞长大了 (勤劳)	4 核心 友谊桥 (友信)
5.4 谢谢猴大哥 (助人)	9.2 送你一首古诗 (友情)	5.4 白云下 (孝心)	4 深广 做灯笼 (友信)
7.1 我来照顾爸爸 (孝心)	9.3 木兰从军 (孝心)	6.1 黑马叔叔 (舍己为群)	6 核心 圈圈圈 (学习要认真)
7.3 一盒蜡笔 (合作)	11/36 课	6.2 红绿灯 (为民服务)	11 深广 国王和蜘蛛 (不灰心)
7.4 合作力量大 (合作)		6.4 关怀人民的孔子 (关怀)	12 核心 小男孩和樱桃树 (诚实)
8.2 谁是聪明的 (节省用水)		6.5 它教了主人 (忠心)	13 核心 称赞 (分享)
9.1 白衣天使 (同情心)		7.1 出钱买乐器 (爱国)	16 核心 有人给我写信了 (助人)
16/36 课		7.3 忠忠报国 (爱国)	17 核心 "失物" 认领 (保持清洁)
		7.4 老虎中计了 (合作)	16/40 课
		7.5 王子折箭 (团结)	
		8.1 地球妈妈 想别哭 (爱地球)	
		19/40 课	

表八　四年级篇目

1979年 (21/28课)	1994年 (13/32课)	2001年 (22/40课)	2007年 (6/40课)
1.1 蜗牛国 (不浪费时间)	1.1 蜗牛国 (不浪费时间)	1.1 玩具明友 (爱惜)	1.1 认识新加坡 (爱国) 2 核心
1.2 时间哪里去了 (爱惜时间)	2.2 奇妙的植物 (大自然)	1.5 你可知道为什么 (助人)	永远不满 (不错) 3 核心
1.3 时间老公公 (爱惜时间)	3.1 发明 (贡献)	2.1 王僧孺读书 (勤学)	小飞机 (尊重他人) 5 核心
2.1 蜜蜂和蝴蝶 (勤劳)	3.2 我们的歌 (种族和谐)	2.2 来自美国的电邮 (亲情)	铜钱爱读书 (善良) 6 核心
2.2 十个朋友 (爱劳动)	4.1 熊说了些什么 (互助)	2.3 孩子 你懂事了 (孝心)	一件好事 (助人为乐) 7 核心
2.3 日记 (用手劳动)	4.2 自己做 (诚实)	2.4 我们有纸和笔了 (勤学)	听鱼说话 (爱心) 9 核心
3.1 钱哪里来 (节俭)	4.3 林则徐上考场 (孝心)	2.5 漂亮的书桌 (苗斗)	
3.3 夏费的故事 (勤劳)	4.4 送什么礼物给爸爸 (孝心)	3.3 来爱我的祖国 (爱国)	
4.1 爬上山坡 (毅力)	5.3 少年白居易 (合作)	3.4 世界不再黑暗了 (不灰心)	
4.2 国王和蜘蛛 (不灰心)	6.1 颜色姐妹 (恒心)	4.1 国旗的意义 (爱国)	
4.3 画蛋 (恒心)	8.1 蚂蚁王国的敌人 (保卫国土)	4.2 我们长大后 (保家卫国)	
4.4 先对再关 (前心)	8.2 父亲的童年 (珍惜光阴)	4.4 舅舅的老家 (种族和谐)	
5.1 日记 (用手劳动)	8.3 民众联络所 (互相学习)	5.1 活到老 学到老 (好学)	
5.2 消灭蚊子 (分工合作)		5.3 妈妈的爱 (母爱)	
5.3 在图书馆里 (公德心)		5.5 慈母手中线 (母爱)	
5.4 大扫除 (合作)		6.1 神奇的小喇叭 (助人)	
6.1 民族服装 (和谐共处)		6.2 周处除三害 (勇敢认错)	
6.2 果树 (热心服务)		6.4 义粪会 (爱心)	
7.1 孩子的哭声 (互助)		6.5 谁是值日生 (为他人着想)	
7.2 为邻居着想 (睦邻)		7.3 小时候的孙中山 (勇敢)	
7.4 大家是邻居 (睦邻)		7.4 哥哥要去当兵了 (保家卫国)	
		7.5 一百多年前的救火队 (勇敢)	

表九 五年级篇目

编号	1979 年	编号	1994 年	编号	2001 年	编号	2007 年
1.1	没有浪费时间（守时）	1.2	勤劳和懒惰（勤劳）	1.2	继养微父（孝顺）	1.1	可贵的沉默（懂事）
1.2	空想是没有用的（勤劳）	1.4	耀堂的日记（诚实）	1.3	说不出的快乐（助人为乐）	1.2	爱心项链（爱心）
1.3	爱迪生没有的大衣（节俭）	5.3	爱国商人（爱国）	5.1	韵子医生（舍己为人）	2.1	竹头木屑（不浪费）
3.1	白马的礼让（礼让）	7.2	撒尿小英雄（见义勇为）	5.2	我们的恩人（知恩图报）	2.2	"黑板"跑丁（专心）
3.2	日记（守秩序）	8.4	时间储蓄银行（爱惜时间）	5.3	鸽儿的教堂（无私）	3.1	一次成功的实验（无私）
3.3	生死之交（守信用）	10.4	十斤黄金（为人正直）	5.4	大公无私的戚继光（大公无私）	3.2	从今天开始努力（自觉）
6.1	做人要诚实（诚实）		**6/36 课**	7.1	风雨牧羊（爱国）	4.1	马来数"贾邦"（合作）
6.2	好朋友（友爱）			7.2	苏武牧羊（忠心）	4.2	月光曲（关怀）
6.4	生死之交（守信用）			7.3	饮水思源（饮水思源）	5.1	露营记（遵守规则）
8.2	君子国（礼貌）			7.4	不贪才是宝（不贪心）	5.2	剪纸苦乐记（不灰心）
9.3	马拉松（尽责）			8.4	尽责的警察（尽责）	6.1	语言的能力（同情）
	11/40 课				**11/32 课**	8.1	世界各地的问候方式（友盖）
						8.2	世界各地的故事（体谅）
						11.1	饭盒的故事（宽容）
						11.2	输不恨（宽容）
						12.1	同心协力灭伊蚊（合作）
						13.1	晚餐后的交流（亲情）
						14.2	国歌先生（爱国）
						16.1	石头汤（分享）
						16.2	黑眼睛的大红盒（团结合作）
						17.1	爸爸的鞋子（亲情）
						18.1	不及良灵送我猜（友情）
							21/36 课

表十　六年级篇目

1979 年		1994 年		2001 年		2007 年	
2.1	在球场上（友爱）	1.1	一场篮球比赛（合作）	1.2	战地行医（舍己为人）	1.1	珍珠项链（宽容）
2.2	好心人（诚实）	1.2	游泳选手（毅力）	1.4	勇敢的消防员（勇敢）	1.2	外婆（爱心）
2.4	争与不争（亲情）	1.3	养成良好的卫生习惯（好习惯）	2.1	差不多先生（学习态度）	2.1	红头巾（勤劳）
3.1	勇敢的消防队员（勇敢）	2.2	走向 21 世纪的新加坡（勇敢）	3.1	叙利亚（孝来）	3.1	倾斜的伞（孝来）
3.2	尽职（尽责）	2.3	感恩光喘潮（勇敢）	3.3	当问号有了答案（勤学）	3.2	手（手足之情）
3.3	女店员（尽责）	3.2	史怀则医生（爱心）	3.4	卡隆与马诺（尊重他人）	5.1	黄渤的化身（舍己）
3.4	诚实司机获奖（诚实）	3.3	叙利亚（孝来）	4.1	堆城堡的孩子（爱国）	5.2	孟母教子（母爱）
5.1	教物里的孩子（正义）	4.3	唇亡齿寒（守望相助）	4.2	最后一课（爱国）	6.1	差不多先生（学习态度）
5.2	海上救人（舍己）	7.1	显之困（爱国）	4.3	月是故乡圆（爱国）	6.2	苏东坡改联立志（谦虚）
5.3	见义勇为（正义）	7.3	大慈善家陈笃生（关怀）	4.4	撤换小英雄（见义勇为）	7.1	体育学校开放日（遵守规矩）
5.4	海岛攻城（爱国）	8.3	与黑猩猩为友（爱心）	5.1	化解危机（爱国）	7.2	我们成功了（爱国）
8.1	善（友善）			5.3	外婆（爱心）	8.1	感谢左手（尊师）
8.3	西利亚（孝顺）					10.2	世界新年风俗趣闻（和谐共处）
9.2	飞机的发明（进取心）						
10.3	工作到死的人（好学）						
	15/40 课		11/32 课		12/24 课		13/20 课

三　教材选编体例的变化

教材是完成教学任务，达到教学目标的主要凭借。小学华文教材设计的特征包括基本特征、知识体系和技能体系。

（一）教材编制体例

先谈新加坡华文教材编制概况。陈之权（2011）在《大题小做——新加坡华文课程与教学论文集》中指出新加坡的华文课程编制必须能够满足不同语言背景、学习能力、学习兴趣和学习动机学生的需要，让所有的华族学生都能够具备合理的语言水平，并在他们力所能及的范围之内达到最高水平[9]。这些相关文献显示，课程编制的程序一般是政策、课程纲要／标准，教材，评估。基于新加坡务实、高效的决策执行特色，新加坡在课程编制程序以齐头并进为基本方法，一般是政策先行，然后按实际需要来考虑课程纲要／标准，教材或评估的编制程序。例如：一九七九年先制定一年级的课纲，才制定其他年级的课纲；一九九三年先有课程标准，才出版教材。二〇〇一年先编一年级上册教材，后产二〇〇二课程标准，二〇〇七年课标与教材同步编制；这样的编制

9　陈之权主编：《大题小做——新加坡华文课程与教学论文集》（南京：南京大学出版社，2011年），页122。

方法有利有弊，好处就是效率高，灵活度大，坏处就是课程、教材、评估之间的脱钩，衔接不紧密。例如，二〇〇四课程改革报告书没有提出口语交际的改革方向，二〇〇七版教材就没有口语互动能力的部分，二〇一〇年教育部提出乐学善用报告书后，教材跟进补充口语互动配套。

表十一　1979-2007 年教材编制文件表

教材版本	政策文件	课程标准	教材
1979 年初版 1985 年修订版 1991 年第三版	1979 年吴庆瑞报告书	1979 & 1981 小学华文课程纲要（1979 年只公布一年级的华文课程纲要）	小学华文教材（新加坡教育部课程发展署和教育出版社）
1994 年初版 1999 年第三版	1992 年王鼎昌报告书	小学华文科课程标准 1993	好儿童华文（新加坡教育部课程规划与发展署和教育出版社）
2001/02 年版	1998 年李显龙政策声明	小学华文科课程标准 2002	小学华文（新加坡教育部课程规划与发展署和泛太平洋出版社）
2007 年版	2004 年华文课程与教学法检讨委员会报告书	小学华文课程标准 2007	小学华文（新加坡教育部课程规划与发展司、中国人民教育出版社和新加坡泛太平洋出版社）

教材版本	政策文件	课程标准	教材
	2010 年母语检讨委员会报告书		

1 整体教材的组成部分

各版本的教材基本都由课本、视听教材、作业本组成，只是随着社会和需求的发展，后来编写的教材以及辅助教材越来越丰富了。

一九七九版教材：小学教材是由课本、教师手册、作业、习字本子、图片、字卡、录音带、投影软片、补充读物等配套而成。

一九九四版教材：小学教材是由课本、教师手册、作业、习字本子、阅读辅助教材教本、阅读辅助教材读本、挂图、图片、字卡、投影软片、激光唱片／录音带、教育录像等配套而成。

二○○一版教材：小学教材是由课本、教师手册、作业、习字本子、阅读辅助教材教本、阅读辅助教材读本、挂图、图片、字卡、投影软片、唯读光碟、激光唱片等配套而成。

二○○七版教材：小学教材是由课本、教师用书、活动本、数码资源等配套而成。除此之外，二○○七年教材内容还包括"我爱阅读"或"听听说说"、"语文园地"和"学习宝藏"。

二〇一〇年母语检讨委员会发布的报告书《乐学善用》，除了听说读写四种语言技能，还加上书面语技能和口语技能。二〇〇七年的"听听说说"是很好的口语教材。教育部推出的口语能力互动配套更能锦上添花。

四套教材的整体教材都包括课本、教师手册、作业、习字本子、图片、字卡、录音带、录像和投影软片，其他的视听教具和补充读物有点差异。列表如下。

表十二　各版本整体教材对比

	整体教材	课文选编	知识体例	技能体系
1979	有低年级的游戏用具和编写 30 本补充读物	单元结构，每个单元都有三篇讲读课和一篇阅读课文	没有生字表生词加上英文注释；在课后有句子练习	有听说读写四种语言技能，但没有书面语技能和口语技能
1994	附有阅读辅助教本、读本、唯读光碟和激光唱片	单元结构，每个单元都有三篇讲读课和一篇阅读课文	生字列在课文的后面，有习写字和认读字。生词在课后的"记一记"里，课后无句子练习	有听说读写四种语言技能，但没有书面语技能和口语技能
2001	在小一和小二各制作了	单元结构，每个单元都有三	有写用字和认读字，生词在课后	有听说读写四种语言技能，

	整体教材	课文选编	知识体例	技能体系
	八本大图书	篇讲读课和一篇阅读课文	的"记一记"里，课后无句子练习	但没有书面语技能和口语技能
2007	教师用书、活动本和数码资源等配套	P1&P2分导入、核心和深广单元，P3&P4分强化、核心和深广单元，P5&P6分核心单元和深广单元	有识读字和识写字，生词出现在课后的"读读记记"中，在课后的活动中用学过的词和成语来造句	除了有听说读写四种语言技能，还有书面语技能和口语技能，只有2007年版本有"学习宝藏"教导写段，续写故事等语文活动

2 四套教材的课文选编体例的差别

一般上，四套小学教材都是由课本、教师手册、作业、习字本子、图片、字卡、投影软片、补充读物等配套而成。首先，四套教材最大的不同是视听教材，随着科技的进步，从一九七九年的录音带，一九九四年的激光唱片、教育录像，二〇〇一年的唯读光碟，一直到二〇〇七年的数码资源和听说 E 乐园等教学辅助工具，配合课文的选编进行有效的华文教学。

其次，四套教材都有阅读辅助教材拓展学生的阅读量和培养学生的阅读兴趣。一九七九年和一九九四年都有介绍一系列的华文课外辅助读物，二〇〇一年的教材，除了提供辅助读物，还在小一和小二各制作了八本大图书方便老师教学。

（二）课文编制体例

无论编制哪一套教材，都应该从学生的实际能力出发，考虑其教学价值。

1 单元结构

以阅读技能为各单元的主要技能。

（1）以阅读技能贯穿单元

一九七九、一九九四、二〇〇一年的教材都是单元结构，每个单元都有三篇讲读课文和一篇阅读课文。二〇〇七年的教材都是单篇课文，需要额外帮助的学生可先修读导入／强化单元，再修读核心单元；那些华文程度较高的学生可以修读核心单元和深广单元。

表十三　各版本阅读篇章对比

	1979	1994	2001	2007	备注
P1	12 个单元 （48 课）	10 个单元 （40 课）	8 个单元 （32 课）	15 课 x2 （30 课） 导入+核心 或 核心+深 广	1997 的 P1 和 P2 课文 主要是以句 子为主
P2	12 个单元 （48 课）	10 个单元 （40 课）	8 个单元 （32 课）	22 课 x2 （44 课）	2007 的 P1 和 P2 设有 导入单元
P3	9 个单元 （36 课）	9 个单元 （36 课）	8 个单元 （40 课）	20 课 x2 （40 课）	2007 的 P3 设有强化单 元、核心单 元和深广单 元
P4	7 个单元 （28 课）	8 个单元 （32 课）	8 个单元 （40 课）	20 课 x2 （40 课）	2007 的 P4 设有强化单 元、核心单 元和深广单 元
P5	10 个单元 （40 课）	9 个单元 （36 课）	8 个单元 （32 课）	18 课 x2 （36 课）	2007 的 P5 设有核心单 元和深广单 元
P6	10 个单元 （40 课）	8 个单元 （32 课）	6 个单元 （24 课）	10 课 x2 （40 课）	2007 的 P6 设有核心单

	1979	**1994**	**2001**	**2007**	**备注**
					元和深广单元
说明	P1&2 句子+短文 P3–P6 3课讲读课 1课阅读课	P1&2 记一记（词） 读一读（段） P3-P6 3课讲读课 1课阅读课	P1&2 P3&4 4课讲读课 P5&6 3课讲读课 1课阅读课	P1&2 分导入单元、核心单元和深广单元 P3&4 分强化单元、核心单元和深广单元 P5-P6 分核心单元和深广单元	P5&P6除了以上的普通华文课程，还设有基础华文课程

（2）口语、写作、其他学习方法：课文后的语文活动中铺排

表十四　各版本语文活动安排

	1979	**1994**	**2001**	**2007**
课文后的语文活动	每一个单元后没有"阅读，思考和讨论"，只有句子练习	每一个单元后有一个"阅读，思考和讨论"	每一个单元后有一个"阅读，思考和讨论"	每一课有一个语文园地，包括：读读想想，比比读读，读读说说，听听说说和学习宝藏

（3）技能训练从隐性转为显性

从在教师手册里说明相关技能的训练需要到直接把技能列入语文活动里。重视书面技能发展到兼顾口语技能，从纯考查知识与技能转向辅助知识与技能学习，同时也要重视学习支架的搭建（活动本），让学生的技能训练从隐性转为可操作的显性。

2 教材编制观的改变

从主题单元编制发展按能力差异来编制教材题材，重视道德、价值观的内容逐渐淡化，转向生活、趣味化的内容。教材注重实用价值，培养实际的语言运用能力，让学生掌握口语互动与书面语互动的技能，有效沟通，使华文成为学生的生活语言。

四　知识体系

（一）语言知识的结构

1 整体知识内容的编制

人们评价华文教材的优劣，通常是看课文的篇章是否精彩，语言是否优美，内容是否贴近生活，是否能引起学生的共鸣。一九七九、一九九四和二〇〇一版本的教材是单元

式，每个单元大约有四课，围绕一个主题，例如："运动"、
"节日"、"故事"、"历史"、"介绍景点"等。二〇〇七版本比
较生活化，以单元模式编制课文，更注重学生的差异教学，
分导入单元、强化单元、核心单元和深广单元。

表十五　各版本知识内容之对比

	1979	1994	2001	2007
字	没有生字表	生字列于课文的下方，有习写字和认读字	有写用字和认读字	有识读字和识写字
词	生词加上英文注释	所学的生词归在课后的"记一记"里	所学的生词归在课后的"记一记"里	生词出现在课后的语文园地中的"读读记记"中
句	在课后有句子练习	课后无句子练习	课后无句子练习	2007年课后的"读读记记"、"读读比比"和"读读说说"用学过的词和成语来造句
段	无写段练习	无写段练习，只有在每个单元后有理解问答	无写段练习，但在每个单元后有讨论题目	2007版本有"学习宝藏"教导学生写段、续写故事、设计宣传单，写一段心理的感受等

	1979	1994	2001	2007
篇	单元式，每个单元大约有4课，围绕一个主题	单元式，每个单元大约有4课，围绕一个主题	单元式，每个单元大约有4课，围绕一个主题	2007版本采用单元模式进行教学，分导入单元、强化单元、核心单元和深广单元，内容比较生活化

2 语篇知识

分记叙文、说明文、描写文和议论文。四套教材的体裁多数为记叙文，其他文体极少涉及。语篇的内容包括儿歌、儿童诗、民间故事、寓言故事、成语故事、历史故事和童话故事等，配合听、说、读、写和语言能力的综合运用，让学生能理解语篇知识。

3 语篇结构

语篇结构分时空、事理、总分、因果、并列等，现以二〇〇七年五年级下册第十六课《石头汤》为例[10]。

---

10 新加坡教育部课程规划与发展司：《小学华文教材五下》（北京：人民教育出版社，新加坡：泛太平洋出版社，2008年），页52-56。

表十六 课文《石头汤》的语篇结构

	语篇结构	《石头汤》课文中的例子
1	空间结构（用地点排列组成）	他们来到一个偏僻的村子
2	时间结构（用时间的延续组成）	从前，有一天
3	事理结构（用事务客观存在的层次组成）	说一说故事的起因、经过和结果是怎样的
4	心理过程结构（即作者述说思想的过程）	三兄弟想改变邻里之间的互相猜疑，就想出煮石头汤的办法
5	总分结构（各语段之间的关系为总分关系）	教师指导学生看课文后"学习宝藏"的结构图，先理清了文章的线索，抓住文章的主干，进而更好地理解文章各语段之间的内容
6	因果关系（各语段之间，事件产生的原因和结果为因果关系）	村里时常出现盗贼 —— 村民不相信陌生人 邻里之间互相猜疑 —— 三兄弟煮石头汤改变这一切 大家一起煮石头汤，一起喝石头汤 —— 村民感受到了快乐和幸福

（二）教材中的语言知识与技能编制

表十七　知识体系中的汉语拼音、字、词、句、段、篇

项目	1979	1994	2001	2007
汉语拼音	没有汉语拼音注音；课文后面有语音知识：标调号、上声和一七八不变调和多音多义字等	第一版课文的生词有汉语拼音注音，第二版全篇课文都有汉语拼音注音	1A 有 20 课汉语拼音教学，加上 5 课复习 1A-6B 的课文生词都有汉语拼音注音	1A 有 15 课汉语拼音教学，加上 3 课复习和一个音节表 1A-6B 的课文部分字词上标示汉语拼音
字	66 个独有字 课文后没有习写字和认读字，但在生词的右边有英文注释	96 个独有字 每课都有习写字和认读字	41 个独有字 每课都有习写字和认读字	219 个独有字 每课都有习写字和认读字
词	1269 独有词	1472 独有词	1012 独有词	1831 独有词
句（语法）	每篇课文的后面有句子练习	每篇课文的后面没有句子练习	每篇课文的后面没有句子练习	课后的读一读有句子练习
段	课后无段落的练习	课后有读一读（延伸的阅读课）	课后无段落的练习	课后的学习宝藏有一些段落的练习

从上表中，可以看出口语比重越来越大、编制顺序变化也越来越明显。

（三）技能体系

所谓的技能体系，包括：听说读写以及口语表达能力和书面语表达能力。也即通过课文学习之后，学生所要达到的目标。四套教材的要求见下表。

表十八　各版本技能对比

技能	1979	1994	2001	2007
听	√	√	√	√
说	√	√	√	√
读	√	√	√	√
写	√	√	√	√
口语技能	-	-	-	√
书面语技能	-	-	-	√

五　建议

1. 教材是教学的依据，它决定教学的基本内容，若希望有一套比较理想的教材，教材就必须能反映出人们对语言教学的认识、观点、经验和科研成果。通过教材可以激发学生们的学习兴趣，启发他们的反应，帮助他们学习知识，训练技能，并在语言环境中进行实践，发展语言的交际能力。

2. 每课的生词数量要控制在一定的范围内，如果生词太多，要用较多的课堂时间来处理生词，必然会影响到其他教学环节的顺利进行，也会给学生学习造成心理上的负担。

3. 课文的题材要尽量广泛。课文的语言要典范、自然、流畅、实用。课文语言生动、活泼、内容有深度，贴近学生实际生活，能够引起他们的共鸣。

4. 低年级的口语教材，课文中较难的生词应该有汉语拼音注音。这样可以尽量减少学习者认读汉字的障碍，帮助他们顺利地进行口语互动学习和练习。

5. 语言点主要包括语法、重点词语和句式。教材的设计要体现口语课的教学特点，突出"说"的技能训练，以"说"的练习形式为主，达到互动的效果。

6. 教材中的练习形式要丰富多样，生动有趣。一般来说，既要有机械式练习、活用性练习和交际性练习，更要有利于开展的交际活动。要提供多样化的活动，适合不同学习风格的学生使用。比如：有独立完成的活动，有集体合作的活动，有发现性的活动，有分析性的活动，也有归纳性的活动等等。

7. 教材的练习数量要充足，项目的安排要从易到难，由浅入深，便于教师灵活处理，以满足不同程度班级的教学需要。同时要便于学习者循序渐进地掌握语言知识和技能，培养自信心和感受到自己的进步。

8. 配套资料，口语教材应该有配套的音像资料，比如根据教材内容拍摄的教学录像，由电脑辅助练习资料等。

笔者希望新一轮课程改革能够带给我们的下一代一套实用性高、内容灵活多样、生动有趣、贴近生活，能够面对二十一世纪挑战的华文教材。这套教材必须重视华族文化与传统价值观，让学生懂得尊重他人、有责任感、为人正直、坚毅不屈，各种族之间和谐共处。编写教材者把传统价值纲目反映在教材里，也可以帮助学生建立正确的人生观和价值观，充满自信，能主动学习，为国家做出贡献。

面对二十一世纪技能的挑战，资讯教学已经达到 E 时代。在未来的课室里，华文教材也要配合科技时代编写，让考试形式更贴近真实生活，让教材不局限在课文中，也应包括报章报导、剪报、新闻等生活语料，让学习者能在新一轮的教材中学到许多语文知识和不可忽视的华族文化和价值观。

后记：本文取自作者中国语言文学博士学位论文。论文导师为南京大学文学院柳士镇教授。此文早前发表于新跃大学罗福腾副教授主编的《新跃人文丛书》之三《新加坡华文教材研究新视角》。此处发表有适当删减。

参考文献

一　书籍

陈之权　《大题小做——新加坡华文课程与教学论文集》
　　　　南京　南京大学出版社　2011 年

陈志锐主编　《行动与反思——华文作为第二语言之教与
　　　　学》　南京　南京大学出版社　2011 年

郭熙主编　《华文教学概论》　北京　商务印书馆　2007 年

何文胜主编　《两岸三地小学语文教科书编选体系的比较研
　　　　究》　香港　文思出版社　2005 年

洪宗礼、柳士镇、倪文锦主编　《母语教材研究》第一卷至
　　　　第十卷　南京　江苏教育出版社　2007 年

李泉主编　《对外汉语教材研究》　北京　商务印书馆
　　　　2006 年

刘　珣　《汉语作为第二语言教学简论》　北京　北京语言
　　　　大学出版社　2002 年

鲁忠义、彭聃龄　《语篇理解研究》　北京　北京语言大学
　　　　出版社　2003 年

吕必松　《汉语与汉语作为第二语言教学》　北京　北京大

学出版社　2007 年

谢利民、钱扑　《中小学教材比较研究》　北京　中国人民大学出版社　2009 年

新加坡教育部　《小学华文课程标准》　新加坡　教育部课程发展署　1993 年

新加坡教育部　《小学华文课程标准》　新加坡　教育部课程规划与发展署　2002 年

新加坡教育部　《小学华文课程标准》　新加坡　教育部课程规划与发展司　2007 年

新加坡教育部　《吴庆瑞报告书》　新加坡　教育部课程发展署　1979 年

新加坡教育部　《王鼎昌报告书》　新加坡　教育部课程发展署　1992 年

新加坡教育部　《李显龙政策声明》　新加坡　教育部课程规划与发展署　1998 年

新加坡教育部　《华文课程与教学法检讨委员会报告书》　新加坡　教育部课程规划与发展司　2004 年

新加坡教育部　《2010 母语检讨委员会报告书》　新加坡　教育部课程规划与发展司　2010 年

杨龙立、潘丽珠　《课程组织理论与实务》　台北　高等教育出版社　2005 年

吴元华　《华语文在新加坡的现状与前景》　新加坡　创意

圈出版社　1999 年

叶钟铃等　《新马印华校教科书发展回顾》　新加坡　新加
坡华裔馆　2005 年

赵金铭主编　《汉语作为第二语言技能教学》　北京　北京
大学出版社　2010 年

二　期刊论文

郭　熙　〈海外华人社会中汉语（华语）教学的若干问
题——以新加坡为例〉　《世界汉语教学》　2004
年第 3 期

李海燕　〈从教学法看对外汉语初级口语教材的语料编写〉
《语言教学与研究》　2011 年第 4 期

廖新玲　〈新加坡新编华文教材的语言特点与选材分析〉
《福建论坛（社科教育版)》　2009 年第 8 期

王惠、余桂林　〈汉语基础教材的字频统计与跨区域比
较——兼论全球华语区划与汉字教育问题〉　《长
江学术》　2007 年第 2 期

叶兴华　〈台北市国小教师教科书选用之研究〉　《台北市
立教育大学学报》　2009 年第 2 期

三　教材

新加坡教育部课程发展署　《小学华文教材一上至六下》

新加坡　教育出版私营公司　1979-1983 年

新加坡教育部课程规划与发展署　《好儿童华文教材一上至
　　六下》　新加坡　教育出版社　1994-1999 年

新加坡教育部课程规划与发展署　《小学华文教材一上至六
　　下》　新加坡　泛太平洋出版社　2001-2006 年

新加坡教育部课程规划与发展司　《小学华文教材一上至六
　　下》　北京　人民教育出版社　新加坡　泛太平洋
　　出版社　2007-2008 年

从新旧教材的编写看新加坡中学华文（快捷）课程语文学习系统的建立

吴宝发

提 要

新加坡华语文教育改革（简称教改）频繁，几乎按六年一轮的循环进行着。然而，不同时间教改的宗旨，无非是让语文学习的内容与形式与时并进。更重要的是，通过教改达到提高语文学习的效率与目的，为学生奠下厚实的语文基础以备将来之用。《乐学善用——2010 年母语检讨委员会报告书》强调，学习母语的目的是：沟通、文化与联系。教育部编写《华文（快捷）》（2011）为落实报告书的建议途径之一。新教材的特点除了强调学习者的能力不同和教导语文知识外，更重视语文技能训练系统的建立，慢慢摆脱过去凭靠篇章教学的传统做法。新教材的编写也符合现下学术界提倡的结构、功能和文化三维的二语或外语学习理念。此外，新教材融入了促进学习评价（assessment for learning），试图达到培养学生语文能力和自学能力的目标。本文尝试通过二〇〇二年和二〇一一年新、旧中学华文（快捷）教材的比较，阐明本地教材在内容设计方面的突破与进步。从过去的"综合教学法"转为以交际沟通为主的"任务型教学法";新旧教材体例的建立和对语文四技的处理;新教材对真实语料的融入与安排,以达到"乐学善用"的学习目的。一系列设计上的改进,旨在有限的课堂教学时间内,让第二语文背景的学生有更多使用语文和言语交流的机会。新加坡的语文教育改革路程是特殊的,它在教改上的努力,不啻为海外第二语文教学和外语提供新的参考视窗。

关键词: 教育改革、第二语文、教材体例、任务型教学、促进学习评价

　　二十世纪末，《王鼎昌报告书》和《副总理声明》最大的贡献是匡正了华文教育的地位和确立了"量体裁衣，因材施教"的华文学习理念[1]。与此同时，学校以英语为主要教学媒介语的做法，经过近十二年的推行成绩益见显著，华文作为第二语文的意识也正逐渐在华社形成共识。迈入二十一世纪第一个十年，有《华文课程与教学法检讨委员会报告书》（也称《黄庆新报告书》）和《乐学善用—2010 母语检讨委员会报告书》（也称《何品报告书》）分别于二〇〇四年和二〇一〇年推出，几乎每隔六年就是一轮的华文检讨，足见新加坡教育部对华文学习的重视。值得注意的是，《何品报告书》涵盖华文、马来文和淡米尔文一并检讨，说明在新加坡这个多语社会里，母语，不仅仅华语，不时受到社会顶层语言——英语的冲击，而带来教学和学习上的挑战。

　　以华文课程的检讨而言，《黄庆新报告书》和《何品报告书》都继承了《副总理声明》的前瞻性，为华文教学确定了务实的、可操作的方向。二十一世纪的新加坡社会语言环境朝两大方向发展。一方面，英语仍是主要行政用语，继续发挥它作为社会顶层语言的角色；另一方面，掌握双语的新生代正值壮年，他们有意识的选择以英语和孩子沟通，以致

1　本文对本地华文教育改革文献的称法采用李光耀《我一生的挑战——新加坡双语之路》书中的说法，方便读者连系各阶段的教改文献。《我一生的挑战——新加坡双语之路》（新加坡：联合早报，2012 年）。

华语使用板块加速变化。倘若《王鼎昌报告书》反映社会从方言至华语转型，《黄庆新报告书》的背景就正处于由华文转成英文的临界点，而《何品报告书》见证的是一个可能"脱华入英"的关键期。不过，从积极角度来看，《何品报告书》检讨华文、马来文和淡米尔文的学习，是一个成熟社会对国家语文政策应有的态度与胸襟，反映了社会正视母语作为第二语文学习的挑战。报告书也借鉴了其它国家的语文学习经验，展示了新加坡摆脱过去摸着石头过河的心态，坚毅地走出自己的一个学习模式的信心。

回溯历史，《吴庆瑞报告书》确立了课程分流制，对非"知识科"（non-content subject）华文而言，其不理想之处不言而喻。[2] 及至一九九九年《副总理声明》倡议的华文 B 课程，基本上，完善了中学不同水平要求的华文课程。可是，要让每个学习者达到自己力所能及的最高水平的理想目标，教育部就必须正视学习问题的源头，即学习者不同的学习起点。《黄庆新报告书》洞悉到小学孩童家庭用语的改变为华文学习带来的挑战，因而在建议中完善这一学习板块，

2　本文的"知识科"相等于"学科教材"概念。苏新春等指出"语文教材是指以提高语文能力为主的语言文字类教材，如中小学语文课教材、对外汉语教材。学科教材是指学习百科知识的教材，如数学、物理、化学、历史、地理等学科教材。"苏新春、杜晶晶、奂俊红、郑淑花：《教材语言的性质、特点及研究意义》，收入张晋、王铁琨主编：《中国语言资源论丛（一）》（北京：北京商务印书馆，2009 年），页 219。

形成由小学、中学到高中一个名符其实按能力学习华文的课程体系。

　　小学课程改革不是本文的讨论焦点，然而，这一轮课程改革的方向将影响二〇一一年中学《华文》和《高级华文》教科书的编定，因此还须于紧要处着墨讨论。从结构上来看，小学课程"核心单元"是轴心，"导入单元"和"深广单元"是护翼，它们为不同学习起点的学习者或提供帮助，或强化，不让任何学习者在学习道路上掉队。[3] 这一批学习者于二〇一一年升上中学，将能很好的融入中学执行已久的分流课程，如图一所示的小学和中学课程的衔接情况。

3　修改后的小学华文课程，基本上，是采用"单元教学模式"（Modular Approach）。一般小学生主要修读"核心单元"，学习上需要帮助的学生在小一／二阶段有"导入单元"，小三／四阶段则有"强化单元"；能力较强和有浓厚学习兴趣的学生则在奠基阶段（小一至小四）可以学习深广单元（Enrichment Modules）。《华文课程语教学法检讨委员会报告书》（新加坡：新加坡教育部，2004 年），页 7-8。

华文语文能力

	小一至小四	小五至小六	中学
	高级华文 包括核心单元、一些深广单元以及较深的或校本教材	高级华文 单元结构 • 高级华文的核心及深广单元注重四种语文技能的训练	高级华文 注重听说读写的综合发展，较突出读写方面的训练
			快捷／普通（学术） 注重听说读写能力的综合发展，较突出说读写
	华文 单元结构 • 核心单元的焦点在训练听、说和读，以及一些书写的能力 • 为少接触华文的学生提供导入／强化单元，专注于训练他们的口语技能及对基本字的认识 • 为与华文已有接触的学生提供深广单元，专注训练他们阅读和基本作文的训练	华文 单元结构 • 核心单元及深广单元。跟小学低年级比较，各单元更强调高阶的阅读及中级作文技能的训练	华文 B 注重听说读写的能力，须加强听说读方面的综合训练
		基础华文	普通（工艺） 注重听说的能力综合发展，须加强听说方面的综合训练

资料整理：《华文课程与教学检讨委员会报告书》2004 年，页 114；和《中学华文课程标准》2002 年，页 4。

图一　小学至中学华文课程结构图

　　课程制度的灵活性带来班级教学上学习者的统一性，和一些学习者从小学到中学继续选修高层次的华文的可能性。然而，这无形中对教材编写带来一定的挑战。此外，国家语文政策在经过多年推行后，华族社群逐渐以华语代替方言，而华、英语在互相竞争下，英语取得社会顶层语言地位，这反映在华族家庭用语渐渐向使用英语转型，如图二所示。这些转变充分反映华族孩子的华文学习是在近似二语的环境中进行的。

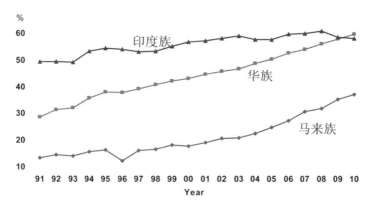

资料来源：《2010 母语检讨委员会报告书》，页 36。

图二　小一学生以英语为主要家庭用语的比重

　　从二语教材编写历史来看，我国七十年代采用以第一语文教材为准，然后减少篇章数量、降低语文要求的递减法；八十年代则采取纯外语教学法来编写教材，其流弊是不能很好的照顾语文能力强，但又没有机会修读高级华文的学习者的学习要求；九十年代的教材是对上一套教材的匡正，但它所定的语文水平不符一般学生实际能力，好处是该教材加强了语文中的文化教学元素。迈入二十一世纪，二〇〇二年出版的新教材又一次对语文教学进行调整，以期设定更合理的语文水平，其最大特色是通过思维导图，让学生掌握语文技能和篇章结构知识。

以上概述新加坡教材编写的变化，和语文学习所经筚路蓝缕之途。然而，其中一点是明显的，即经过多年的努力，教材编写致力建立一个可操作、行之有效的学习体系。教材所折射出的是从行为主义、认知主义到社会建构主义的学习理论的熔冶；另一方面，教材也反映了二语教学法的迭替，如直接教学法、综合教学法和建构主义学习法等。无论哪一种学习理论和教学法，教材对听、说、读、写语文四技，发展到时下兼顾口语互动和书面互动，说明本地语文教材编写日臻成熟。以下将通过二〇〇二年和二〇一一年新、旧教材的比较说明本地华语文第二语文学习系统的建立。

一　语文目标的设定与强调

语文目标由国家教育机构和专家拟定。它是课程标准的核心，也是教材编写的总指导，最后以教学目标落实在课堂语文教学里。虽然教育部允许学校进行校本教材设计与教学，但本地的语文教学主要仍以一纲一本的形式进行。表一和表二分别胪列二〇〇二年和二〇一一年语文课程目标细项。

表一　《标准 02》中一、二"读"分项技能

<table>
<tr><td colspan="2"></td><td>教学项目</td></tr>
<tr><td rowspan="5">语文技能</td><td>1</td><td>能认读所规定的汉字，做到认清字形、读准字音、理解字义：2500 和 2800 汉字</td></tr>
<tr><td>2</td><td>能识别各种标点符号并了解其用法</td></tr>
<tr><td>3</td><td>能认读所规定的成语及了解其含义：90 和 160 个成语</td></tr>
<tr><td>4</td><td>能找出话语的主要内容</td></tr>
<tr><td>5</td><td>能找出隐含的信息</td></tr>
<tr><td rowspan="5">语文技能</td><td>6</td><td>能推断不熟悉词语的意思</td></tr>
<tr><td>7</td><td>能推断事件的结果</td></tr>
<tr><td>8</td><td>能推断人物性格</td></tr>
<tr><td>9</td><td>能区分主要的与辅助的情节</td></tr>
<tr><td>10</td><td>能依照阅读需要应用各种阅读策略：略读、寻读、精读、浏览、速读、跳读</td></tr>
<tr><td>能力表现</td><td>11</td><td>具有一定的阅读能力，综合表现在能：
• 读懂适合程度的语料
　■ 内容较复杂的文章
　■ 国内外一些较复杂的新闻，包括政府首长或社团领袖的谈话和演讲
• 阅读浅白及通俗的文艺作品
• 阅读较高层次的文艺作品</td></tr>
</table>

		教学项目
自学能力	12	能流畅地或有感情地朗读适合程度的语料：短文、韵文、篇章等
	13	能应用工具书自学
	14	能通过阅读扩展词汇量

资料整理：《中学华文课程标准》2002 年。在组织上，《标准 02》以中一、二为一个学习阶段。

表二　《华文 11》中一快捷课程语文目标

课程总目标	分项分级目标语言交际能力（四级）	语言技能目标			
		单元一	单元二	单元三	单元四
读 能阅读适合程度的记叙性、说明性、和实用性语料，并能进行文学欣赏	能阅读记叙性语料和简单的说明性语料 能初步阅读简单的实用性语料 能初步欣赏简单的文学性语料	能掌握浏览式阅读法	能找出线索，确定文章主题	能理解肖像描写和行动描写的作用	能通过标题和导语了解新闻的主要内容

资料整理：《中学华文课程标准》2011 年和《华文（快捷）》一上2011 年。

值得注意的是，二〇〇二年的课程总目标和语文技能分项目标是以单册形式独立出现，教材编写员则根据总目标和语文技能目标自行拟定语文学习目标，而后者则出现在教师手册里；反之，二〇一一年的课程总目标虽也以单册形式出现，但其语文技能分项，即语文学习目标，则是直接出现在教科书的"单元说明"里。此外，二〇一一年课程标准（简称《标准 11》）里，同时有"语言交际能力"清楚描述学习者的语言能力行为，这是语言课程规划与设计上一个很显著的突破。

从教材编写来看，《华文 11》（2011 年出版的教材简称）采用单元配以不同主题不是新鲜的概念，早见于《华文 94》（1994 年出版的教材简称）教材编写中。然而，《标准 11》和《华文 11》对华文学习设计的分工是截然的，同时又形成一定的内在有机联系。前者对学习者语文能力进行规划，后者以学习者能掌握和完成的语文技能、行为和表现转化为教科书中的学习重点，实实在在的落实了课程目标。另外，表二清楚地说明《华文 11》学习者应具备语文能力的表现。这些语文能力并不是凭空臆造的，而是立足于一系列的语言技能上，依照单元组织循序渐进地进行教与学。

相较之下，《标准 02》亦规划了课程总目标和分项目标。在分项技能说明中，也尝试描述掌握技能后应有的学习行为表现。可是，来到落实时却有待教材编写员各自发挥，甚至形成篇章的特定教学目标，这是课程规划上所始料不及的。比如中一快捷第一课《您贵姓》教师手册就出现如下的教学目标，可以归为两大类：[4]

课程分项目标	篇章特定目标
• 能从词语的构造和语境中有关的描述推断词义 • 能理解具体陈述的信息 • 能写简短的说明文 • 能有效地利用资讯科技寻找所需的资料	• 能认识同学们的姓氏 • 能掌握姓氏的正确读音 • 能了解自己姓氏的来源以及与自己同姓的一些杰出人物

　　"课程分项目标"是教科书《教师手册》一上尝试根据《标准 02》行文方式撰写的。虽然课程目标和教材教学目标不必一一对号入座，如写简短说明文和使用资讯科技，但"能理解具体陈述的信息"和"能从词语的构造和语境中有关的描述推断词义"都不在中一课程分项技能中找到。至于"篇章特定目标"则是教科书编写员为该篇章定下的学习目标，形成目标中有目标，显示课程分项目和教科书教学目标之间的分化，进而发生异化，难免会产生教学上的混淆，教师易于流为借题发挥把语文课变成文化知识课，甚至只知有教科书而不知有课程标准的窘境。

4　新加坡教育部课程规划与发展署：《中学华文（快捷）教师手册一上》（新加坡：泛太平洋出版社，2002 年），页 1-2。

二　教材编写体例

　　一套教材包括教科书、练习与评鉴和辅助教学资源，如挂图、多媒体等。教材编写体例主要是指教科书的内在隐性结构。语文知识、语文技能、文化知识等学习内容按一定的组织方式，循序渐进的被编排在教材里，达到螺旋向上旋升的积累效果。这些组织方式自行形成内在的学习子系统完成课程标准所定的语文目标。它们大体可分为语言知识系统（语音和语法）、语言技能系统（听、说、读、写）、文化知识系统、以及评鉴系统（练习与测试）。语文学习的"教"、"学"和"评"三大范畴便在这些子系统紧密地衔接和配合下完成。

表三　2002 年和 2011 年中一华文（快捷）教材体例

结构	2002 年	2011 年
编写体例	没有明显的编写体例，主要有一般课文、唯读光碟课（一些课文制作成多媒体课）和 4 次的听力训练	• 单元介绍 　• 标明主题 　• 课文内容简介 　• 语言能力目标 • 采用单元编制法 　• 第一课：讲读课（教师教读）

结构	2002 年	2011 年
		• 第二课：导读课（教师教读） • 第三课：自读课文 • 综合任务
课文编排	• 结构有：导入、课文提示、理解与分析以及运用与扩展	• 课文放大镜 • 技能学堂 • 小任务 • 综合任务：温故知新、牛刀小试、自我评估
内容依据	• *五大主题及核心价值观、传统文化内涵、核心技能与价值观、理想的教育成果	• 总目标：语言交际能力、通用能力、人文素养
教学法	• *综合教学法	• 遵循"先例、后说、再练"原则 • 交际教学法、任务型教学
附录	• 生字表（认读字、写用字） • 中英名词对译表	• 无

资料来源：《中学华文（快捷课程)》1994 年和 2002 年的"前言"。
打*标记的资料整理自《中学华文课程标准》2002 年。

　　表三显示《华文 02》在课文的组织上，采用综合性的安排不分课型而是以篇章为主，辅以有助学习者掌握篇章内容的学习活动，比如导入、理解与分析等。纵然如此，教材编写还是建立在知识建构的理念上，学习者是学习的核心而

课堂教师对前者只起着引导的作用。遗憾的是，在课堂教学时重文轻语的传统教学痕迹还相当显著，很多时候教师着重课文的讲解，学习者只能被动的吸收。

《华文 11》在编写上以单元方式组织各语文技能，再以不同课型如讲读课、导读课和自读课编排学习内容，最后以综合任务完成巩固复习、扩展运用。每个课型里又穿插表四的语文活动，即"课前活动""课文放大镜"、"技能学堂"、"小任务"、"阅读指引"、"知识小锦囊"等，通过这些活动帮助学生掌握语文知识和语文技能。

《华文 11》通过不同的课型，帮助教师清楚了解自己在课堂上的角色。从设计上来说，讲读课需要教师有意识地利用文本教导学生基础语文知识与技能；导读课最大的特色是文本旁边设有引导性问题。这些问题起着帮助学生聚焦式的阅读，不致迷失在文字的丛林里；自读课，顾名思义就是学生发挥自主学习特性，教师扮演者引导者或协助学习的角色。至于语文技能如听、说和写，《华文 02》和《华文 11》都有意识将它们有机地融入到课堂教学中。诚如表四所示，《华文 11》在听说方面的安排尤为显著。从"技能学堂"的设计，不难看出语言技能涵括的多元性，而且这些技能不仅仅是语言知识的灌输，还设计有学习活动深化学生的学习。以下还会着墨，兹不赘言。

表四　2002 年和 2011 年中一华文（快捷）
教材学习活动组织

	2002 年		2011 年	
	无		单元说明	• 学习主题说明 • 学习目标说明
导入 活动	引导问题、思维导图 活动、观赏录像、制 作卡片、谈一谈		课前引导活动 （只出现在自 读课）	带着问题阅读课文
课文 提示	• 推断词义 • 查词典 • 内容大义、故事线 　（中一而已）		课文提示 （只出现在导 读课）	• 在段落旁设题引导学 　生掌握语段内容
理解与 分析	• 理解问答 • 思维导图 • 段落活动 • 写作知识		课文放大镜 （讲读课／导 读课／自读课 都有）	• 升放式问题 • 完成归类／分析表 　格、 • 思维导图 • 多项选择题、判断所 　提供语段的性质
运 用 与 扩 展	听	• 课文录音 • 听力课文 • 思维导图	技能学堂 （提供学习资 料）	聆听：关键词、听懂 主要意思；听说：从 上下文听出事件的前 因后果，针对见闻表 达自己的感受；说出 主要事物和把握它们 的特点与细节
	说 ／ 读	• 朗读、角色扮演、 　说一说、分组讨 　论、扩展阅读		

		2002 年		2011 年
运用与扩展	写	写作练习 填写词语 造句		• 阅读：浏览式阅读法（关键词、联想、主要内容）；找线索，确定主题；了解新闻主要内容（标题和导语） • 写作：审题（关键词、题意、范围）；理解题意拟内容；肖像描写和行动描写；利用五官感知来描写；根据语料（新闻），结合自己的生活写一封信
	资讯科技	网上活动、课文录音	小任务	（巩固"技能学堂"的项目学习）
	自学能力	查词典	综合任务	温故知新 牛刀小试 自我评估

资料整理：《中学华文（快捷）》一上，2004 年和《中学华文（快捷)》一上，2011 年。

三　阅读理解系统

"理解模式"，狭隘的说，是指教材编写员在一定的学习理论基础上有系统地针对课文篇章所设计的一系列语文活动。它的作用是帮助学生理解和掌握篇章内容，属阅读活动。一般阅读活动不外涉及篇章内容整体和细节的掌握，理解认知能力从回忆到评价的考查，以及阅读理解题型从简单回忆到评价题的安排。由于课文篇章在教科书里扮演着定篇、例文、样本和用件不同角色，课文的阅读活动也会随之不同。[5]

《华文 02》通过各种学习活动，让理解思维过程具体化，在课堂上呈显性教学。它在课文"活动"中，糅合开放式问题（open-ended）和思维导图方式考核学习者对篇章内容的掌握。思维导图最早出现在一九九四年的中学华文教材里。《华文 94》的阅读理解活动将课文信息分解成学习者容易掌握的小信息块，通过图表或流程图将思维过程形象化和直观化，帮助他们更好的掌握篇章内容。这样的设计不再像以前的教材完全凭对文字生词的掌握来理解课文，不利第二语文学习者学习。《华文 94》虽有配合课文篇章而设计思维学习活动的优点，但它们多以个别活动形式出现在教材里，

5　王荣生：《语文科课程基础理论》（上海：上海教育出版社，2003 年），
　　页 315-369。

处于比较松散的状态。

《华文 02》在《华文 94》的基础上，在阅读活动方面有更好的发挥。表五胪列两套教科书在低年级所设计的思维活动。

表五　1994 年和 2002 年中学华文（快捷课程）教材思维训练对照

	课文	1994 年	课文	2002 年
中一上	1	人物、事情、时间、地点	2	因果关系：原因－总结 故事线：背景、起初、后来、结局
	2	因果关系：事项－结果	3	联想："没有阳光的环境里" 六何法：人物、时间、地点、起因、经过和结果
	3	因果关系：事项－反应	5	时间顺序
	5	推断：想些什么？为什么这么想？	6	主题－例子－结论 故事线：背景、原因、发展、结局
	6	分析思维：分析人物反应	9	联想：想象力
	8	分析思维：时间、地点、相关联事项、原因、经过、影响、情况	12	事例－经过－总结 故事线：背景、不同时期、结局
	9	时间、地点、相关事物、结果	15	因果关系：原因－结果 说明结构：提出问题、分析问题、解决问题、总结

	课文	1994 年	课文	2002 年
一下	10	六何法：人物、时间、地点、起因、经过和结果		
	16	分析不同人物看法		
	17	分析事情前后不同		
	18	辨别事实和说法		
	20	分析事件细节	17	因果关系：分析主人翁田单的"计谋" 主题~例子~结论
	21	分析人物反应	18	主题句－辅助细节
	22	分析人物反应	20	成语归类
	23	人物描写：工作地点、工作性质、性格、待人态度、工作态度、社会地位 分析人物性格特点	21	分析思维：人物两次反应
	25	分析事物特点：构造、设计、好处	22	分析思维：权衡理由、找解决方法
	26	分析思维：分辨事物的不同特点	25	分析思维：权衡理由 推断思维：找线索、小总结、下判断
	30	分析思维：分辨事物的不同、人物反应		
	31	比较思维：现在和过去的不同		
	32	分析思维：顺序		
	33	分析思维：顺序		

作者按《华文 94》和《华文 02》课文篇章总数分别是三十三篇和二十七篇。

整体观之，《华文 02》通过思维活动所形成的思维技能训练体系是截然的。思维细项如分析、比较、推断、联想、归纳配合不同的课文篇章一一加以落实，无形中衔接了课程标准的宗旨和教科书的学习要求，也形成一个语言学习外加思维训练系统。

另外，《华文 02》并不局限于培训学生的微观思维技能。它也通过六何法、结构思维和解决问题思维让学生养成一定的思考习惯，并从宏观角度探索问题和寻求解决方案。从语文学习的角度来看，思维导图引入教材帮助学习者从整体把握篇章学习，初具后来语篇教学的概念，摆脱过去仅注重生字生词学习的窠臼。无论如何，打从一九七九年始，本地华语文教学一直强调与时并进，以免与社会脱节成为一个化石语言。《华文 02》在课文篇章里，注入思维活动不仅开拓第二语文教学的思想性、灵活性和趣味性，也同时落实了教育部倡议"重思考的学校，重学习的国民"的使命。[6]

《华文 11》在编写上以单元方式组织各语文技能，再以不同课型如讲读课、导读课和自读课编排学习内容，最后再以综合任务完成巩固复习、扩展运用。每个课型里又穿插表六的语文活动，即"课前活动""课文放大镜"、"技能学堂"、"小任务"、"阅读指引"、"知识小锦囊"等，

6　"重思考的学校，重学习的国民"（Thinking Schools, Learning Nation）由总理吴作栋于一九九七年提出。http://www.moe.gov.sg/about/

通过这些活动帮助学生掌握语文知识和语文技能。值得注意的是，新教材在单元介绍部分阐明该单元的"语言技能目标"，使课文篇章为语文技能教学服务，不至于陷入天马行空的教学。[7]

表六 《中学华文（快捷）》语文活动编排体例

课型	活动项目	活动细节
讲读课	课文放大镜	阅读理解、插入人物肖像活动
	技能学堂1：浏览式阅读法	找关键词／找关键段落
	小任务	扩展阅读；运用、巩固学习
	技能学堂2：运用适当的语调、语速表达不同的情感	听录音，注意说话者的语调和语感，以及所表达的情感
	小任务	听对话录音
导读课	课文放大镜	阅读理解
	技能学堂：掌握审题的方法	确定文体、题目中的关键词语 理解题意、写作范围
	小任务	审题活动
自读课	课文放大镜	阅读理解、引入比较思维导图

---

7 "以培养语言能力为目标的阅读、写作和听说的学习重点"。新教材编写说明，《中学华文（快捷）》[S]一上（新加坡：新加坡教育部课程规划与发展司，2011年）。

课型	活动项目	活动细节
综合任务	温故知新	听录音，掌握语调、语速；角色扮演
	牛刀小试	审题、写作文
	自我评估	评估自己的表现、说一说理由

资料整理：2011 年《中学华文（快捷）》中一课本。

　　《华文 11》对一九九四年教材体例有所沿承，即"讲读"和"自读"，也有所创新，即"导读"和"综合任务"。从"讲读"到"综合任务"体现了以学生为中心的学习理念，语文技能和语言能力，尤其是交际沟通能力的培养为教学主轴，课型的安排起着先扶后放的作用。"新教材讲读课、导读课、自读课组织单元的规划，是以阅读技能为主线，同时以读写带动听说。也就是说：在讲读课中，教师精教阅读技能；来到导读课，则教师引导学生使用前一课的阅读技能来阅读导读课课文；及至自读课，则学生已经可以自行使用该单元的阅读技能进行阅读。至于听说与写作技能，则在综合任务中让学生复习，并在随后的单元中为新的技能学习点铺垫，体现螺旋上升的学习形态。"[8]《华文 11》编写体例体现了以学生为中心，强调以语言能力为主、自主学

8　毛丽妃，前《中学华文（快捷）》教科书编写员之一，于会议上宣读《谈新加坡 2011 中学华文新教材的设计理念——以华文（快捷）课程为例》[Z]，新加坡华文教学与研究中心主办第二届《华文作为第二语言之教与学》国际研讨会，2011 年 9 月 8-9 日。

习和自我评估的学习理念。更重要的是，它让教师看到教材和课程之间的联系，在教学上知其然，也知其所以然，摆脱过去只见木不见林的流弊。

四　听说训练系统

在二语学习范畴里，听和说语言能力是基础中的基础，它们对高阶位的语文技能，如读和写起着一定的影响。上世纪九十年代，《王鼎昌报告书》倡议"通过语文技能，听、说、读、写的教导，培养学生的语文能力"。[9]迈入千禧年之际，《副总理声明》重申政府双语政策的立场，并提出"量体裁衣，因材施教"的华文教学新政策。[10]《标准02》于是制定了"华文（快捷）课程注重听、说、读、写能力的综合发展，突出说、读和写方面的训练"，反映社会对第二语文学习的认识与要求。[11]

从教科书的体例来看，《华文94》和《华文02》都设置有听力课。正如表七所示，《华文94》每个单元依照讲读课

9　《新加坡华文教学的检讨与建议》（新加坡：新，加坡教育部，1992年），页12。

10　李光耀：《我一生的挑战——新加坡双语之路》（新加坡：联合早报，2012年），页199。

11　《中学华文课程标准》（新加坡：新加坡教育部课程规划与发展署，2002年），页4。

文、自读或听力课文的循环安排学习；反之，《华文 02》则
没有这样的结构性安排，而是以一项学习活动的形式出现在
教科书里。倘若以特定设计的听力课数量来看，《华文 94》
和《华文 02》分别有十一课和六课，表面上予人不重视听
力活动之虞。可是，若加上不同时期的课文录音、教育电视
录像摄制和唯独光碟的制作，如此一来，这两个课程的多媒
体教学资源不可谓不丰富了。

表七　中学华文快捷课程 1A 和 1B（1994-2001）

单元		课文	篇名	作者	国籍	文体
1	1	讲读课文	我们一起前进	--	--	记叙文
	2	讲读课文	坚强的小花	--	--	记叙文
	3	自读课文	我要读书	郑丰喜	台湾	记叙文
2	4	讲读课文	写字的秘诀	--	--	记叙文
	5	讲读课文	第一把锯子	--	--	叙述文
	6	自读课文	刮骨疗毒	罗贯中	中国	叙述文
3	7	讲读课文	胆破了	陈伯汉	新加坡	相声
	8	讲读课文	车祸新闻	--	--	新闻
	9	听力课文	公路交通报道（两则）	--	--	--
4	10	讲读课文	月光曲	--	--	叙述文
	11	讲读课文	一碗面条	--	--	说明文
	12	自读课文	邮票的起源	--	--	说明文

单元	课文		篇名	作者	国籍	文体
5	13	讲读课文	受伤的树	--	--	记叙文
	14	讲读课文	绿色宝库	--	--	记叙文
	15	听力课文	我们是绿化小园丁	陈尊权	新加坡	歌曲
6	16	讲读课文	电子游戏的噪音问题	--	--	说明文
	17	讲读课文	呵欠	--	--	相声
	18	自读课文	机器人出诊			科幻
7	19	讲读课文	厨子得宝	--	--	记叙文
	20	讲读课文	鹿头上的樱桃树	敏豪生	德国	叙述文
	21	自读课文	星星醉酒	--	--	记叙文
8	22	讲读课文	谁在弹琴	陈伯吹	中国	记叙文
	23	讲读课文	黄医生	徐开垒	中国	记叙文
	24	自读课文	两篮葡萄	晓南	台湾	微型小说
9	25	讲读课文	显像电话	--	--	说明文
	26	讲读课文	电动汽车	--	--	说明文
	27	听力课文	广告与发明	--	--	--
10	28	讲读课文	从图画到文字	--	--	记叙文
	29	讲读课文	推敲	--	--	记叙文
	30	自读课文	傻女婿拜寿	--	--	记叙文
11	31	讲读课文	新加坡河	--	--	抒情文
	32	讲读课文	牛车水巡礼	--	--	记叙文
	33	自读课文	灯光灿烂的乌节路	--	--	描写文

多元教学资源的制作反映了课程继续对"听"、"说"语文技能的重视。然而，它不是过去视听法以语言实验室和课堂口语操练为主的学习模式。《华文 02》在课程设置上虽然对语文技能有所侧重，但还是重视听力教学，强调学习者在听和说上的综合学习。它们有效地利用科技的便利，或通过光碟录音、或录像、或资讯科技，强调学习者为学习的中心，为他们打造一个自然和互动的语言环境。从活动安排来看，教材基本上采用活动前、中和后的方式进行。听力活动前通常是词语预习、活动中是对所听录音内容的考核，而活动后则是扩展学习或讨论、或口头呈现、或短文写作不一而足。这些活动在在的反映"听"和"说"，甚至"写"的综合教学模式。

另外，《标准 02》为了达到"因材施教"的目的，快捷华文课程"突出说、读和写方面的训练"。表四"运用与扩展"中的"角色扮演"、"说一说"和"分组讨论"在教科书中频频出现俨然是核心口语学习活动，说明《华文 02》落实了《标准 02》的要求。在教材里，除了传统听录音的听力教学，其他听、说活动不是孤立的、操练式的进行，而是在学生互动的情境下完成，让学生有活用语言的机会。由此可窥知，《华文 02》在听、说教学活动设计和安排上的别具匠心和特色。

表八　2002 和 2011 年中学华文（快捷）教材中的口语教学安排

2002 年		2011 年	
	学习活动	技能目标	学习活动
听	• 课文录音 • 听力课文 • 思维导图	技能学堂 说话 • 能运用适当的语调、语速表达不同的情感 聆听 • 能抓住关键词语，在日常会话中听懂对方的主要意思 • 能根据情境和关键词语，听出对方的观点和用意 • 能根据已学过的知识听出说话者的观点和用意 听说 • 能从上下文听出事件的前因后果 • 能针对见闻表达自己的感受 • 能抓住所说明的主要事物，把握事物的特点与细节（教学重	说话 • 提供录音，学生进行对话练习，并在表格打钩 聆听： • 提供录音，学生在表格填写关键词语 • 提供录音，掌握话语在不同的情境中所包含的意思 听说： • 听完录音后，学生并在表格中打钩，并谈谈感受 • 听完录音后，学生将重点填写在表格上 • 听录音，在表格中填写正确的答案 • 角色扮演，针对课题发表看法 • 听完录音后，选择正确的答案

2002 年	2011 年		
	学习活动	技能目标	学习活动
听		点：明确事物、特点、数据/例子） • 能说明事物的特点与细节 • 能听出与不同辈份的人说话时表达上的差异 • 能根据不同辈份，采用适当的表达方式 • 能听出广告中的"事实"和"意见" • 能针对事件发表自己的看法（结合语境，理解熟语在话语中的含义）	
说／读	• 朗读、角色扮演、说一说、分组讨论、扩展阅读		

　　在二语教学里，听和说语言能力虽然是基础功夫，然而，新加坡的二语学习环境情况有点复杂。简单的说，学习者不完全是零起点，或完全置身于外语的环境里。如此一来，由于一般学生具备听说能力，因此常令课堂教师在课堂教学上无所适从，或不给予应有的重视。

以《华文 02》来说，课程标准对听力和说话活动都有分别列项说明学习要求。落实到教科书里，说话活动安排尚好，主要形式如上文所说有小组讨论、口头报告和专题作业报告等形式，然而，听力活动的编排就未臻理想了。教材编写员尝试在教科书中穿插听力活动，多沦为单程聆听地孤立进行。听力内容以叙述性和说明性短文为主，可以说是传统理解问答改装为听力版，着重学生对录音篇章内容的掌握。所涉及的听力技能，即便有也没有详细列明听力技能训练目标，课堂教师常草草听一遍录音，然后订正答案了事，对学生听力能力的训练与发展没有多大帮助。

在华文为第二语文学习，和越来越多学生来自英语为家庭用语的情况下，要贯彻新课程"沟通、文化和联系"的学习目标，就得重视口语交际能力的教学和培养，而且必须和以往以单项技能的处理方式不同。从表八不难观察到听和说在新教材单元学习里，以口语互动大概念来处理听和说的学习，比如《华文 11》的口语教学在讲读课的"技能学堂"里，以"说话"、"聆听"和"听说"的形式出现。《华文 11》听力的内容也迥异于以往仅重篇章内容的理解与掌握，而强调语料的真实性和在真实语境中的交际沟通，因此人物日常生活对话、广告等都被选录到听力训练中去。

此外，在阅读的带动下，《华文 11》口语能力的训练安排是"说话"、"聆听"和"听说"是一个由"说"的培训到真实交际的过程。每一个过程都有清楚的学习目标，如语调和语速、听关键词、在不同情境中的语料意思、判断语篇的起因和结果、把握语料的主要事物、特点与细节，循序渐进的引导教与学，培养学生语言能力和重交际沟通的目的与训练鲜明。配合在二〇一二年推出的多媒体"母语乐学善用"平台，借助资讯科技的互动和自我评估功能，学生将有全天候的校内和校外的口语练习机会。

总之，《华文 02》和《华文 11》都在上一套教材的基础建立口语训练系统。它们折射的是教材编写员致力配合本地二语学习的特色，将听、说技能有机地融入到教材里，为学习者提供自然地、真实地、系统地使用目的语的机会。

五　写作训练系统

按照现行的语文教学说法"写作"是高阶位的语文技能，属于"产出性"或"输出性"行为，也是检测学生语文水平的重要管道之一。按照交际教学法的原则，有了有效地"输入"，即听和读，才能有"输出"，即写和说。因此，教科书的设计和课堂教学是学习者学习写作过程的重要关键。这里仅仅就写作在教科书中的安排加以讨论，不涉及写作与听、说和读的相互作用关系的讨论。

表九胪列《华文 94》、《华文 02》和《华文 11》的中一快捷课程教科书写作教学安排。

表九　1994、2002 和 2011 年中学华文（快捷）写作教学安排

		1994 年	2002 年	2011 年
叙述文	中一	叙述手法： 过程（经过、结果）、顺序、环境／情景描写	叙述手法： 顺序法、倒叙法、例子与结论、感染力	审题（关键词、理解题意、确定写作范围'时间、地点、人物、事件'）；理解题意拟内容
		情节意识： 叙述要素（人物、事情、时间、地点）、主题句、事件发展次序	情节意识： 故事线（情节线索）、叙述要素（人物、时间、地点、事情）	
		文章结构：无	文章结构： 开头写法、主题句和辅助细节	用直接点题的方法开头，利用五官感知来描写；根据语料（新闻），结合自己的生活写一封信
		段落知识： 自然段、意义段、段落顺序、主题句／段（结尾段）	段落知识： 自然段	
		人物描写： 反应／感受、事	人物描写： 心理、行为、事	肖像描写和行动描写（反映人物的身份、

		1994 年	2002 年	2011 年
叙述文	中一	例、细节描写、间接描写（环境／情景）、性格特点（外貌、行为、语言、心理和事件）、形象（职业、性格、态度和地位）	件、反应、前后变化（外貌、态度、举止、原因）	性格、心理）修辞手法：比喻、拟人
		无	无	电邮写作、简单阅读报告（题目、主要人物、内容提要、读后感想）

可以这么说，写作训练系统早已在《华文 94》里确立。举凡段落知识、情节意识、文章结构、叙述手法和人物描写教学，教材编写员都在教科书里有意识地加以安排。另外，教材以叙述文作为写作训练的起点，渐渐展开至高阶位的说明文和议论文写作，其循序渐进的学习原则更不必赘言。此后，《华文 02》和《华文 11》也大致依照这样的结构各自安排写作训练内容。值得注意的是，叙述文主要以事件叙述和时间发展为文章主轴，间中带出人物和环境，中心事件发生的原因、经过、地点、人物的叙述要素，《华文 02》把这些要素定位为"六何法"来培养学生的叙述性思维，养成一定的思考习惯。

《华文 02》在叙述文的结构教学上也有很好的发挥。它透过不同课文中的思维活动，让学生由个别写作分技能，如叙述要素、情节铺展（即"故事线"Storyline）和人物刻画，到叙述文整体的阐明，如结构前后呼应、中心主题和辅助细节，帮助学生既掌握技能又获得整体的写作概念。再加上，教科书辅以一定的叙述手法知识和活动，以及精心挑选的经典课文篇章，更好的帮助学习者掌握叙述文写作技能。

《华文 11》在写作安排上最大的特点可归纳为：在写作结构上从审题、点题、掌握题意等写作基本功入手，一摆过去先从文章结构、段落知识、叙述语文要素开始的作法。然后，再从心理认知入手引导学习者利用五官感知来进行创作。这样的设计与安排的好处是，疏解学习者抗拒写作的心理。此外，它以学习者的写作心理为起点，让写作与生活感知紧密联系不致陷入孤立学习，成为写作知识的堆砌。

基本修辞手法，如比喻、拟人，出现在中一阶段是《华文 02》所没有的。实际上，学习者除了母语科学习，也同时学习其他科目比如英国文学。他们在该科目里，也学习比喻和拟人等修辞手法。《华文 11》写作教学上这样的安排很好的利用学习者的背景知识，减轻他们的学习担子。

《华文 11》在写作教学上的另一个明显的特色是语言的交际沟通功能。这反映在教材对真实语料的强调和真实情景的设置，其中一个例子就是电邮写作。在结构上，电邮写作是收件人（即学习者）必须针对收到发件人的电邮（即来函）加以回复。收件人的作答程序大致是：1.发件人来函寒暄；2.发件人陈述自己的近况；3.发件人提出自己的问题；4.发件人请收件人针对自己的问题提出看法；5.以叮嘱或早日收到复邮结束。倘若以流程图来表示，则如下所示：[12]

交际范畴	交际沟通过程与策略
回电邮细节 互动性质 交际对象 互动性质 掌握来函内容	寒暄／直接陈述／转折陈述／回归陈述／结束语 （发信）　（启动、展开话题）　（收到来函） 发件人 ┈┈┈┈┈┈┈┈➤ 收件人 　　　◄──────────── （收到复函）　（意义协商）　（复函） 把握来函性质与目的／回应来函要求／结尾

图三　实用文（个人电邮）书面语交际沟通流程图

　　上图显示私人电邮的互动性质。基本上，它包含有认知和情意两个层面：认知直指收件人对发件人来函内容的掌握；情意则指收件人对发件人态度和情绪的体验。只有收件人在掌握了电邮的认知和情意层面，才能很好的做出得体的互动反应。我们可以通过下表九，说明学习者在学习上必须掌握私人电邮里互动的实质内容。

---

12 流程图取自张曦姗、吴宝发《新加坡中学华文评估方式的改变为课堂教学带来的挑战》报告于香港理工大学主办，第五届华文教学国际论坛，2011 年 12 月。

表十　私人电邮的认知与情意层面

认知层面	情意层面
• 收件人了解自己与发件人的关系 • 确定发件人来函时的生活情况或处境 • 掌握来函内容的显性和隐性陈述或要求 • 了解与构思如何回复发件人要求的内容	• 收件人掌握发件人直观与潜藏的情绪 • 收件人斟酌在互动时应有的得体表达方式

纵观以上分析，电邮写作摆脱过去实用文里私函和公函仅考查学习者对教师提供写作题目做狭隘性的题面理解，围绕题面展开个人主观性思考，形成直线式单程沟通的写作。电邮写作无论私函或公函都通过强调互动的重要性，显性的写作双程沟通来完成书面互动的交际目的。更重要的是，电邮写作模拟真实生活情境，考核学习者的语文表达和理解能力，鼓励他们活用语言和体验语言真实性学习的初衷。

六　结语

语言教学属于语文科？还是知识科？第二语文教学等于外语教学？语文技能和文化教学该有所侧重吗？第二语文学

习者必须认识多少个汉字才算达至最起码的语文水平？这些都是不好解决，却又不得不正视的问题，进而影响教材的编写和本地华文作为第二语文学习系统或模式的建立。

从推行双语教育伊始，华语文作为必修课，社群的共识是：保留华族的母语和认识自己文化的根，为学习者保有一定的语文与文化基础以备将来生活和职场之需。根据这样的共识，除了语文政策的规划外，课程标准专门处理语文水平的问题，教材则处理教学内容如听、说、读、写该以怎样的方式组织，才能有效的落实语文学习目标。

纵览上世纪所出版的教材，一九七四年华文（第二语文）教材，简言之，是第一语文的降级版。教科书的编订主要是选文式，集名家名篇于一册，教学理念仍采用通过教师对篇章和语文知识（主要是语法）的讲授方式，和注重语文操练系统以期达到掌握目的语。一九八三年教材编写员才有意识地借鉴第二语文教学法。在编写方面，强调篇章内容接近学生生活。但从教科书的编排体例来看，注重语文技能训练和掌握。因此，教材设计单元分有说话教材、实用文教材和文章选读。教科书内容特别有系统地和详尽地教导语法知识，充分显示出华文作为第二语文教学，应注重语文知识和语文技能的学习路子。[13] 然而，该教材在编写上采用第二语

---

13 李英哲教授是《中学华文教材》（1983）的海外顾问。他认为，目前现有的中学华文（第二语文）教科书，选择的多半是新马文学作品获五四运

文，强调语言知识如语法、句型的学习，不仅未能很好的兼顾文化和提高语文水平的任务，反而给予教育工作者和社会舆论将华文当成外语来学习的印象，因此也引来不少的诟病。

《华文 94》教材最大的特色就是强调语文教学中的文化元素，淡化语文知识教学，如语法和句型。《华文 94》反映了在教材内容上，重视篇章教学及所蕴含的文化价值观，并明白华文做为第二语文学习，语文技能尤其是听力的重要性。教材编写员的努力体现了华文学习必须从母语的视角切入，必须迥异于国外盛行的外语教学。此外，《华文 94》在设计上引入了思维技能，强调华语文学习是"活"的，必须有"用"，反映语文学习同时须兼顾工具性和思想性的语文观。

二○○二年华文课程设计迥异于上世纪的是，突出各课程语文教学的侧重点。从《标准 02》对文化与价值观学习学习的细化，可知教材在处理语文和文化的关系时，是以双轨方式进行，但每一个课程应达到的语文技能水平各有不同。除了高级华文是四种语文技能并重，其他语文课程根据听、说先于读、写，而听又先于说的习得先后规律，进行微

动时白话文，以及一些传统故事，这些都是阅读性的作品，属于书面阅读，在认识词汇方面能给学生一定的协助，但却不能将它用在实际生活上。这是传统华文教材的缺点。一般人都认为学生自小就用语言和他人交谈，从而忽略了语言教育的重要性。课文中着重的是读与写，至于听和说，似乎没有特别教导。他认为，应该在小学阶段，就训练学生的语言使用，这比他们了解文化和欣赏文学更为重要。见〈言文教导比任何科目都重要——访问李英哲教授〉，《联合早报》，1982 年 7 月 7 日。

观规划与调控。

在这样的一个认识基础上，语文技能又重新摆在显著的教学位置上，尤其是华文（快捷）课程，强调的是听、说和读的学习。这是因为在英语为顶层语言的社会实况下，对绝大多数华文学习者而言，"写"是他们在将来的职场上最少使用的技能。因此，在原本有限的学习时间里加强听、说和读的训练，为学习者奠下一定的语文基础和继续学习华文的兴趣，反映着务实和讲究学习效率原则的延续。课程这样的设计解决了学习者的差异性，同时也强调语文的实用性。它将语文技能的训练，从过去既定的语文四技平行发展的窠臼解放出来，更符合二语学习的规律。反映在教材里则是说话技能有意识的强调和活动多样化性，而且是在自然的情景下如课堂讨论中完成。

《华文 02》也继续加强思维技能训练，形成一套很缜密的培训系统。无论是对课文的结构和内容的深层理解，还是写作技能培训，都通过思维结构图方式加以形象化与强化，无形中强调了语文的工具性和实用性。然而，在语文的实用层面上，仅限于文本式的产出，如实用文（公函和私函的单程写作）、听力理解仍限囿于传统的文本录音被动式的聆听与理解，所习得的仍是以书面语为主，未能很好地缩短课堂学习与生活真实应用的问题。

《华文 11》强调"提升学生的语言交际能力、人文素养与通用能力"。在单元设计上，新教材延续二〇〇四年《黄庆新报告书》的"差异教学"理念，并根据《何品报告书》中有一些母语基础的学生，从阅读到说和写的教学流程，来安排教科书的内容和篇章教学，以期达到训练学生使用语言来交际沟通的目的。根据教学流程，教科书如华文和高级华文都以阅读为主轴，带出相应的写作技能训练和适当的加插"说话"、"聆听"和"听说"等口语表达学习。至于，过去未很好解决的语文"用"的问题，新教材提出培养学习者的交际能力的目标，以任务型学习活动取代传统的篇章理解讨论、或实用文教材（报章阅读），或过度强调的思维技能训练、或过度注重的小组讨论和专题作业等语文活动。

新教材继续有机的融合语文知识、语文能力和语言实用性的教学问题，而以语言的"用"为其用力的地方。因此，在语文四技中强调以"读"为学习主轴，贴切地疏解自一九八四年华校被关闭后，华文学习生搬硬套第二语文教学法，却又无法好好反映课堂真实学习情境的窘境。新教改强调"读"以"听"和"说"为基础，反映在教材上则是清楚的以"读"带动其他技能的学习。在每个单元教学目标设计里，"写"也居于显要的教学重点。在新加坡语言板块转以英语为主时，几次华文教改都顾及学习者不同的能力和学习困难，致力提出有效的学习方案。新教材努力想完成的是继续将华文学习维持在合理的二语水平，让学习者通过大量阅读认识和认同母族文化与价值观，以及提供继续使用语言的情境，让华文成为"活"的语言。

展望未来，虽然华文在学校成为单科学习，但由于华语文在社会上获得普及，该是发挥"保底不封顶"的原则的时候了。因此，除了意识华文应肩负的文化价值观，语文四技的处理就显得至关重要。语言教学和学习最终的目的，是要能够在社会上加以使用，最具体的表现莫过于在日常生活中继续阅读华文书刊。《华文 11》强调语文技能学习回归到"读"统摄其他语文技能的学习是合理的，使到教材里的的语文学习系统更缜密和完善。在落实《何品报告书》的建议接下来要用力的是，在引进真实语境和真实语料入课堂教学的同时，须确定真实语境和解决真实语料学习的本质问题。

参考文献

一 書籍

王荣生 《语文科课程基础理论》 上海 上海教育出版社 2003 年

齐沪扬、陈昌来主编 《应用语言学纲要》 上海 复旦大学出版社 2003 年

刘颂浩 《第二语言习得导论——对外汉语教学视角》 北京 世界图书出版公司 2010 年

李 泉 《对外汉语教材研究》 北京 商务印书馆 2006 年

李光耀 《我一生的挑战——新加坡双语之路》 新加坡 联合早报 2012 年

洪宗礼、柳士镇、倪文锦主编 《母语教材研究》 南京 江苏教育出版社 2007 年

张晋、王铁琨主编 《中国语言资源论丛（一）》 北京 商务印书馆 2009 年

周小兵主编 《对外汉语教学导论》 北京 商务印书馆 2010 年

新加坡教育部　《乐学善用——2010 母语检讨委员会报告书》　新加坡　新加坡教育部　2010 年

新加坡教育部课程规划与发展署　《中学华文课程标准》　新加坡　新加坡教育局　2002 年

新加坡教育部课程规划与发展司　《中学华文课程标准 2011》　新加坡　新加坡教育局　2011 年

新加坡教育部课程规划与发展署　《中学华文（快捷）教师手册一上》　新加坡　泛太平洋出版社　2002 年

新加坡教育部课程规划与发展司　《中学华文（快捷）一上》　新加坡　泛太平洋出版社　2011 年

《华文课程语教学法检讨委员会报告书》　新加坡　新加坡教育部　2004 年

《中学华文（快捷课程)》中一至中四　新加坡　教育出版社　2002 年

《新加坡华文教学的检讨与建议》　新加坡　新加坡教育部　1992 年

二　期刊論文

〈言文教导比任何科目都重要——访问李英哲教授〉　《联合早报》　1982 年 7 月 7 日

毛丽妃　《谈新加坡 2011 中学华文新教材的设计理念——以华文（快捷）课程为例》　新加坡华文教学与研

究中心主办第二届《华文作为第二语言之教与学》
国际研讨会　2011 年 9 月 8-9 日

张曦姗、吴宝发　〈新加坡中学华文评估方式的改变为课堂
教学带来的挑战〉　报告于香港理工大学主办「第
五届华文教学国际论坛」2011 年 12 月。

"重思考的学校，重学习的国民"（Thinking Schools, Learning
Nation）由总理吴作栋于 1997 年提出 http://www.
moe.gov.sg/about/

探索新加坡小学口语互动教学
——以小学华文教材为例[1]

黄黛菁

提 要

从一九七九年至二○一一年期间，新加坡的华文教育政策经过了几次重大改革。随着不同政策的报告书出炉，小学华文教材也随之大幅改变，尤其是口语教材在编写的形式上越来越灵活多样，以便适应和配合学生的学习能力与需求。二○一○年的《母语检讨委员会报告书》提出："培养学生成为有效的语言使用者，让他们在真实的生活情境中充满信心，有效地使用母语与人沟通"，以达乐学善用的目标。

本论文根据二○一一年母语检讨委员会建议的"乐学善用"，探讨教师如何在课室内进行有效的口语教学，激发学生学习的兴趣。针对程度各异的学生，教师如何用不同的策略开展口语活动，提升学生的口语互动能力，营造自主学习的氛围，并使母语成为生活化的语言。

本论文通过综合分析法和比较法，对三十余年来新加坡小学华文教材中的口语教学内容以及口语互动教学的设计进

---

1 鸣谢：感谢圣安德烈小学的郑妹金老师在本研究的实验数据收集部分对本文做出的贡献。文章中观点为本文作者个人见解。

行分析和研究，得出以下结论：新加坡华文教材中的"听听说说"口语活动内容充实、选材得当、贴近生活。全国通用的小学口语互动能力配套能针对二语学生的需要设计教材，更能激发二语学习者的学习兴趣。本论文也通过进行小学生的口语测试和调查问卷，了解学生的口语互动能力和喜爱的程度。

关键词：口语互动、口语教学、华文教材、二语学习

一　前言

　　新加坡是一个多元种族、文化和语言的社会。自一九六五年独立建国以来，新加坡一直重视"英语必知，母语必学"的双语政策，并通过语言教育规划（language-in-education）来实现这一政策。华语作为新加坡主要民族的母语，其教学方法和内容一直是教学和课程改革的重点。进入二十一世纪以来，新加坡的华文课程已经经历了两次评估。二〇〇四年，新加坡教育部设立的"华文课程与教学法检讨委员会"全面检讨了本地的华文课程并提交了报告书[2]，于二〇〇七年即开始正式施行新的华文课程。针对语言环境的改变，二〇〇四年的报告书提出了单元模式的概念，并试图采用"强调听说"、"先认后写"、资讯科技等方式来提高学生学习华文的兴趣。在教学重点上，课程改革十分强调学生的口语交际能力，而在教学法的层面，则表现为重视师生互动，调动学习者积极性，全面提高学习效率。二〇一〇年，由教育部教育总司长何品女士领导的母语课程检讨委员会又一次检讨了现行的华文课程，并提出了"乐学善用"的

---

[2]　新加坡教育部：《华文课程与教学法检讨委员会报告书》（新加坡：教育部课程规划与发展司，2004 年），页 33-34。

报告书[3]。此次的报告书提出了语言能力分级描述的概念（proficiency descriptor）和适用于新加坡母语教学与评估的策略，教学和课程改革突出了"活学活用"的教育理念，也更加强调培养学生主动探究、自主学习的精神。在教学重点上，二〇一〇年的报告书指出："母语课程的目标在于培养学生掌握聆听和阅读理解能力，以及口头和书面表达能力，使他们在日常生活中能有效地使用母语与他人沟通。"值得注意的是，报告书中在传统的听说读写这语言能力四技的基础上增加了口语互动能力和书面语互动能力这两大技能，这是一次革新性的尝试。这标志着本地华文教学的重心已从语言技能的培养转移到交际能力的培养，试图通过提高学生母语的沟通能力和互动技巧，让母语成为生活化的语言，来实现"乐学善用"的愿景。由于华文二语学习者在日常生活中使用华文的频率与其华文口语能力有密切的关系，因此教师在学校积极地进行口语交际训练与采用口语互动能力的教学配套，帮助学生有效地使用母语。

既然近年来的课程改革越来越强调和重视口语交际、互动能力，那么对于新课程中的口语教学部分的研究就变得十分必要。本论文旨在比较自一九七九年至今本地所使用过的四套教材中口语教学的比重，来探究口语教学的发展趋势。

3　新加坡教育部：《乐学善用：母语检讨委员会报告书》（新加坡：教育部课程规划与发展司，2010 年），页 18-19。

此外，本论文还试图通过口语测试来对二〇一二年开始推广的口语互动配套的实际成效进行一个简单的评估。

二　文献综述

（一）口语教学和口语互动教学

新加坡的双语教育政策对新加坡的教育发展和母语的保留做出了贡献。但 Zhao 和 Liu[4]指出，由于受到双语政策的影响，华文在新加坡的声望（prestige）大受影响并让位给英语。英语的实用价值和高使用率，造成英语成为强势语言，也导致不少务实的华族学习者"脱华入英"。那些在以英语为教学媒介语的教育体系里成长的华族年轻父母虽然接受双语教育，不过一般英语比华语强，更习惯用英语和子女交谈，从而导致本地华族家庭用语发生了显著的改变。根据新加坡教育部得到的小一新生华族家庭常用语调查数据，应用华语为家庭用语的学生从一九八〇年的百分之二五点九增至一九九〇年的最高峰百分之六七点九，随后便开始逐年递减，二〇〇〇年为百分之四五点四，二〇〇四年为百分之四三点六，二〇〇九年为百分之四十。反观在家讲英语的华族小一新生

4　Zhao, S., & Liu, Y. (2007). The home language shift and its implications for language planning in Singapore: From the perspective of prestige planning. *Asia-Pacific Education Researcher, 16*(2).

人数却不断向上攀升，由一九八〇年的百分之九點三增至一九九〇年的百分之二六點三，到二〇〇〇年升至百分之四十點三，更于二〇〇四年以百分之四七點三首度超越华语，再上升至二〇〇九年的百分之六十。详细情况见图一[5]。

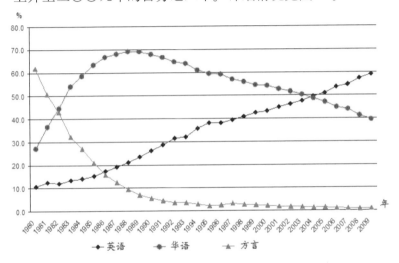

图一　新加坡小学一年级学生的家庭用语

（1980 年至 2009 年）

越来越多的家庭用语转为英语，意味着双语学习的情况随着社会语言的变迁而产生了变化。随着家庭用语的改变，新加坡儿童的双语语言学习出现了两种不同的起点：一种是

5　Lee, K. Y. (2009). Speech by Mr Lee Kuan Yew, Minister Mentor, at Speak Mandarin Campaign's 30th Anniversary Launch. Retrieved from http://www.news.gov.sg/public/sgpc/en/media_releases/agencies/mica/speech/S-20090317-1.html on 16 July, 2010.

入学前家庭用语以母语（以华族而言，以华语为主、方言为辅）为第一语言；另一种则是入学前家庭用语以英语为第一语言。近十几年来，本地家庭用语的转变显示了华文在家庭里的式微趋势。此种趋势导致了新加坡的华文教育由母语教育向二语教育转变，也给华文教学带来了不少新的挑战。

本地的华文教学属于二语教学的范畴[6]。在二语教学方面，克拉申（Krashen）在其著作《第二语言习得和第二语言学习》（Second Language Acquisition and Second Language Learning）[7]和《第二语言习得的原则和实践》（Principles and Practice in Second Language Acquisition）[8]中阐述了有关二语获得的"输入假说模式"。具体而言，"输入假说模式"由五个互相联系的核心假说构成，它们分别是：语言获得—习得假说、自然顺序假说、监控假说、语言输入假说和情感过滤假说。在克拉申的"输入假说模式"中，语言输入假说是核心部分。过去的外语教学由于受结构主义语言学的影响，句子结构（即句型）被反复强调。只有学了句型，再将这些句型用于交际中加以练习，才有可能培养学生流畅地说外语的能力。而根据克拉申的理论，如果习得者现有水平

6　陈志锐主编：《行动与反思——华文作为第二语言之教与学》（南京：南京大学出版社，2011 年），页 100。

7　Krashen, S. D., *Second language acquisition and second language learning*. Oxford; (New York: Pergamon Press Inc., 1981)

8　Krashen, S. D., *Principles and practice in second language acquisition*. (New York: Pergamon Press Inc., 1982)

为"i"，能促进他习得就是"i＋1"的输入。这种输入应当
是"可理解的语言输入"（comprehensive input），具体来说
应当具有四个特性：可理解性、既有趣又有关、非语法程序
安排、输入量要足够。理解输入语言的编码信息是语言习得
的必要条件，无法理解的（incomprehensible）输入与噪音
无异。为了要使语言输入对语言习得有利，必须对它的意义
进行加工，输入的语言材料越有趣、越有关联，学习者就会
在不知不觉中习得语言。而要习得一个新的语言结构，需要
长时间有内容有乐趣的广泛阅读和会话，按语法程序安排的
教学不仅不必要而且不足取。总而言之，语言习得的关键是
足量的可理解的有趣又相关的语言输入，这种"i＋1"的输
入并不需要人为地去提供，只要习得者能理解这种语言输
入，而同时他又有足够的量时，就自动地提供了这种输入。
基于克拉申的理论，为了实现这种"i＋1"的输入，口语教
学中互动性因素越来越多。因为第二语言的学习，除了要学
会一定的语言知识，并进行必要的技能训练以外，最终目标
还是要培养运用语言进行交际的能力[9]。互动的因素正是为
了培养学生在日常生活中或在课堂里常运用华语与人进行口
语交际的能力，让学生通过互动，在听真实情境现场语言的
素材时，大大增加他们的语言词汇。英语背景的二语学习者

---

9 刘珣：《汉语作为第二语言教学简论》（北京：北京语言大学出版社，2002
   年）。

书写能力比较弱，却能借助口语教学培养他们的口语能力，使学生能达到字词句发音准确，语调、语气正确；让他们能用已经学习过的词汇，表达心意或叙述事情的前因后果；能就一般日常生活和学习话题简单发表自己的意见和说出个人的看法。口语互动能力则需要结合接受性技能（receptive skills）（聆听与阅读）和产出性技能（productive skills）（口语与书写）[10]来就相关情境进行会话式问答或简单讨论，抑或进行日常生活中的基本口语交际，例如：问候长辈、自我介绍、祝贺、询问以及购物等。如何在教材和教学活动中做好口语部分的教学、加入口语互动的元素，并切实地提高学生的口语及口语互动能力，成为了新课程改革的首要任务。

横观世界其他各地的口语教学，也逐渐出现互动性增加的趋势。例如，英国的语文课程标准对中学生的口语交际能力有具体的规定，主要包括"小组讨论与交流"和"戏剧"两项任务；而在其考试系统中，占总分百分之二十的口语也有明确的考核标准，并包含了互动的部分[11]。欧盟于二〇〇二年提出的八项关键能力也包括有母语沟通能力和外语沟通能力，主要指在多种不同沟通情境及目的下以口语或书面语的形式，使自己为人理解、或理解他人的能力。沟通包括倾

---

10 新加坡教育部：《乐学善用：母语检讨委员会报告书》（新加坡：教育部课程规划与发展司，2010 年）。

11 明洁：〈口语交际的功能与课程的最低要求〉，《语文学习》第 5 期（2003年）。

听与理解，以及简明扼要的说话能力，也包括在不同脉络下整合讯息，并展开、进行或结束对话之能力[12]。此外，美国的许多中学也都开设了诸如演讲与修辞课、辩论课、语文课等以培养口语交际能力为主的课程，甚至有的学校专门开设了口语交际能力这门课。这些课程都围绕语言运用能力的培养进行，每学期培养的重点不同[13]。新加坡的母语检讨委员会于二〇一〇年发布的报告书《乐学善用》也把口语和互动能力提到了一个十分重要的地位。《乐学善用》报告书指出，课堂教学应当注入更多互动的元素，强调语言在真实情境中的使用，让学生体会到所学的知识与技能的实用性。与此同时，考评方式也会更具有互动性元素来配合教学上的改变。为达到这一目的，不仅课程内容上需要改善，在教学方法上也要更多地融入资讯科技的使用。笔者认为口语能力和口语互动能力应当是相互配合、相互促进的关系，为了切实提高学生的口语能力，互动性的教学法不失为一种好的策略，既可以以讨论或戏剧的形式来激发学生的学习兴趣，又可以让学生在互动性的教学活动中得到讲华语的机会，以达到"多说"的目的，从而让他们感受到语言在真实情景中的使用。

---

12 刘蔚之、彭森明：〈欧盟"关键能力"教育方案及其社会文化意涵分析〉，《课程与教学季刊》第 11 卷第 2 期（2008 年），页 51-78。

13 李冰梅：〈美国中学生口语交际能力培养模式〉，《中学语文教学》第 8 期（2006 年）。

（二）口语实验

为了培养学生的口语能力，针对"教什么"（教学内容）和"怎么教"（教学法）这两个语言教学活动中的基本问题，李海燕[14]指出要区别"听听"与"所说"，选择学生最需要的符合口语特点的句子和语段，把重点从注重语法规则转移到关注交际信息上来。宫力通过《交互式语言教学研究》，提倡"个性化、自主性、交互式、形成性的教学理念"[15]，在教材的编写与设计中始终贯穿以学生为中心、以实践为主、过程为重、以自主学习为主、交互式学习为乐等教学法。为了配合现行的小学华文教材来培养学生的语言交际能力，教育部于二〇一一年十二月编写了互动能力教学配套。口语互动能力教学配套包括大图和图卡，大图涵盖十四个主题，图卡包括处所。互动能力教学配套还包括教学流程、《口语互动能力教学指引》[16]和《小学口语互动活动本》等。二〇一二年初，口语互动能力教学配套在全国的小学一、二年级开始使用。与此同时，老师们的教学法也越来越趋向于互动式。由于英语背景的学生在家庭中缺乏说华语

---

14 李海燕：〈从教学法看对外汉语初级口语教材的语料编写〉，《语言教学与研究》第 4 期（2001 年）。

15 宫力主编：《交互式语言教学研究》（北京：清华大学出版社，2010 年），页 21。

16 新加坡教育部：《口语互动能力教学指引》（新加坡：新加坡教育部课程规划与发展司，2011 年）。

的机会，其掌握的词汇量基本仅限于课堂，语法方面则很多时候说的是英式华语，他们的口语中时常出现诸如"我丢垃圾在篮子"这样的欧化句式，甚至掺杂了不少的英语，这样的华语势必会影响表达，有时甚至会影响交流和沟通。因而华语口语能力对于他们而言是一项重要但又不太容易掌握的技能。根据克拉申的"i＋1"原则，我们在华文课堂上应当给予学生大量的、可理解的、相关且有趣的语言输入。教师在课堂上能够适当地采用互动教学法进行教学，强调口语的交际功能，是否就能够帮助学生提高口语能力呢？本研究以一所传统英校为例，进行了一次小规模的口语实验，以期考察口语互动教学法的实际教学效果。

三　研究方法

本研究采用了综合分析法和比较法对教材进行了分析；另外也采用口语实验的方法对新加坡小学的口语互动教学做了简单的实证性研究。

（一）教材分析

本研究通过综合分析法和比较法对于新加坡从一九七九年至二〇一一年间使用过的四套教材进行了文本分析。这四套教材包括：

1. 新加坡教育部课程发展署于一九七九年编写的《小学华文教材》；

2. 新加坡教育部课程规划与发展署于一九九四年编写的《好儿童华文》；

3. 新加坡教育部课程规划与发展署于二〇〇一年编写的《小学华文》；

4. 新加坡教育部课程规划与发展司与中国的人民教育出版社于二〇〇七年联合编写的《小学华文》。

本论文主要从口语教学及口语互动教学的形式来考察上述四套教材的内容。

（二）口语互动实验

参与口语实验的是一所传统英校的二十一名小学四年级学生，他们的家庭用语基本都是英语。口语测试的内容主要从"病句我来医"、"我是小小翻译家"和看图说话这三个部分，来考察学生的口语能力。"病句我来医"部分收集了学生日常所用的错误句式让学生口头进行订正，"我是小小翻译家"部分提供简单的英文句子让学生口头进行翻译，而看图说话部分则是提供一幅包括几个独立事件的图，学生看图说图意。在实验前，教师先向学生们进行了前测，再根据统一的评分标准为学生回答的问题进行评分，作为前测的分数，之后便开始进行互动教学法，并在教学后两周再进行了一次口语评估，作为后测的成绩来考察这次口语互动教学法的实效性。老师在学生完成"病句我来医"和"我是小小翻译家"部分后，与学生一起讨论句子的语病在哪里、如何翻译才是正确的，之后让学生分组讨论及练习订正好的句型；而看图说话部分，老师的口语互动教学法则是让学生分组讨论交流各自要说的图意、看法与个人感受，之后再请同学们自己总结如何能把看图说话部分说得更好。通过这样的互动教学法，我们期望学生能在讨论和对话的互动形式中多得到一些开口讲华语的机会，从而提高口语能力。

四　研究发现

（一）新加坡四套小学华文教材中口语及口语互动教学的安排

本研究综合分析及比较了四套教材中的口语及口语互动教学的部分，具体情况见表一。

表一　1979-2012 年四套华文教材中的口语及
口语互动教学部分之比较

教材	年级	是否有单独的口语／口语互动教学部分	表现形式
1979 年《小学华文教材》	低年级	无	读句子
	中年级	无	拓展句子
	高年级	无	组合句子
1994 年《好儿童华文》	低年级	有	读句子，对话，读短文，开始有口语互动
	中年级	有	每个单元有四课，第四课是阅读课，让学生自主阅读思考和讨论
	高年级	有	每个单元有四课，前三课都有主课文和副课文，第四课是阅读课，课后有活动让学生分小组阅读思考和讨论
2001 年《小学华文》	低年级	无	没有设计口语互动的教材
	中年级	有	每个单元后都有一个活动"阅读，思考，讨论"让学生有机会分组讨论问题
	高年级	有	每个单元后都有一个活动"阅读，思考，讨论"让学生有机会分组讨论问题

教材	年级	是否有单独的口语／口语互动教学部分	表现形式
2007 年《小学华文》	低年级	有	"听听说说"、《口语互动能力教学配套》
	中年级	有	"听听说说"、"学习宝藏"
	高年级	有	"听听说说"

从上表我们可以看到，一九七九年的教材注重的是句子练习和语法，一九九四年和二〇〇一年的教材虽然然在每个单元后有一个活动"阅读，思考，讨论"让学生有机会分组讨论问题，但对于口语及口语互动能力的培养还是隐形的，而二〇〇七年的教材，尤其是《口语互动能力教学配套》则是以显性的方式呈现口语及口语互动能力方面的教学。随着时代的发展，日常生活中使用语言交流的需求越来越大，因而口语能力及其他互动能力越来越被强调，教材也在不断地适应这一实际的需求，故而各项语言技能的比重也在不断地调整。在二〇〇七年的《小学华文》课本中，小一至小二学生已经侧重口语能力的培养，而二〇一一年推出的口语互动能力教学配套更是配合低年级华文课本的"听听说说"设计了一系列的口语互动活动，并且通过听说 e 乐园、乐学善用平台等资讯科技来提升学生口语互动能力。当学生升至小三、小四，围绕课本中的"听听说说"和"学习宝藏"等内

容设计的口语活动能帮助学生练习读句子和对话，并体会说话时的语气等。而对于小五、小六学生而言，除了巩固他们的口语互动能力，也进展到书面语互动能力，如创设情境，让学生写对话、写字条、写卡片、写短信、跟同学进行角色扮演等。总体来说，教材的互动和应用的实效性越来越受到重视，语和文的教学区分逐渐扩大，二语教学特性越来越明显。

在这日新月异的信息时代，信息通讯技术也被越来越多地使用到教学活动中来以获取多元化的教材资料，加强语文的学习。资讯科技已经大量被融入华文教材中来提高学生兴趣、促进学生用华语交际。通过调查我们发现，本地常用的资讯科技教学方式主要包括网络及基于网络的多媒体教学平台，例如"语文游戏乐翻天"、"e 乐园"等。从中，学生可以一边玩文字游戏，一边进行口语训练；教师也可将其与教材中的词汇挂钩，让学生上完一个单元后，进入多媒体教学平台，通过电子游戏巩固学过的词汇。此外，教师也可以通过资讯科技在网上分配任务让学生于课后完成口语训练、写作，以及朗读等活动，最后再针对学生的作品给予反馈。这样的教学方式互动性、趣味性较强，对提高学生的华文能力，尤其是口语能力有很大的帮助。

此外，本研究还发现，由于强调口语教学，不仅华文教材中的口语比重增加，口试的比重也相应加重了。目前学校的口语考试百分比已经从原本的百分之二十增加至百分之二十五，且口语考试的形式也较过去更为多样化，包括朗读篇章（考生必须朗读一篇短文）、看图说话（考生针对所提供的图画加以描述，并谈谈自己的感受和看法）和会话（主考员根据图画的主题，跟考生进行对话）这三个部分。其中会话部分是为了考察学生口语互动能力而设的环节。测试比重的增加和形式的多样显示了口语在整个考试中的重要性。

（二）小学中年级学生口语测试的结果

笔者将学生口试的前测和后测的结果做了比较，并进行了效果强度分析（Effect Size）来看口语互动教学法的成效。前测、后测及效果强度的结果如表二。

表二　小学中年级学生口语测试结果

	测试	均数	标准差	差数	共同标准差	效果强度
病句我来医	前测	12.8	4.38	2.6	3.20	0.81
	后测	15.4	3.75			
我是小小翻译家	前测	12.7	4.38	2.9	3.18	0.91
	后测	15.6	2.48			
看图说话	前测	43.3	7.77	4.7	5.57	0.84
	后测	48.0	5.96			
总分	前测	68.8	11.12	10.2	8.24	1.24
	后测	79.0	9.97			

从学生口语测试结果得知，21 名学生前测的总分平均值为 68.8，后测的总分平均值为 79.0。由于口语测试三个项目总的效果强度是 1.24，根据 Cohen 效果强度的建议标准，凡是超过 0.8 都属于大的效果强度，故而我们认为这 21 名学生的后测与前测相比较，其进步是显著的。

具体来说，"病句我来医"部分，学生的前测平均分是 12.8，后测是 15.4，差数 2.6，效果强度是 0.81。"我是小小翻译家"部分，学生的前测平均分是 12.7，后测平均分是 15.6，差数是 2.9，效果强度是 0.91。看图说话部分，学生前测和后测的平均分分别为 43.3 和 48.0，差数 4.7，效果强度是 0.84。由此看来，在测试的三个部分，学生所取得的进步都是显著。这说明学生小组讨论和教师及时反馈这样的教学方式能够激发学生的学习兴趣，也能够从某种程度上提高学生的口语能力。当然，必须要指出的是，这只是一次实验的数据，在现实生活中，教师的课堂教学法固然能起到一定的帮助作用，但学生在日常生活中的实际操练及家长在家中的配合才是提高口语能力的最佳形式。表二的分析体现了口语互动教学法的优势，笔者认为，这个优势可能是因为它能激发学生讲华语的兴趣和勇气，促进学生和自己水平相近的同龄人交流并交换有用信息。

但有一点需要申明，这个实验属于单组前后侧设计，有其局限。由于没有控制组的参与，我们无从知道学生的进步

是否也受到其他因素的影响，如额外的学习机会或者在成长
过程中理解能力的增强等。此外，前测为被试者提供了后测
练习的机会，会在一定程度影响后测成绩。前后两次测试也
会让被试者产生疲劳感，影响他们的水平发挥。被试者还有
可能通过前测猜测研究意图，这会在一定程度上影响后测的
成绩。

五 结论

（一）小学华文教材呈现重互动和交际的特点

总体来说，本地的华文教材呈现出强调口语交际的特
点，且教材形式日益多样化，资讯科技也被越来越多地融入
课堂教学活动之中。与此同时，考试形式也随着课程改革而
产生了相应的变化，口语部分的比重加大了。教师若能灵活
运用各种丰富的教材、设计形式多样化的活动并结合使用各
种多媒体教学平台，就能让华语更为生活化，从而激发并培
养学生学习华语的兴趣，提升学生的口语及互动能力。

（二）小学华文课堂教学时应重视互动

本研究口语实验的结果说明了在课堂的教学活动中互动
的重要性。语言教学应当充分注意学生的语言背景和先备知

识。考虑到新加坡有大量的英语为家庭用语的学生，其华语
教学在进行口语活动时应更重视听力能力的培养。因为无论
学习何种语言，会话能力和听力水平都是密不可分的，只有
听懂了才能进行正确的交流，所以口语课堂应该以听力为基
础，重视学生的听力学习才能提高口语学习的成效，才能真
正让学生互动起来。此外，在教育英文背景的二语学生时可
以借助汉语拼音教材进行口语互动。例如，小一上半学年的
汉语拼音复习三"听听说说"里的对话教学与练习（引导学
生看懂图意，说出课文第 62 页图中的人物在做什么）中的
图卡上有：吃饭、弹钢琴、打乒乓、玩捉迷藏、下棋、看电
视、骑脚踏车、买水果、打电话等内容。若英语背景的学生
不认字，可在图卡上加汉语拼音。

在进行口语教学，尤其是口语交际教学时需要注意的是
口语交际能力的培养要在双向互动的语言实践中进行。口语
互动十分重要，透过互动，学生在听真实语言的素材时，就
是在增加他们的语言库存，使他们在进行交际活动时有足够
的语汇，以免出现应用词语时生搬硬套的偏误。要提高学生
的口语能力非一朝一夕之事，教师在教学活动过程中必须经
常检查学生们的口语活动状况，做及时和必要的调整，要不
断地创造新的互动形式，保持学生的学习热忱。

六 讨论与启示

（一）教师在课程改革中的关键性作用

教师是课程大纲的执行者，也是教育质量好坏与否的决定性因素之一，其教学的手段很重要。为了彻底落实课程改革，达成既定的目标，就要十分重视教师在课程改革中的关键性作用。一方面，应当通过教师培训来确保教师对课改的理解；另一方面，则应当积极发挥教师在课改中的传达作用和在课堂中的主导作用，针对学生的切实需要，积极采用多种不同的教学方法来促进学生的语言能力。

（二）小学华文口语教学时应采取的策略

基于课本分析和课堂口语实验的发现，我们提出了五项口语教学的基本原则：

一、易懂原则。在课堂上应当给学生可懂的输入，即选用学生易懂的、可掌握的词和句型来教课，借助图片或实物辅助教学。教导英语背景的二语学生时语速适当，且密切观察学生反应是否跟得上。在用语方面，初期教师应尽量将语速放缓，用易懂的单词和句型，为了协助能力较弱的学生，甚至可酌情用英语协助理解，使学生逐渐过渡及适应全华语教学的过程。

二、大量输入目的语原则。虽然二语课堂上需要给予学生的语言输入应当尽量地简明易懂，然而这并不是在提倡教师多用英语来解释说明甚至授课。需要注意的是，无论教学或说明，在课堂上应只在必要时使用英语，尽量用目的语授课，增加接触目的语的机会。虽然在初期为了让学生容易理解并快速融入，可以酌情用英语做解释说明，但到了中期或后期，教师在授课过程中最好进行全程的华语教学（说明、提问、纠正错误、表扬鼓励等），利用提问和反馈加大目的语的输入量，哪怕一个词语或一个句型都要反复输入、反复使用，以此来巩固学生的学习，潜移默化地提高学生的听力水平，使学生沉浸在全华语的情境中，提升语感的敏锐度。

三、交际化原则。教学活动和交际任务的设计应当接近学生的实际生活，诱导学生积极主动地使用语言。设计口语交际活动和其他大部分的课堂活动的目的主要是为了配合师生互动、生生互动。在课堂上，教师应当恰当地用信息差引发学生交际和互动的进行。而在评价方面，学生无论是进行两两说或小组互动活动都应采取全面性评价，加强评价的反馈，提供更多师生反思的设计以及其他可以完善和加强指引的设计。

四、趣味化原则。为了激发学生的学习兴趣，吸引学生积极参与活动，教师可提供更多样化的听说互动学习活动，如让学生进行口语互动后，参与《小学口语互动活动本》中设计的"谁的旗子多"活动，在课堂中用竞争的方式来增加趣味性。

五、个性化原则。在课堂活动方面，教师应当针对学习有困难的学生设计特别的学习活动。教师可以在学生现有的基础上积极寻找具有针对性的教学法来帮助学生提高口语能力，设计活动时应当配合学习的对象作适当的调整，尽量运用多元化的教材以及发达的资讯科技手段去落实"因材施教"的教改理念，而最终达致"乐学善用"的教改目标。

参考文献

一　书籍

陈志锐主编　《行动与反思——华文作为第二语言之教与
　　　　学》　南京　南京大学出版社　2011 年

宫力主编　《交互式语言教学研究》　北京　清华大学出版
　　　　社　2010 年

刘　珣　《汉语作为第二语言教学简论》　北京　北京语言
　　　　大学出版社　2002 年

新加坡教育部　《华文课程与教学法检讨委员会报告书》
　　　　新加坡　教育部课程规划与发展司　2004 年

新加坡教育部　《乐学善用：母语检讨委员会报告书》　新
　　　　加坡　教育部课程规划与发展司　2010 年

新加坡教育部　《口语互动能力教学指引》　新加坡　教育
　　　　部课程规划与发展司　2011 年

Lee, K. Y. (2009). Speech by Mr Lee Kuan Yew, Minister
　　　　Mentor, at Speak Mandarin Campaign's 30th Anniversary
　　　　Launch. Retrieved from
　　　　http://www.news.gov.sg/public/sgpc/en/media_release

s/agencies/mica/speech/S-20090317-1.html on 16 July, 2010

Krashen, S. D. (1981). *Second language acquisition and second language learning*. Oxford; New York: Pergamon Press Inc. .

Krashen, S. D. (1982). *Principles and practice in second language acquisition*. New York: Pergamon Press Inc.

Zhao, S., & Liu, Y. (2007). The home language shift and its implications for language planning in Singapore: From the perspective of prestige planning. *Asia-Pacific Education Researcher,16*(2).

二 期刊论文

李冰梅 〈美国中学生口语交际能力培养模式〉 《中学语文教学》 2006 年第 8 期

李海燕 〈从教学法看对外汉语初级口语教材的语料编写〉 《语言教学与研究》 2001 年第 4 期

刘蔚之、彭森明 〈欧盟"关键能力"教育方案及其社会文化意涵分析〉 《课程与教学季刊》 2008 年第 11 卷第 2 期 页 51-78

明 洁 〈口语交际的功能与课程的最低要求〉 《语文学习》 2003 年第 5 期

新加坡小学低年级华文科全面性评价的尝试

——对几个个案的思考

周凤儿

提 要

　　新加坡教育检讨及执行（PERI）委员会建议通过促进学习的评价来提高小学教育的素质。小学华文科低年级只保留小二年终考试，这之前的评测以全面性评价取而代之，让学生有更多机会通过多元的学习任务展示学习成果。本文主要透过教师访谈了解他们如何规划与实施多元的评价形式的情况，探讨新加坡小学低年级教师在建议下实施全面性评价的教学观。参与访谈的教师共六名，分别来自不同背景的小学；他们有不同的教学年资，对全面性评价方式的熟悉程度亦各有不同。访谈结果显示：全面性评价推展至今，教师普遍都认同全面性评价能通过不同的评价形式促进学生的学习与成长，改变评价的形式能让孩子有更多机会通过多元的学习任务展示学习成果。这样的评价形式能更好地配合学生的学习需要和学习方式，让学生学习得更投入，更有意义。不过，结果同时显示，教师对全面性评价的接受程度不一。实施了新评价建议后，教师在规划具个别学校特点的全面性评价框架时面对挑战。他们也普遍认為大部分教师仍是以传统的评价模式来施行多元的评价任务，更多的评价任务等於更多的"分等级"和"比较"，这增加了学生的学习压力，同时对教师教学评价的要求也提高了。有关的访谈结果对如何改善全面性评价的实施和提高教师对多元评价的掌握有重要的啟示。

关键字：小学低年级华文、全面性评价、促进学习的评价

一　前言

新加坡李显龙总理在二○○四年强调"TLLM（Teach Less Learn More），要学校少教一点，让学生多学一点，成绩固然重要，考试一定要及格，但成绩不是生命的唯一大事，在学校里还有许多生活上的事值得我们学习"。[1]教育部因此提出了因材施教的教学调整和改革方向，二○○七年的小学华文课程标准明确地对促进学习的评价提出要求。到了二○○九年，教育部接纳了小学教育检讨及执行（PERI）委员会提出的建议，建立一个全面性的评价和反馈体系，更加关注学生的发展目标，引导学生在知识、技能和价值观等方面的平衡协调发展，特别是提供给学生和家长的反馈信息，应当包含更多反映学生在技能与非学术知识方面的情况。[2]这些调整和改革已经推展了接近八年，本文尝试探讨作为一线的教师如何规划和实施课堂教学评价，他们对全面性评价又存在着怎么样的观念和态度。这些问题将直接影响整个评价的体系，以致可能动摇教育部理想教育成果中"保证学生能够多方体验，有充分的机会发展今后生活和

1　二○○四年八月二十二日，新加坡总理李显龙在国庆群众大会上发表的讲话。

2　二○○九年小学教育检讨及执行（PERI）委员会报告书。

工作所需要的技能和价值观"[3]的目标。

二 新加坡小学华文课堂评价的改革之路

新加坡基础教育制度是基于"充分了解到每个学生的能力、兴趣和资质各异，帮助每个学生追求自身的梦想，拓展自身才能，增强自身优势"[4]，要求能"灵活而多元、因材施教，竭尽所能为学生提供基础宽泛的教育，同样重视发展他们在学术和非学术领域的能力，保证学生能够多方体验，有充分的机会发展今后生活和工作所需要的技能和价值观"[5]。因此，教育部会适时地做出探讨和进行调整，尤其是针对华文教学评价这个板块。这体现在每一或两年就出台相关报告书和建议方面。

二○○四年教育部成立了"华文课程与教学法检讨委员会"，除了提出因材施教的单元教学模式等具体措施外，还建议测试应将侧重点转移至听、说和阅读技能的测试；减少考察字、词和短语等分项式题目。新的考试形式已在二○一○年小六离校考试中实施。这些考试题型已减少了死记硬背的成分，增加更多生活语料，更重视口语与语言运用的测试。

---

3 新加坡教育部网站《理想教育成果》，http://moe.gov.sg/education/desired-outcomes/

4 新加坡教育部网站《新加坡教育》，http://moe.gov.sg/education/

5 同上。

在此报告书指导之下出台的二〇〇七年小学华文课程标准里，针对评价有了更明确的要求：1.针对教学目标，拟定评价计划，2.注重评价促进学习的功能，3.重视综合性评价，体现真实性，4.加强高层级评价，5.重视激励学生。[6]其中针对"注重评价促进学习的功能"这项要求，也特别指出学习是持续发展的历程。课程标准中强调评价除了要重视学习成果，也要重视学习过程。因此提出日常的评价活动，应以形成性评价为主。教师根据评价所得的信息，了解学生的学习状况，调整教学的内容和进度，适时给予学生正面、具体的反馈，帮助学生改进。小学课程的终结性评价也应包括形成性评价的成分，以更为灵活的形式，更全面地评定学生的学习表现。

到了二〇〇九年，小学教育检讨及执行（PERI）委员会做了更全面的探讨，建议应通过促进学习的评价来提高小学教育的素质。为了更好地了解评价如何促进学习，我们必须重新审视对评价的理解。我们应该从更宏观的角度切入，尝试脱离传统纸笔测试的窠臼，不要把评价只视为帮助学生应试的手段，评价并不只限于评估学生的学习成果，它还是促进教与学的一种途径。[7]

---

6 新加坡教育部课程规划与发展署：《小学华文课程标准（更新版）》（新加坡：新加坡教育部，2007 年）。
7 二〇〇九年小学教育检讨及执行（PERI）委员会报告书。

到了二〇一〇年，新加坡的母语检讨委员会在《乐学善用》报告书提到为了提升学生的母语水平，教学与考试需要紧密配合。教师必须认识到小学入学阶段的学生是来自不同家庭语言环境的。在语文教学方面，委员会也注意到"形成性评价"是新的趋势。评价不单是用来评估学生经过一段时间学习后的成果与应得到的等级，它也是让教师通过观察学生的表现进一步了解学生的学习进展和协助学生学习的一种方法。有效与及时的提问与反馈、同侪之间的评价、自我评价等都是一些有效的课堂评价策略，教师们可以结合教学与评价策略来加强学生的语文学习。

三 PERI 全面性评价的推展

小学教育检讨及执行（PERI）委员会报告书提出共三个重点。其一，在知识与技能和价值观之间取得平衡，要求教师通过有趣的教学法传授技能与灌输价值观，同时注重课程涵盖的非学术性活动，以及以更多元的评价来支援学习。第二是创建优良教学团队。教育部将聘请更多优秀、尽责的教师，并通过在职训练与专业发展来提高教师素质。第三，改善基础设施。在二〇一五年全国实施单班制小学，改进新一代小学校舍的设施，也对社会服务提供更多支援。[8]

---

8 二〇〇九年小学教育检讨及执行（PERI）委员会报告书。

本文重点设在在新加坡教育部《理想教育成果》的"知识与技能和价值观之间取得平衡"[9]这个重点中，主要探讨"课堂教与学的评价"。传统的课堂评价重视的是学术方面的成就。目前，学校进行的评价倾向于终结性和模式化的评价形式。很多人以为评价只限于年终的纸笔测试，或是给予等级或分数的作业。而且，这些分数和等级只为了分班和比较，也就是，分数和等级就是"教学的终点"。教师为了呈报这些评价成果，耗费不少时间和精力。因此，二〇〇九年小学教育检讨及执行（PERI）委员会提出"为了让学生在"德、智、体、群、美"五育得到全面发展，教学不应该只局限于评估学习成果的终结性评价"[10]。换言之，我们需要朝全面性评价迈进。在报告书也中说明：全面性评价的宗旨是要通过不同的评价形式促进孩子的学习和成长。改变评价形式的目的在于让孩子有更多机会通过多元的学习任务展示学习成果。因此，学校的评价和和反馈体系要更加关注学生的发展目标，引导学生在知识、技能和价值观等方面的平衡协调发展，特别是提供给学生和家长的反馈信息，应当包含更多反映学生在技能与非学术知识方面的情况。多元、平衡和全面的评价形式能更好地配合孩子的学习需要和学习方式，帮助学生建立起更强的自信心，让孩子学习得更投入，

9　新加坡教育部《理想教育成果》，http://moe.gov.sg/education/desired-outcomes/
10　二〇〇九年小学教育检讨及执行（PERI）委员会报告书。

更有意义。委员会建议淡化一二年级的量性评价，小一小二不考试，采用表现性的过程评价，如小型测验的评价模式，并要求向学生家长提供学生学习的定期反馈。小三小四的分流性考试也延缓到小五小六阶段。为此，教育部计划培训教师，使他们学会应用各种适当的评价工具和手段，更好地向家长和学生提供学生在各个方面的进展情况。

教育部为了建立更加全面的评价体制做了相应的行动，成立一个 PERI 项目小组进行全面性评价的推动工作。首先，小组提供一个给小一和小二年级的全面性评价形式和项目参考指引。里头提出课堂评价应包括两种不同的评价类型：有规划的评价和日常教学中的评价。有规划的评价是经过事先计划的，它包括采用迷你测验和单元测验。表现性评价任务，如展示与讲述、复述故事、朗读和写作，也可作为有规划的评价来考查学生的学习。而日常教学中的评价指的是教师在日常教学中，通过提问和互动对学生进行的评价。这类评价也可以通过师生面谈进行，教师从中给学生提供反馈，帮助他改善学习。指引中也明确列出配合不同学习方式的评价形式，如书写任务、口语任务、表现性任务、探究性任务、日常课堂互动、反馈、自我评价与同侪评价、师生面谈及活动型学习。指引提供了一些进行评价的方法要点，例如如何有效提问、如何指导反馈、自我评价和同侪评价，如何建立档案袋等。除了附上样例说明和评量表，也提供评价

计划建议。（见附录表一）

整个计划的推展由二〇〇九年开始。二〇一〇年实施全面性评价。每年加入一批学校，四年后所有学校都会推行，直至二〇一六年完全推展至小五为止。以下是推行的时间线图示：

表二　新加坡全面性评价计划：
试点学校与第一期学校推展的时间线

Yr	2009	2010	2011	2012	2013	2014	2015-16
试点学校 [16]	P1-2 培训	教师代表会议／校访					
		P1-P2 推展	P1-P2 推展（修改）				
		P3-P5 培训／ 教师代表会议／校访					
			P3 推展	P3-P5 推展		P3-P5 推展（修改）	
Phase 1 学校 [67]		P1-2 培训	教师代表会议／校访				
			P1 推展	P1-P2 推展	P1-P2 推展（修改）		
			P3-P5 培训／ 教师代表会议／校访				
				P3 推展	P3-P5 推展		

表三　新加坡全面性评价计划：
第 2 与第 3 期学校推展的时间线

Yr	2009	2010	2011	2012	2013	2014	2015-16
Phase 2 学校 [30-70]			P1-P2 培训	教师代表会议 / 校访			
				P1 推展	P1-P2 推展	P1-P2 推展（修改）	
				P3-P5 培训 / 教师代表会议 / 校访			
						P3 推展	P3-P5 推展
Phase 3 学校 [30-70]				P1-P2 培训 / 教师代表会议 / 校访			
					P1 推展	P1-P2 推展	
					P3-P5 培训 / 教师代表会议 / 校访		
							P3 推展

　　计划开始，十六所参与试验性计划的试点小学从说明会上了解了整个流程，接下来不同科目教师参加两天培训课，以掌握不同教学法和评价技巧与工具。过后，教育部的专员到个别学校进行校访和观课，适时给以辅导与协助。教师们也组成核心小组设计教学活动、教案和评价表，并进行展示课，邀请其他学校来观课、评课。以通过这些互相学习和交流的平台来提升教师在评价方面的专业技能。他们也分组合作完成校本课程设计与教学的研究，并把这些研究结集出版。第二年，这些试点小学在全国小学教育全面评价研讨会

与展览上，分享了他们初步阶段的成果，也展示了不同的评价技巧与工具。这些经验可以让其他小学作为借鉴，好为未来三年内逐步转型而作准备。这个推展框架，也纳入了每年至少两次的跟进培训和定期教师代表会议里。教育部也会两年举行一次全国性研讨会。试点学校对试验性的实施框架反应很好，于是接下来的三个分期学校也以这个基本模式进行。

在二〇一〇年第一届的小学教育全面评价研讨与展示会上，十六所小学分享与展示了试验性改革教学与评价方法。他们以实例说明在废除小一与小二的部份考试后，如何改以讲故事、展示与讲述（show-and-tell）、写日记、设计小书、小测试等其他形式，评价学生课业及学术以外的学习历程。同时，他们也分享评价主体如何由"单一的教师"，扩展到学生自己、同侪，甚至家长的经验。南洋小学校长钟蔚芬表示，让学生在课堂上发表看法，可增强他们的语言表达能力。除了採用学习进度报告，学校让每个学生有自己的一本"苹果成长记录"，学生们根据学习进度在不同的项目中打勾。评价项目除了学术科目，也包括国民教育、体育、音乐等非学术科目。[11]海格女校校长王贤惠说，在全面评价过程中，学生、教师与家长都是重要的评价伙伴。在学校家长见面会上，不再是教师向家长说明学生的进度，而是反传统地

---

11 《新加坡小一评估取代考试》15/07/10，作者/来源：星洲日报 http://www. sinchew.com.my

让学生根据进度报告，向家长阐述自己的学习过程，而家长与教师则针对孩子的报告提出建议以便改进。[12]同年，教育部也启用"小学教育全面评价网站"作为教师分享经验及交换意见的平台。平台也提供许多资源，例如教学与评价指引、教学与评价样例、教学录像，以及试点学校发展校本课程设计的研究成果报告。

全面评价制度下最明显的改变就是：教师在课堂上扮演的角色从"指导员"变"协调员"，而小学生成为学习主导，进行简单的自我评价以及同侪评价。其中一个华文口语任务例子如下：

• 教学目的：增强口语交流技巧及自信。

• 形式：学生通过戏剧表演、角色扮演、展示与讲述等活动，训练自己的口语及呈现技巧。

• 评价方式：教师列出评分细则，学生自我及同侪互评，每个学生也收到教师的反馈，并呈报给家长；这样一来，三方都明白学生口语方面的长处及需要改进处在哪裡。

这样的教学活动和目前传统口语测试中，学生只拿到成绩、没有全面反馈，是很不一样的。

---

12 同上

四　教师对全面性评价的态度与观念

从二○○五年试点学校开始，全面性评价系统已经推展了接近七年。本文尝试通过六个个案的访谈和课堂教学反思的形式，了解作为一线的教师如何规划和实施课堂教学评价，以及他们对全面性评价又存在着怎么样的观念和态度。参与访问的教师共六位，分别来自不同背景的小学。他们有不同的年龄和教龄，对全面性评价方式的熟悉程度亦各有不同。访谈所设的问题是通过一个问卷调查后，结集三十位教师的一些反馈，再设为访谈问题。访谈个别进行，访谈时间介于一至二小时之间。

六位参加访谈的教师资料

	属第几期的学校	学校类型	年龄	教龄	担任职务	教导年级
教师 1	第 1 期	政府学校	37	15	华文科主任	小二、小六
教师 2	第 1 期	政府学校	62	40	高级教师	小一、小二、小五
教师 3	第 2 期	辅助学校／早期以华文为主要教学语的学校	28	5	新进教师	小一、小二

	属第几期 的学校	学校类型	年龄	教龄	担任 职务	教导年级
教师4	第2期	政府学校	47	21	母语部 主任	小二、小三、 小五
教师5	第3期	辅助学校／ 早期以英文 为主要教学 语的学校	30	4	新进教 师	小三、小六
教师6	第3期	政府学校	39	12	高级教 师	小二、小五

这些教师的学校属于不同全面性评价推展期，学校的背景不同。他们代表了不同的年龄层，从二十八岁到六十二岁，教龄从四年到四十年；担任的职务也从新进的普通教师，到高级教师及科主任、部门主任。特别说明的是，教师五与教师六的学校属于全面性评价推展的第三期，也就还未推展全面性评价计划。该校小一教师将在二〇一二年年底才接受培训，二〇一三年才在小一年级推展。不过，这两所学校已经以"校本课程"的形式，用不同的评价方式来评价学生了。

以下是访谈问题及教师的回应：

问题1：学校是否有一套低年级的全面性评价规划

针对问题1，基本上不管是第一期的学校至第三期的学校，所有学校都有一套全面性评价规划。即使是属于第三期的学校，教师们还没正式受相关的培训，教育部也没有这个要求，但他们已自行开发相关的评价项目和进行相似的评价活动。从这里可以看出学校对评价的重视，学校领导会安排内部培训，让教师能与时并进，希望能跟上教学发展的脚步。

问题 2：对目前低年级课堂教学评价的状况是否满意

有五位教师对现在推行的低年级课堂教学评价都表示"比较满意"。主要原因是认为"能促进学生的多元学习和成长，能使老师全面了解学生的发展，能更有针对性地改进教学活动"。也有说明是根据教育部的准则，在低年级注重口语教学的教学和评价，是顺应现在学生的学习发展的。学生的整体反应也非常积极。

只有教师六认为不很满意。他感觉到教师们"似乎觉得很辛苦，而且并没有真正接纳这种方式"。再来，有些评价任务的形式与年终考试的形式不同，学生需要时间适应，也或者是，教师得花更多时间给孩子备这类考试的形式。这可能是因为这所是第三期的学校，还没有接受相关的培训，对全面性评价的目标和形式认识还不够，因此虽然学校已经在进行多元化的评价，但教师觉得不容易接受。

问题 3：在课堂上，学生学习的好坏主要由谁来评价

教师们都认为目前实施课堂评价的主体大部分还是教师。这样的主体比较单一化，也就是使教学评价少了全面性，多了片面。如果要推行全面性评价，就应该鼓励教师、学生，甚至家长等以适当的形式参与各种方式的评价。这样能促进学生在自我评价后改进自己的不足，完善自己的学习。

问题 4：教师是否认可全面性评价的作用？

教师们一致认为评价学生的角度是看学生发展是否全面，也赞同以下几点：1.全面性评价能能通过不同的评价形式促进学生的学习与成长；2.改变评价的形式能让孩子有更多机会通过多元的学习任务展示学习成果；3.全面性评价的形式能更好地配合学生的学习需要和学习方式，让学生学习得更投入，更有意义。

教师四特别认为"这些另类评价方式减少死记硬背的成分，让学生从各种活动中了解自己的学习进展，有效地引起他们学习华文的兴趣，同时也能较全面评估学生的华文水平。传统的评价方式重视知识的灌输、词汇的掌握，学生扮演的角色也较被动，因为他们只是接受知识和凭记忆吸收。传统的评估方式多属一次性的测试，注重学习的成绩，而不是学习过程。"

教师一也说新评价方式实施后，她所教导的小二学生上华文课时变得较积极，尤其那些作业都贴近小朋友的生活，比如说，学生可以访问自己的朋友、向同学介绍自己的好朋友等。这样的互动方式增加了他们学习华文的乐趣。

问题 5：教师在低年级的班级给同学进行哪些全面性评价？实施情况如何？

基本上受访教师都认为学校已经进行了《全面性评价形式和项目参考指引》里提出的两种评价：有规划的评价和日常教学中的评价。但是形式是有了，可是是否有深度和内涵，却是需要进行反思和探讨的。

日常课堂互动如"提问"基本每堂课都有，但一般只用于确认学生是否知道正确答案。所有教师都知道低层次的提问对促进学习的作用并不大。教师们很少会针对表面上看起来正确的答案进行更深入的探究，也很少会对错误的概念作进一步探讨。大家都认可提问不同思维层次的问题、给予学生足够的等候时间等的技巧，是一种可以诊断并拓展学生的学习的方法，但这也是一般教师需要提升的评价技能。

对于反馈（口头或书面）、学生自评和互评这些工具也相似。教师一般每堂课都会给予学生口头反馈，来到书面活动，也会写评语。但碍于时间不宽裕，他们只会停留在表层，例如批改作文时，给与学生"反馈范例"中的一般性评语比较单一，不够针对性，也没有体现评价的多元化。因此，无法深入指导或要求学生。也由于不容易找到各种类的评价案例，教师本身无法很清楚地对学生说明要求或给于示范，结果学生不清楚任务的要求和该达到的标准。教师二说：教师平时负责的校务繁杂，很难抽出时间进行师生面谈，即使是学校规定了面谈时间，教师提供学生的反馈可能只针对备考策略，无法有效和针对地帮助学生改善学习。

其他有规划的评价活动如表现性任务（如展示与讲述、复述故事），由于学校一般已经把流程做统一安排，没有操作的问题。但教师一般把这些任务处理成传统的总结性评价，让学生做好"备考"工作，然后一次性地评价学生。教师对于观察活动进行的过程、检查学生作品，以及与学生进行讨论等工作也只停留在表层。而且，只能照顾很小部分的学生，无法全面了解所有学生的知识水平和实践能力。

问题 6：教师对全面性评价的全年规划配套有什么看法？

向教师们提问底下三个小题的看法：1. 每项评价活动都应该给学生排名，学生才知道自己的水平在哪里。2. 全面性评价是把一个"大考"分成很多个"小考试"。3. 更多的评价任务等於更多的"分等级"和"比较"。

只有教师三都选择"是"，其他教师都认为"不是"。不过，在访谈中，教师们都不否认学校会有介于百分之三十至五十的教师会回应"是"。教师一认为："教师们认为这些小考试，其实也是给学生排名，和以前没有什么分别。这更增加了学生和家长的压力。"教师五认为："老师们并没否定这种方式，多数老师（特别是年轻老师）认为还是有一定效果。但同时又认为看不出什么成果。"教师六回应："约有百分之三十的老师认为还是在用传统的方式。大部分老师认为是传统与新的评估方式相结合。其中，传统部分百分之七十，新的方式百分之三十。"所有教师都认为这个现象反映出还有一部分教师需要提升对全面性评价的概念，因为只有更深入了解，才能相信其效益，并愿意掌握这些评价技能，更好地使用评价工具来促进教与学。

问题 7：如果取消小六会考，是否能更好地让学生依兴趣和时间来学好华文？

教师一，三，六赞成，教师二，四反对，教师五说不知道。赞成的教师年级和教龄都相对较大。他们认为新加坡的小学离校考试有一定的难度，考卷中有比重较高的题目重在考查分析和解决问题能力，以期考查出非死记硬背课本内容、靠"应试"而产生的成绩。可以说，目前的小学离校考试是较客观和公平的。而且，小六成绩让学生按他们的学习取向，选择去学术或工艺的学习道路，也是符合学生发展的。老师们认为，在没有更好的办法之前，这种考试不应该轻易取消。

反对的教师则认为如果能取消会考，教师和学生不必太早面对考试的要求，就可以有更多的时间培养对语文学习的兴趣，可以把语文的基础打得更好。

问题 8：学校要推行全面性评价时面对什么挑战？

所有教师都认为目前学校面对以下挑战：1.规划具学校特点的全面性评价框架。2.设多元性的评价题目和评量标准。3.评价的过程很繁琐，4.花太多时间进行评价，使教学时间不够，在实行新评估制度的过程中，时间有限是我们面对的最大问题。如果上课时间更充足，我们将能进行更多的活动。

教龄较浅的教师三和未受培训的教师五和教师六觉得评价的标准不容易掌握。教师三认为由于是第一年施行这个评价计划，评价方式和评分标准还有待改进。在整个过程中，非常考验教师的评价能力。

再来，部门主任和高级教师们也提出，评价的项目太多，对新进教师也是挑战。他们一边要熟悉教材、备课、教学流程，还得熟悉不同的评价的项目，常常觉得时间不够用。再加上新的评价方式，得要花更多时间给学生做"考前的操练"，所以觉得工作量增加了。

问题 9：要推行全面性评价，教师最需要哪些帮助？

所有教师都希望能有更多与他校经验交流、相互学习的机会，同时，也希望能有更多的分享资源。这些资源包括更多的教学案例、评价配套等。

教龄较浅和未受培训的教师认为需要更多的培训：如何更好地全面评价学生、如何设多元性任务和评量表、如何掌握评价标准等。

教师五说教师在设计评价标准方面还须要加强。例如，在"展示与讲述"的活动中，老师若只在评价单上打上一个等级或分数，对学生没有太大的指导意义。可是，如果学习的过程加入了评量表，学生就能给自己设目标，能更清楚自己的表达、用词应如何提升。当他们看到其他学生的表现时，就能更清楚知道自己应该在什么方面继续努力。

试点期和第一期的教师认为：每次的分享会都只有两位代表出席，虽然他们应回到学校分享所得信息，但是，因为信息量很大，他们回到学校工作多，分享的时间又少，结果，许多信息并没有很全面传递给其他老师。因此他们建议如果能适当地进行全国分区的会议或分享会，让所有老师能参加，能直接得到第一手的评价信息，这就能提升更多教师的评价认知和能力。

部门主任和高级教师们也提出，教师要探讨评价的目标来设置评价任务。有些传统的学习任务，如听写，其目标如果是终结式的，仅让教师考查学生是否记住所学的字词或句子，而无法考查到学生会不会用，结果学生最终没掌握该字词。再加上有些学生因为种种不同原因，听写从来不及格，即使教师重教也一样。学生通过"死记硬背"的方式去学习，结果对学习产生反感与抗拒心理。因此，我们应该重新审视教学的流程、教学进度和一些传统的评价方式，然后做出相应的调整。

此外，教师四也提出在设计活动时，应该有意识地设计配合学生生活经验的活动，让他们了解华文是生活的语言，他们习惯这个语言后，就有学习的兴趣了。

五 教师面对的挑战

在访谈中，主任和高级教师们表明他们也做了一些初步调查，再加上平时对教师的课业评价讨论、学校专业社群讨论交流、观课等整体观察后，认为整个评价氛围是可喜的。虽然施行全面性评价只是短短的一、两年，但更为开放的评价观念已经开始在学校扎根。教师们不再依赖单一的测试，而开始运用更灵活多样的多元评价形式。教师在批改学生的课业，进行表现性任务时，采用评量表，而不只是纯粹打分数或意义不清楚的等级。特别是在开放式的，没有标准答案的课业中，评量表的作用就更明显了。

施行新课程时，教师都会适当地兼顾"对学习的评价"和"促进学习的评价"，尝试对学生在不同方面的能力和学习有更全面的了解。小学低年级学生不再只是得到冰冷的分数或等级，而能获得生动的水平描述以及可行的改进建议。

然而，受访教师们也认为学校在施行全面性评价时存在以下几个问题：

1. 有些教师对全面性评价的内涵理解不够，观念跟不上新的教学评价理念。教师在课堂上只是"应付" 日常教学中的评价要求，例如提问，方式是比较单一的，多是随意性的，提出的问题缺乏层次和深度。对于有规划的评价任务，例如于展示与讲述、建立档案袋等，教师给与学生很多"备考式"训练，只期让学生完成任务，可以争取"最好"的成绩，并不重视学生的学习过程。教师无法体现评价的多元化，也就无法提升学生的学习。

2. 部分教师对课堂教学评价的认识不够，无法借助评价过程提升教学技能。评价能检验学习目标的达成和鉴别学生的能力，但评价还必须发挥另一项重要的功能，即改进学生的学习和教师的教学。教师如果不掌握和适当使用多元的评价工具，收集与分析形成性评价的资料后适时地给学生反馈，学生就无法了解自己的表现和做改进。教师也就因此无法配合学生的表现而调整日后的教学策略，教学技能也就无法提升了。

3. 部分学校过于重视教师在教学以外的工作表现，忽略了教师课堂教学评价的基本功训练。教师除了需要掌握各类评价的基本功外，还需要出题的指导和如何掌握评量标准的能力。

4. 工作量增加、教学和评价技能的要求提高、压力也相对增加，教师如何平衡工作与个人时间。面对更多学生评价是多元的、全面的、较客观的，质性评价多于量化评价，不过，对教师、学生和家长都因此承受层层评价，层层分流的压力，尤其对时间的投入。对教师而言，教学时间一直是最受关注的元素。如何有效地管理课堂时间和个人时间，提高教学的"生产力"，也是教师要面对的问题。

六　建议

从收集到的意见中，我们认识到推动全面性评价的开展面对一些挑战。如果没有相应的措施或协助，就会使教师失去教学热忱。因此针对以上问题，我们提出以下建议：

1. 通过更多不同层面的交流与沟通，开阔教师对全面性评价的内涵理解，改变教师的评价理念。教育部推展小组可考虑进行一个较大层面的调查，了解教师所需；也可以扩大交流的面，在分区邀请所有教师参与定期的交流会议，让教师们能直接得到第一手的评价信息，提供答疑解惑的平台。校区、校群和学校本身也可以以教学评价为课题，进行相关的讨论、交流或教学研究。

2. 针对所需，提供多元培训，提升教师教学与评价技能。更好地界定教师所需的技能，如如何更好地全面评价学生、如何设多元性任务和评量表、如何掌握评价标准等，然后配合需要，提供更多元的培训，就能提升更多教师的评价能力。有了这些技能，教师能从容面地、有效地应付课堂"多"与"繁"的评价项目，就能化繁为简，把评价纳入常规的教学流程中。待教师看到学生在全面性评价中成为自主的学习者，尝试到成功的喜悦后，就会有信心去面对更新的挑战。

3. 除了教育部提供的统一资源，也鼓励更多资源分享的平台。各单位都可以自发性地成立不同层级、不同形式的组织，如以校区校群为主的卓越中心、专业学习社群等。除了可以主导项目如共同创建包括教学案例、评价配套等的资源库外，还可以提供更多与他校经验交流、相互学习和分享资源的机会。

4. 充分利用学校规划的专业组织和时间，提升教师课堂教学评价的基本功。成立学习社群，鼓励教师对课堂教学与评价做及时反思、归纳、总结、整理，也可以建立课堂教学评价档案，做教学研究等探索工作。借此也可以与学校领导沟通，免于过度重视教师其他教学以外的工作成果，而忽略了教师课堂教学评价的基本功训练。这些基本功也应包括如何设计多元性评价活动、如何设计评量表、如何掌握评量的标准等。

5. 从上而下的协助，从下而上的配合。教育部已经在这三年增加华文教师的配制。多数学校已经受惠，每所学校增加一至二位华文教师，同时也有部分学校增添了教育协作人员协助华文教学的教学资源、教学活动等工作，以期减轻华文教师的部分工作负担。华文部门也应检讨华文教学的进度安排、课业配置、评价规划等常规工作，以配合教学和评价目标为前提，尝试做删减或改进，以提升教学效率。学校和教师间如增加沟通、配合和商讨，再加上各方看到学生的学习提升，即使大家的工作量增加、教学和评价技能的要求提高、压力增加等，教师也会本着育人的热忱，继续坚守岗位。

七 总结

新加坡小学华文课程中，重视的是培养学生的语言能力，及学生在离开学校后继续学习华文的兴趣。如何让测验、考试及其他评价形式发挥其正面的功效以促成这一愿景，是关注的重点。从教学法要求改革，到推展全面性评价这六年的过程不长，但课堂的变化已经非常大。再加上从一语水平的母语教学到相似于"外语学习"的学生学习差异越来越明显，对教师的职能要求也就更高了。

这次访谈的结果显示，教师普遍都认同全面性评价能通过不同的评价形式促进学生的学习与成长，改变评价的形式能让孩子有更多机会通过多元的学习任务展示学习成果。这样的评价形式能更好地配合学生的学习需要和学习方式，让学生学习得更投入，更有意义。不过，访谈结果同时显示，教师对全面性评价的接受程度不一，实施了新评价建议后，教师在规划具个别学校特点的全面性评价框架时面对挑战。他们也普遍认为大部分教师仍是以传统的评价模式来施行多元的评价任务，更多的评价任务等於更多的"分等级"和"比较"，这增加了学生的学习压力，同时也体现在对教师教学评价的要求也提高。

本文针对教师面对的挑战提出一些建议，尝试改善全面性评价的实施的方法和提高教师对多元评价的掌握能力。此次的报告可供作为下次大规模调查的参考，也可供教育部相关机构、学校领导、培训中心考虑设探讨课题或培训内容时的参考。

参考文献

一　書籍

傅春晖　《外语课堂评价理论与实践》　湘潭　湘潭大学出版社　2010 年

新加坡教育部华文课程与教学法检讨委员会　《华文课程与教学法检讨委员会报告书》　新加坡　新加坡教育部　2004 年

新加坡教育部课程规划与发展署　《小学华文课程标准（更新版)》　新加坡　新加坡教育部　2007 年

新加坡教育部课程规划与发展署　《PERI 全面性评价评价形式和项目参考（小一、小二)》　新加坡　新加坡教育部　2009 年

新加坡教育部母语检讨委员会　《乐学善用——母语检讨委员会报告书》　新加坡　新加坡教育部　2010 年

祝新华　《能力发展导向的语文评估与教学总论》　新加坡中外翻译书业　2005 年

Black, P., Harrison. C., Lee, C., Marshall, B., & Wiliam, D.(2003). *Assessment for Learning: Putting it into practice.* Maidenhead, Berkshire, England: Open University Press.

Assessment Reform Group, （2002）.*Assessment for Learning: 10 principles, research-based principles to guide classroom practice.* Retrieved from:http://www.aaia. org.uk/afl/assessment-reform-group/

Ministry of Education, Singapore. (2009). *Report of the Primary Education Review and Implementation.* Retrieved from:http://planipolis.iiep.unesco.org/upload/Singapor e/Singapore_PERI_2009.pdf

二 期刊論文

郭　熙　〈华文教学在新加坡——层次和目标的讨论〉《华文学刊》　卷九第一期　2010 年

何聪、秦娟　〈新课改实验区学生评价与考试改革现状分析〉《教育探索》　2006 年第一期　頁 30-32

齐沪扬　〈从新加坡小学华文课程标准的角度谈教学、评价和测试的重要性〉　《华文学刊》　2012 年卷十第一期　頁 01-14

杨则已　〈多元化评价与语文教学〉　《黑龙江教育学院学报》　2011 年第 30 卷第 8 期　頁 63-64

祝新华　〈发展"赞赏——建议"型的评估方式：以华文科

写作评估为例〉 《新加坡华文教学论文集》 新加坡 泛太平洋出版私人公司 2003 年

陈圆圆、李星 〈新加坡基础教育改革的特点分析〉 2010 年 9 月 17 日 取自：

http://www.zhonghualunwen.com/article/sort04/sort065/info-61298.html

黄翠燕 〈新加坡小学试行测评华文考试变"幸福套餐"〉 2007 年 5 月 21 日 取自：

http://fzxpj.cersp.com/PJQY/GWPJ/200705/2638_2.html

新加坡教育部官方网《新加坡教育》

网址：http://moe.gov.sg/education/

杨雪慧、王珏琪 〈华文教学老方法有可取处〉 《联合早报》 2009 年 11 月 19 日 取自：

http://singapuranews.multiply.com/journal/item/9694?&show_interstitial=1&u=%2Fjournal%2Fitem#

附录

表一　小一评价计划：四技比重与建议活动（仅供参考）

四技比重（%）			第一学段 (10-15%)	第二学段 (15-25%)	第三学段 (25-35%)	第四学段 (35-45%)-SA2
50-55	听	10－15	• 听力理解（小故事／简短对话）：听后排序／复述/回答问题／演一演	• 听力理解（小故事／简短对话）：听后排序／复述/回答问题／演一演	• 听力理解（小故事／简短对话）：听后排序／复述/回答问题／演一演	• 听力理解（小故事／简短对话）：听后排序／复述/回答问题／演一演
	说	30－40	• 展示与讲述 • 课本剧（角色扮演） • 复述故事 • 情境对话（食堂／图书馆／小贩／购物中心等）	• 展示与讲述 • 课本剧（角色扮演） • 复述故事 • 情境对话（食堂／图书馆／小贩/购物中心等）	• 展示与讲述 • 课本剧（角色扮演） • 复述故事 • 情境对话（食堂／图书馆／小贩／购物中心等）	• 展示与讲述 • 课本剧（角色扮演） • 复述故事 • 情境对话（食堂／图书馆／小贩／购物中心等）
45-50	读	15－20	• 朗读（课文／其他儿歌或短文） • 选词语完成句子／选词填空 • 理解短文	• 朗读（课文／其他儿歌或短文） • 选词语完成句子／选词填空 • 理解短文	• 朗读（课文／其他儿歌或短文） • 选词语完成句子／选词填空 • 理解短文	• 朗读（课文／其他儿歌或短文） • 选词语完成句子／选词填空 • 理解短文

四技比重（%）		第一学段 (10-15%)	第二学段 (15-25%)	第三学段 (25-35%)	第四学段 (35-45%)-SA2
		（选词语完成段落、判断对错、排序、多项选择、问答等） • 阅读护照	（选词语完成段落、判断对错、排序、多项选择、问答等） • 阅读护照	（选词语完成段落、判断对错、排序、多项选择、问答等） • 理解图表、节目表、功课表 • 阅读护照	（选词语完成段落、判断对错、排序、多项选择、问答等） • 理解图表、节目表、功课表
写	10－15	• 看图写句子（借助拼音） • 完成句子 • 制作书签、贺卡、小书等 • 写话／写写画画	• 看图写句子（借助拼音） • 完成句子 • 制作书签、贺卡、小书等 • 写话／写写画画	• 看图写句子（借助拼音） • 完成句子 • 制作小书等 • 写话／写写画画 • 造句	• 看图写句子（借助拼音） • 完成句子 • 制作小书等 • 写话 • 造句
汉语拼音 识字 写字	5－10 10－15	汉语拼音： • 听后选／写音节 • 看图选／写音节 • 音节跟图连线 识字写字：	汉语拼音： • 听后选／写音节 • 看图选／写音节 • 音节跟图连线 识字写字：	汉语拼音： • 听后选／写音节 • 看图选／写音节 • 音节跟图连线 识字写字：	汉语拼音： • 听后选／写音节 • 看图选／写音节 • 音节跟图连线 识字写字：

四技比重（%）			第一学段 (10-15%)	第二学段 (15-25%)	第三学段 (25-35%)	第四学段 (35-45%)-SA2
			• 用字宝宝识字 • 辨字 • 看图／拼音选字 • 部件组字 • 象形字猜一猜	• 用字宝宝识字 • 辨字 • 看图／拼音选字 • 部件组字 • 象形字猜一猜 • 心理词汇	• 用字宝宝识字 • 辨字 • 看图／拼音选字 • 部件组字 • 象形字猜一猜 • 心理词汇	• 用字宝宝识字 • 辨字 • 看图／拼音选字 • 部件组字 • 象形字猜一猜 • 心理词汇

新加坡中学华文评估方式的改变
为课堂教学带来的挑战

吴宝发　　张曦姗

提　要

　　二〇一一年新加坡教育部母语检讨委员会报告书公布新一轮母语教学改革，除了强调听、说、读、写语文技能的学习，还加强口语互动和书面语表达互动。报告书主张这次的教学改革重点在学生对语言的使用，从而发现语言的真实性和实用性，最终达到"乐学善用"的目的。为了落实教改的精神，中学教材编写和评估也做出相应的配合。本文集中讨论教改在评估上注入真实性语料的元素，即书面互动表达，如电邮的引入；口语互动表达，如看图说话的使用。这些考核方式在在为新加坡中学课堂华文学习带来一番新的面貌和挑战。传统课堂教学法，如扫除词语障碍、课文内容分析、课堂小检测和总结是无可厚非的，然而新教改强调学生为学习主体，中学华文教师须突破原有的教学窠臼。课堂教学不仅仅在于教师个人的倾囊相授，更在于学生能掌握该语言并用它来进行有效的沟通。教师必须重新认识和学习如何掌握真实语料，并用它们来进行有效教学；必须把握口语互动和书面语互动的深层心理认知机制，才能有效的指导学生，从而帮助学生将语文知识转化为语言能力。本文尝试从实际教学经验总结本地教师如何解读和接受语料的真实性、口语和书面语表达的互动性，进而探讨本地课堂教学可能存在的挑战。

关键词：真实语料、口语和书面互动、任务型教学、六何法、
　　　　思维导图

一 前言

  "互动"是人类交际活动中普遍的现象。它不仅存在于每天的课堂教学里，也发生在日常生活中。十九世纪初，德国社会学家齐美尔（Georg Simmel）首次提出这个概念，继由美国著名社会学家乔治·米德（George Herbert Mead）完善为符号互动论（Symbolic Interactionism）。所谓"互动"是"指在一定社会背景与具体情境下，人与人之间发生的各种形式、各种性质、各种程度的相互作用和影响。"[1]这里强调了人类有意义的活动为互动的核心，而且是一人以上才能发生的交流或交际关系。将互动理论运用到课堂教学里，王秀村认为"在教学过程中实现教与学的有机结合和相互作用，意味着教师与学生、学生与学生之间进行双向的信息沟通。"[2]

  文本或语篇常常以教材的形式出现在课堂教学中。Long（1985）提出"互动假设"（Interaction Hypothesis），认为互动式输入比非互动式输入更重要，互动中的输入最容易吸收。[3]由此可见，文本或语篇是课堂语言输入的重要途径之

---

1 叶子、庞丽娟：〈师生互动述评〉，《学前教育研究》2009 年第 3 期，页 44。

2 王秀村：〈实现互动式教学的六项措施〉，《学位与研究生教育》2003 年第 5 期，页 24。

3 吴中伟、郭鹏：《对外汉语任务型教学》（北京：北京大学出版社，2009年），页 16。

一，举凡教师的备课，学生的阅读活动无不与文本或语篇发生错综复杂的互动关系。因此，贾存军在德国现象学家胡塞尔（Edmund Husserl）的理论基础上，认为"人所构成的文本即人的语言在历史传统中所形成的种种文化也是主体，故人与文本也是一种互为主体、互相解释、互相沟通的关系。一个文本就是一个生命流动形式，就是一部丰富多彩的活动世界。从这个意义上说，教学中教师、学生与教学文本间也存在对话、沟通与交流的活动，即师生与教学文本间也存在互动，只不过这种互动是'主体间性'的互动。"[4]诚然，互动在课堂教学情境里除了师生互动、生生互动，应该还包括师生与文本的互动，甚至学生与环境的互动。

二　中学教材的新尝试—真实语料的引入

新加坡二〇一〇年报告书主要宗旨是希望学生能"乐学善用"语文。报告书同时也强调考试形式更具真实性，确保课程与评估紧密地结合。[5]以中学为例，配合报告书推出的中学新课本折射建构主义学习理念，强调学生为学习的中心，以任务型学习为教材编写依据。新课本无论在教材编

4　贾存军：《语文互动教学研究》（济南：山东师范大学硕士学位论文，2003 年），页 6。

5　新加坡教育部课程规划与发展司：《母语检讨委员会报告书》（新加坡：新加坡教育部，2010 年），页 61。

写、语文活动设计都强调以真实语料入题，创设真实情境，让学生在贴近生活的语文活动中获得语文知识和完成语文技能的学习。新教材如中一快捷课本上册是以单元组织各语文技能，如讲读课、导读课、自读课和综合任务。每个项目里又穿插"课前活动""课文放大镜"、"技能学堂"、"小任务"、"阅读指引"、"知识小锦囊"等语文活动，通过这些语文活动帮助学生掌握语文知识和语文技能。

真实语料学习活动例子在课本中也处处可见，如中一快捷教材单元一"校园新鲜事"的第一课"新老师、新同学"，反映学生从小学升上中学认识新同学的紧张心理和趣事。此外，配合课文设计的"小任务"教导学生了解和尊重每个同学的优点和弱点。这些例子是按循序渐进的原则安排，以帮助学生明白语文在生活中无处不在，在课堂中逐步掌握语文技巧，体会到学习的真实性，语言的实用性，完成"乐学善用"的目的。

报告书除了有一般人熟悉的听、说、读、写传统语文四技，也引入新的语言学习概念，即"听"和"读"为接受型技能，而"说"和"写"为产出型技能。虽然接受型技能和产出型技能的功能与作用截然分明，但是在二语习得过程上，通过输入和输出的方式两者互相交叉产生作用，而催化这个过程产生的正是所谓的"互动"。这么一来，"听"和"说"又可理解为口语互动，而"读"和"写"则是书面互动。以新加坡的语文学习情况而言，一般认为新加坡的语言大环境以英语为主，学生在学校学习华语主要是以第二语言进行。吴中伟认为"第二语言的发展关键不取决于有足量的输入和输出，而取决于在输入和输出过程中的互动。"[6]新教材采用真实语料入题，以单元制组织学习活动，通过任务型学习加以实践，如中二上册的广告和电邮都落实了报告书"乐学善用"的宗旨。

新教材强调学习任务和互动学习对传统课堂讲解式、灌输式的教学带来冲击是*毋庸置疑*的。本文在此举真实语料之电邮和看图说话为例，探讨在本地课堂口语和书面互动应有的性质、一般教学误区和建议一些有效的教学策略。

三　书面互动—电邮写作与教学

电邮在新题型里属于实用文范围，是写作技能的考核。以下是二〇〇八年剑桥普通水准华文实用文考题：[7]

Q1　一般公路使用者往往粗心大意，也不为他人着想。

6　同3。

7　剑桥普通水准考试即 The Singapore-Cambridge General Certificate of Education (Ordinary Level) Examination。在新加坡，"华文"相对于"高级华文"而言，是属于二语学习。在双语政策下，小学到中学的学生必须修读华文。

试写一封信给狮城报社的社长，向他反映一些司机
鲁莽开车的行为，并呼吁大家注意公路安全。

Q2 父母双双出外工作，有利也有弊。试写一封信给你
的朋友，谈谈你的看法。

Q1 和 Q2 分别为公函和私函的差别，是《2002 中学华
文课程标准》规定学生必须学习的语文项目。[8]

无论是 Q1 或 Q2，它们的语文情境都是从执笔人出
发，主动地针对一个社会现象或围绕一个社会话题展开讨论
或加以表述。纵然考题提供一个宽泛的语文情境，即诚如
Q1 所见；或一个讨论空间比较广的话题，诚如 Q2 所见，
从语文考查角度来说，考生仅仅是阅读、理解、析题、扣紧
题面主题、构想和组织作答内容，整个作答过程是先重学生
的阅读理解，而后才是写作。虽然不能低估考题的难度，但
设题纯粹是单程的沟通，挑战性是相对的低。就题材的真实
性而言，也不能令人满意。考题题材源自一般的生活话题，
充其量是达到贴近学生生活而已。相照于课本篇章的学习题
材，考题题材是扩充式的，或开放式的，很多时候篇章和考
试之间存有一道鸿沟。实际上，联系考试和课堂教学的桥
梁，是课堂上所教导泛化式的语文技能。这也造成除了教学

---

8 新加坡教育部课程规划与发展司：《中学华文课程标准》（新加坡：新加
坡教育部，2002 年），页 12。

外，考试前校内教师纷纷猜测考题范围的弊病。

此外，由于旧题型以单程沟通形式进行，教师在教学指导时和考生在作答时都不必注意考虑和收件人的互动，可见旧题型所谓的交际互动是极微的，甚至没有。很多时候旧题型要求发件人，也就是考生，从自己的阅读理解出发，根据题面创设自己的写作情境。内容上只要做到扣紧题目，扩展或论述话题和现象；表达上只要文从字顺，句子通顺，也就达到考试要求了。简言之，旧的实用文教学不强调互动的重要性，报告书提出的新实用文题型为旧的教学思维带来一定的挑战是可想而知的。

实用文新题型在二〇一二年实施，其宗旨上文已提及，此不赘述。实际上，新题型仍旧有私函和公函的分别，以下附录教师在中心上课时，根据新加坡考评局二〇一〇年发布于学校的实用文新题型设计的电邮作业，来加以说明新题型的语文技能考核和学习要求，进而讨论其为课堂教学带来的挑战。

附录的 Q1 为私函，而 Q2 则为公函，两者都有一个共同性，即显性的互动要求。它们都要求考生根据一定的情境作答，不再简单的从个人对题目的大致掌握，自设作答情境然后加以发挥。相对而言，公函的互动要求比私函来的明确和具体，即题面上的"要求有图书管理员值勤"、"建议推行学生优雅行为运动"、"鼓励参与"和"说明理由"。反观，在私函方面，新题型比旧题型在解读上复杂的多，这具体呈现在题面内容的互动性。纵观之，同样是涉及阅读理解层面，新题型要求考生掌握语篇的重点比旧题型多，也不满足于题面的表面理解，而是要求考生在阅读的基础上，掌握特定预设活动情境（公函）或发件人的写信初衷（私函），和收件人作有深度的书面互动。如此一来，新题型对旧教学法构成冲击，课堂教师一时无法适从。何谓书面互动？书面互动有哪些特性？该如何有效进行课堂教学？进一步探讨有效的教学策略变得非常迫切。

四　电邮写作的内在操作机制

笔者和教育部另外两名特教在新加坡华文教研中心教授《如何使用真实性语料进行评价（配合 2012 会考题型)》和《2012 年会考新题型的编写》时，上课教师反映校内年中考试批阅学生考卷时，尤其在私人电邮方面往往发现考生的作答不能很好的切中题目要求，复邮的内容天马行空，莫衷一是。教师们反馈考生显然读得懂电邮题目要求，但在把握重点时出现不同的歧解。此外，教师也反映内容评分不好把握，考生的每一内容细节似乎都符合评分要求，难评出高下。

我们认为考试评改工作虽然复杂，可是教师和学生未能把握新题型的互动特点是重要的关键。以附录二私人电邮为例，我们认为新题型在结构上是收件人（即考生）必须针对收到发件人的电邮（即来函）加以回复。收件人的作答程序大致是：1.发件人来函寒暄；2.发件人陈述自己的近况；3.发件人提出自己的问题；4.发件人请收件人针对自己的问题提出看法；5.以叮嘱或早日收到复邮结束。倘若以流程图来表示，则如下图所示：

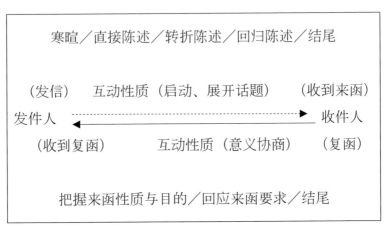

上图显示新题型私人电邮互动性质。基本上，它包含有认知和情意两个层面：认知直指收件人对发件人来函内容的掌握；情意则指收件人对发件人态度和情绪的体验。笔者认为收件人（考生）在掌握了电邮的认知和情意层面后，才能很好的做出得体的互动反应。我们可以通过下表说明学生在学习上必须掌握私人电邮里互动的实质内容。

认知层面	情意层面
• 收件人了解自己与发件人的关系 • 确定发件人来函时的生活情况或处境 • 掌握来函内容的显性和隐性陈述或要求 • 了解与构思如何回复发件人要求的内容	• 收件人掌握发件人直观与潜藏的情绪 • 收件人斟酌在互动时应有的得体表达方式

纵观以上分析，实用文新题型摆脱过去仅考查学生对题面理解的狭隘性，围绕题面展开个人思考的主观性，形成直线式单程沟通的写作。新题型无论是私函或公函都通过强调互动的重要性，显性的写作双程沟通来完成书面互动的交际目的。课堂教师和学生必须掌握新题型的理由是毋庸置疑的，除了考试因素外，教师更应该明白新题型背后鼓励学生活用语言和体验语言学习真实性的苦心。

五　电邮教学策略的建议

在教学上，我们以为教师的课堂输入是关键，但并不主张沿袭过去讲授式、灌输式教学法。实际上，新题型促使教师自然地在教学上扮演课堂的指导角色。这是因为新题型中的互动是在一个语文或活动情境中完成，而且是动态的，举凡发件人和收件人的关系、电邮（私函或公函）显性和隐性的内容、发件人的情绪等都是构成互动的元素，而其动态性质也随这些元素的不同而异。因此，教师除了站在建构主义理论上以学生为学习主体，掌握任务型学习，帮助学生构建他们的语文知识和技能，还需做到课堂教学的细致化和具体化，形成一定的教学策略，让学生明白学习语文的目的，体验语文的实用性。我们总结在中心的教学经验提出以下的教学策略，希望对课堂的"教"和"学"能起实际的作用。

（一）明确互动性教学目标

过去学校教导实用文时，常常根据坊间出版的写作指导将实用文加以分类，如私函分为鼓励、劝导、交待生活、发表看法等类；公函则有：投诉、建议、邀请、表扬、要求等类别。这种以私函或公函的类别带动课堂教学的做法固然有其教学目标简洁明了的优点，教师易于操作，学生在学习上有所凭依，但却忽略学生思维自主性的训练，他们往往只能鹦鹉学舌地根据写作指导提供的范文进行仿写或扩写。我们认为在新题型下，无论私函和公函教学都不能沿袭老思路一味以类别带动教学，而应该聚焦在实用文的互动性上。上文阐明新题型里的私函和公函的互动性是双向的，课堂教学应锁定在掌握私函的动机、具体要求、来函的情境氛围；或公函特设的情境，进而做出得体的互动反应。在私函方面，互动反应应该包括：1.得体的寒暄与问候；2.对发件人的情意状况做出适度反应；3.适度满足函件或情境的要求；4.注意个人在应对上应有的礼貌和态度。在公函方面，必须学习有机的结合题目所提供的写作情境，并针对情境主题加以展开写作。虽然学生是公函的发件人，教师必须教导学生注意自己与收件人的互动关系，明白自己的诉求，才能有得体的互动。

（二）创设情境/任务

新教材编写体例采用单元制，并以任务型教学为基础组织学习内容。任务型学习通过组织语文学习任务，融语文技能于其中，在一定真实性或接近真实的情境中完成知识学习和语文习得。在学习过程中，师生互动、生生互动、教师和学生与文本的互动，都是在创设教学情境时必须考虑到的教学和学习重点。新题型的私函和公函皆以文本形式出现，因此教学时教师应尽量摆脱过去讲授、灌输和分析的角色，而负起设计学习活动和创设情境的重要任务。诚然，学习活动和学习情境是二位一体的。在创设情境时，教师除了考虑活动和情境的真实性，同时也必须注意：1.突出语文学习重点；2.活动内容的明确性；3.活动水平和适宜性；4.活动的可行性；5.创造不同的互动情境。在任务型教学里，学生是一系列学习活动和情境的中心，他们与文本的互动方式可以是个人进行式、与同学协作式、师生讨论式不一而足。在教师创设的形形色色的学习情境中，学生接触不同的互动方式，学习互动的呈现形式，把握互动的得体要求，体验语言运用的真实性。

（三）提高学生认知和情意技能

根据上文分析，无论新与旧的实用文题型都涉及到不同阅读理解认知技能。旧题型要求学生明白题面，然后展开主观式思考，自行设立写作情境加以发挥，属于单程沟通，没有互动的特征，所涉及的主要认知技能是理解、扩展和组织等。新题型不仅要求学生把握语料整体和个别重点，也要求学生注意情境中的互动特征。在整个互动过程中，学生必须掌握语料的认知和情意层面。在认知层面所涉及的认知技能有理解、分析、归纳、重组；在情意层面则必须掌握情境所涉及的显性和隐性的态度和情绪。根据新题型的学习要求，课堂教师不能沿用以往根据坊间实用文写作指导加以仿写，不断操练希翼学生能自行生成应有的语文能力。在教学上，除了语文学习重点外，教师必须注重学生的学习自主性和参与性，培养独立思维技能，感知个人与环境的关系，才能在设定的情境下做出得体的互动行为。

（四）掌握互动的特征

新题型是落实二〇一〇母语检讨委员会报告书中倡议

"乐学善用"精神的途径之一。它强调的是显性书面互动，帮助学生体验语言运用的真实性，教师学习掌握互动的特征、指导学生如何进行书面互动等便成迫切的要求。新题型给课堂教学带来新启示，贾存军认为互动可以是：1.双向型，主要指单个主体间的互动，如师生互动，生生互动；2.多向型，比如教师与学生群体间的互动，学生与学生间的互动；3.单向循环型，主要指师生与教学文本或环境文本间的互动。无论是哪一类的互动方式，意义协商是互动的核心。新题型虽然是书面互动，然而其前提是主体（学生或教师）与文本的互动，因此教师掌握互动特征对指导学生进行有意义和得体的互动是至关重要的。

六　课堂口语教学的现况

随着现代社会的发展，人与人之间的沟通日益密切，语言信息的交流也日趋频繁，良好的口语表达能力也越来越显得重要。新加坡教育部也意识到口语交际能力将成为信息时代最基本的能力之一，其重要性日益明显，在我们的日常工作与学习生活中发挥极大的作用，因此把口语交际教学列为华文教学里的重要内容。从二〇一二年起，全国考试试卷三的口试部分，除了保留原有的"朗读"和"会话"中的'对话'之外，还增加了"看图说话"一项，目的就是要配合现代社会的发展，希望通过课堂的学习提升学生的口语表达能力。

　　"会话"在新题型里属于试卷三口试部分的范围，是说话技能的考核。这个约十分钟的考核项目包括"看图说话"和"对话"。"看图说话"是一个全新的题型，考生得根据主考员所提供的图片加以描述，并谈谈自己的感受或看法。过后，考生再根据所提供的话题，和主考员进行一段对话，对话内容与看图说话的内容有一定的相关性。通过与主考员的交流，考生完成了口语互动。

　　诚然，"看图说话"主要是训练学生观察、分析、收集信息、处理信息、评价的综合能力的训练，尤其侧重于考生即兴组织语言的能力。倘若在教学中进行有效的训练，帮助发展学生的思维能力，将能促进学生口语能力的提升。

　　考生在与主考员进行互动交流前，将有大约五分钟读图的时间，过后即要在主考员面前针对图片内容进行详尽和清楚的描述。在讲述的时候，不仅要有条理性、用词要适当，语句也应该有变化。新题型的考核要求对教师课堂口语教学的冲击是显而易见的。实际上，一般课堂教师对口语教学没有明确的概念和认识，课堂上的口语教学其实是限于对教科书中语篇的口头对答，其目的在于考核学生对语篇的理解或为下一步教学铺垫。如此一来，限定了学生用语言来交际的机会，所谓的"口语互动"是流于浅易的对答。

此外，本地学生在英语大环境影响下，口语表达能力日益下滑。莘莘学子说起话来常有内容和表达上不理想之处。在内容方面，常犯思路零散，言不及义的通病；在表达方面，则有词汇量不足、词不达意、支吾不流畅等弊病。根据课堂教师反映学生在"看图说话"训练时，往往无法说得具体、完整，程度弱的学生甚至在三言两语后就面对"无话可说"的窘境。诚然，口语说话是过去课堂教学比较弱的一环，课堂师生互动和生生互动都极度缺乏，以致学生口语能力多年来没获得提升。

"看图说话"是口语考核的一个环节，它要求学生先掌握图意，在理解的基础上组织自己的语料，然后加以有条理地陈述。因此，我们认为教师在指导学生看图的过程中首要是注重看图读图的方法，促使学生在观察图片时能分清主次人物与核心内容，如此一来，才能正确地掌握所输入的语料，跟着才能很好的，流利的表达自己。更重要的是，"授人以鱼不如授人以渔"，教学生看图说话的技能，将使学生受益匪浅。

七 口语教学策略建议

新加坡的华文学习虽然定位为第二语文学习，但除了来自纯讲英语的家庭外，一般孩子在语言学习上俨然不是零起点。诚然，本地中学语文课程设计并没有将口语技能独立开来，特别专设口语教学课，而是在语文课中综合的进行着。特教们综合多年的教学经验，认为要在有限的教学课时里，好好的指导口语学习，教学方法得当和教学策略的可行性是至为重要的。我们建议以六何法和思维导图这两种思维工具，作为指导学生看图说话的入门基础功夫，这是因为六何法和思维导图都具明确的思考结构，能引导学生自主思考，对学生口语能力的发展颇有裨益。

（一）六何法

六何法，又称 5W1H（Why, Where, When, Who, What, How），原本是被视为一篇新闻报导中应该让读者知道的讯息，后来在语文教学中广泛应用在作文教学与阅读教学上，帮助学生多角度思考，培养学生的想象力、理解力与分析能力。

然而，在多年的教学实践中，我们发现六何法也能引进说话教学中，提升学生的口语表达能力，尤其是将六何法引进看图说话教学中，引导学生从原因（Why）、对象（Who）、地点（Where）、时间（When）、事件（What）、方法（How）六个方面进行多角度的思考。它不但能帮助学生建立说话的内容，而且能够帮助学生系统性地思考和整理问题，效果彰著。

为了更好的配合新题型的要求，我们在 5W1H 的基础上作出了延伸与扩展，添加了"感悟+启示"（Reflection）这个学习元素。以下我们以一张图片为例，说明老师如何以某个问题或某种社会现象为话题中心，引导学生从多种不同的角度来诠释图片内容。

1 图片内容大意描述

地铁车厢内坐满了年轻人，有的在看书、有的在听歌、有的在用手机、有的则在闭目养神。一名白发苍苍的老婆婆手提袋子，没有人肯让出座位，只好背靠着铁杆站着。

2 看图说话要求

学生必须说出图片的内容，并针对这种现象谈谈自己的看法或心中的感受。

3 看图说话教学步骤

教师引导学生顺序从 where, when, who, what 描述所看到的图片内容，进而分析 why 和 How，最后再结合自己的生活经验，说出自己的感受与看法。

（i）Where（何地）：教师指导学生先针对图片画面说出事情发生的地点：这是一个地铁车厢；语文程度强的学生可以要求他们进一步进行扩展式的描述：这是一个光线明亮、相当宽敞的地铁车厢。

（ii）When（何时）：图片中的时间或许不是很明确，但是老师可以指导学生发挥想象力，进行猜测，并说出作此猜测的原因。例如：这时候应该是晚上，因为车窗外一片漆黑；或者不同的学生可能有不同的观察：这时候虽然是白天，但由于地铁列车进入了隧道，所以窗外一片黑暗。

（iii）Who（何人）：老师应训练学生观察图片中的人物，考虑事件中的主要人物和次要人物与事件的相关性。例如：图中的年轻人都坐在座位上，但有一个老婆婆却没有位子坐。当然，学生经过一定的语言积累之后，也可以加入形容词，使句子表达更为生动：图中的年轻人都坐在座位上，但有一个白发苍苍、年纪老迈的婆婆却没有位子坐。

（iv）What（何事）：通过上述的三个 W 已经能清楚知道发生什么事情了。学生可进一步清楚说出到底画面上的核心内容是什么：这张图片主要是说明新加坡的年轻人没有礼让的精神，看到年迈的老婆婆站着，也不肯把座位让出来。

（v）Why（为何）：老师进一步指导学生根据上面的观察，找出问题的根源，以便为后续的 How 做好准备。由于这是一个非常贴近学生生活的图片内容，所以，学生应该能够分析出原因：为什么会有这样的现象？主要是现在的年轻人太过自我，认为先到先坐，没有必要让位。

（vi）How（如何）：把整个事件都描述清楚后，就必须指导学生考虑如何解决这样的问题，也即是如何教育年轻人要有礼让的精神，尤其是看到年迈的老人在车厢里没位子坐时，更应该主动把自己的位子让出来。

（vii）Reflection（感悟+启示）：老师应让学生明了在整个看图说话中，where, when, who, what, why 和 how 的描述应该是占整个说话过程大约一半的时间，而感悟和启示这一个部分在看图说话中的比重不可忽视。感悟是学生在看了图片内容后所产生的想法与感受，可以针对图片中人物的行为作出批判或加以表扬；或针对图片所反映的社会现象提出个人的意见。

六何法的缺点是很容易使学生形成思维定势，说话内容雷同，缺乏新意。但是，鉴于本地学生口语表达能力不强，老师以六何法作为对学生的口头表达的指导，使学生在看图后快速思考，把画面的内容按照一定的层次有序地表述图片的内容。从这个角度来看，以六何法作为看图说话的一种技巧，学生若充分掌握，就算看图说话时无法做到滔滔不绝，也肯定能"抓住中心内容，有条理地描述图意"。[9]

（二）思维导图

思维导图（Mind Map）是由英国著名教育学者兼心理学家 Tony Buzan 在二十世纪六〇年代开发的一种思维工具，是一种刺激思维以及帮助整合讯息的思考方法。它主要是以主题词或关键词为中心，将所有环绕主题的讯息和概念，以线条、图形、符号、简单文字、数字等各种方式快速地具体化，掌握说话内容的脉络。

9　新加坡教育部课程规划与发展司：《中学华文课程标准》（新加坡：新加坡教育部，2011 年），页 20。

　　思维导图能帮助学生整合新旧知识，理清思路，有助于提高学生的自学能力和思维能力。但是，在开始的阶段，思维导图应该像作文教学中的运用一样，老师指导学生以主题词为中心，把思维向四周扩散，将所有环绕主题的讯息与要点都写下来。借助思维导图的形式，帮助学生在构思时获得由此及彼的效果。等到学生完全掌握与熟悉思维导图的运用，能对课题作出精细的剖析，做到言之有序，才进入第二个阶段，训练学生在头脑中发散思维、整理思路，然后才有条理地描述图意，表达看法与感受。

　　我们以"新加坡当大耳窿跑腿有年轻化的趋势"这一个热门社会话题为例进一步具体说明。学生在与主考员进行看图说话前，有大约五分钟的读图时间，在这短短的五分钟时间内，学生应该快速以"年轻人当大耳窿跑腿"为中心词，然后再以此发散思维，拓宽思路，将各种零星的知识、观点、看法连接而形成关于该主题的思维网络。（如下图所示）脑中有了这样一个思维发散的操作模型，就不会无话可说，而是能言之有序、言之有理地表达自己的看法与意见。

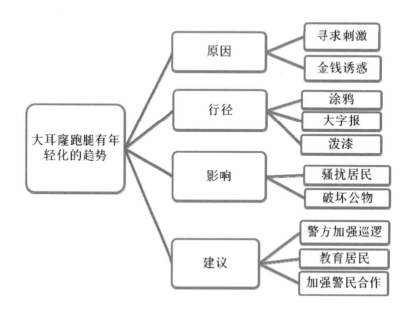

八　结语

语文学习是动态的，这是上世纪后半叶语言学研究最大的贡献。举凡行为主义、认知心理学、人文主义和建构主义等都尝试从不同的角度诠释语言学习，俾使语言的"教"和"学"能更好的达到既定目标。迈入二十一世纪，各国纷纷认识到语言学习不仅仅是语文知识的掌握，更须强调语文学习的人文性，即文化交流和学生的自主学习。新加坡二〇一〇母语检讨委员会报告书顺应时代潮流，强调语文的实用性，致力使本地语文课程与时并进，使华语文继续在本地生根。委员会为达到"乐学善用"的教改目标，一改过去的考核方式，引入真实语料、口语和书面互动使学生更向真实语境靠拢，认识和体验语言的实用性，他们的努力是具前瞻性的。新加坡华文二语学习也不能例外的必须强调听和说的重要，然而，我们的学生在中学语文学习上肯定不是零起点，因此强调听和说之余，又重视语文的交际互动是合时宜的。真实语料、口语和书面互动难免会对现有的课堂教学带来冲击，我们相信前线教师能把握报告书的改革精神，在专业进修上更迈进一步，为我国语文教育写下新的一页。

参考文献

一　書籍

东尼·博赞、巴利·博赞著叶刚译　《思维导图》　北京　中信出版社　2009 年

吴中伟、郭鹏　《对外汉语任务型教学》　北京　北京大学出版社　2009 年

新加坡教育部课程规划与发展司　《中学华文课程标准》　新加坡　新加坡教育部　2002 年

新加坡教育部课程规划与发展司　《母语检讨委员会报告书》　新加坡　新加坡教育部　2010 年

二　期刊論文

程晓樵　〈教师在课堂互动中的策略〉　《教育评论》2001 年第 4 期

王秀村　〈实现互动式教学的六项措施〉　《学位与研究生教育》　2003 年第 5 期

魏锡山　〈论"双主动"教学策略〉　《天津市教科院学报》　2001 年第 1 期

吴宝发、张曦姗、谢瑞芳　〈新加坡中学华语学习中的口语教学初探〉　《内蒙古师范大学学报》　2011 年第 6 期

叶子、庞丽娟　〈师生互动述评〉　《学前教育研究》2009 年第 3 期

贾存军　《语文互动教学研究》　济南　山东师范大学硕士学位论文　2003 年

后记： 本文是在《语文教学中的互动要求为课堂教学带来的挑战——以电邮教学为例的探讨》一文的基础上修订、增删写成的。上述文章于二〇一四年发表在李晓琪、贾益民、徐娟主编的《数字化汉语教学(2014)》（北京：清华大学出版社，页 89-94）里。

辑二

教学探讨

从高中 H1 华文新评估方式重新审视口语教学法

张曦姗

提 要

评估是语文教学中重要的一环，随着现代社会的发展、教育趋势的变化以及二十一世纪人才的需求，高中 H1 华文口语项目评估方式已做出相应的调整。本文集中讨论的是口语的考核方式在二○一二年做出大幅度的调整后，高中华文老师要如何重新审视口语教学？口语教学策略又应该如何做出调整，才能在课堂上进行有效的教学。

关键词：高中 H1 华文、评估、口语教学

一　绪言

二〇一一年新加坡教育部母语检讨委员会报告书公布新一轮的母语教学改革，强调母语教学的三大目的：沟通（Communication）、文化（Culture）和联系（Connection）。要达到这三个目的，就要在校内与校外营造各种有利于母语学习的环境，帮助学生乐于学习并经常使用母语，让他们在各种不同的真实情境中有效沟通，使母语成为生活用语，并在最终达到"乐学善用"的目的。

报告书除了强调听、说、读、写语文技能的学习，还加强口语互动和书面语表达互动。也即是说，这次教学改革的重点在于学生对语言的使用。为了落实教改精神，高中教材编写和评估也做出了相应的配合。

本文所讨论的"口语"是指"口头报告"、"看图会话"这两个部分。同时，文中探讨的是口语的考核方式在二〇一二年年底做出大幅度的调整后，高中华文老师要如何重新审视口语教学？口语教学策略又应该如何做出调整，才能在课堂上进行有效的教学？

二 高中口语新评估方式的解读

评估是语文教学中重要的一环。二○一二年以前，口语的评估方式主要是包括朗读一篇约三百字的短文以及针对一道课题与考官进行一段约三至五分钟的问与答，该项考核的课题不一定会和学校所教的挂钩，天马行空，学生无从掌握。随着现代社会的发展、教育趋势的变化以及二十一世纪人才的需求，评估方式已做出相应的调整；以高中 H1 华文口语项目为例（见下表），二○一二年年终口语的考核方式和往年相比，主要在以下几方面做出了调整：

2011 年或以前		2012 年开始	
评鉴项目	比重	评鉴项目	比重
口试	15%	口试	25%
-- 朗读	(5%)	--口头报告	(10%)
-- 1 道对话题	(10%)	--看图会话	(15%)

从上表可见：

- 口试的占分比重从过去的 15%增加到 25%，增加幅度是 10%。

- 取消朗读的项目，换成考生作两分钟的口头报告，占分比重是 10%。

- 增加了"看图会话"，考生必须根据照片与考官进行大约五分钟的对话，发表自己的看法与观点。"看图会话"这部分的占分比重是 15%。

二〇一二年评估方式的改变，我们可从以下几方面解读：

首先，通过教育部所提供的数据、问卷调查及聚焦小组的讨论，证实了新加坡的家庭语言环境已经改变。过去二十年来对小一学生的家长所进行的调查显示，以英语作为主要家庭用语的情况呈上升的趋势。以英语作为主要家庭用语的华族学生从一九九一年的百分之二八上升到二〇一〇年的百分之五九[1]。这些数据说明了有很多学生缺乏以华语和别人交流意见与看法的机会。因此，评估方式如此强调口语能力的表达，学校老师有必要思考如何在课堂营造真实的情境，增加学生以华语和别人沟通的机会？

其次，"看图会话"这个考核项目以照片作为引导学生进行口试的材料。众所周知，现代社会处于一个被图像包裹的时代，广告、海报、标志处处皆有。而新评估方式中"看图说话"中的照片将更贴近学生的生活，提供学生更为真实的情境，让学生和考官针对相关内容进行交流。这种新考核方式无疑对学生的观察能力、应变能力、思维能力、表达能力

---

[1] 新加坡教育部课程规划与发展司：《母语检讨委员会报告书》（新加坡：新加坡教育部，2010 年），页 36。

都是一种很有效的测试方式。因此，老师也必须适时做出反思：过去以教师为中心的"一言堂"教学法，能不能提升学生的口语能力和思维能力？若是不能，教学上又该做什么样的调整？

第三，新的口语评估方式在分数比重上的增加也意味着口语能力在现代社会中日趋重要。"口头报告"的新考核方式完全符合国际评估方式的新趋势，符合现代社会上职场的需求，这种实用的考核方式，不但能和大学的教学方式接轨，也帮助我们的学生在踏入职场前，掌握"口头报告"的技能。更重要的是，新的评估方式也以教育部在二〇一〇年三月制定的"二十一世纪技能框架"[2]为考量，致力于培养学生在二十一世纪所需要具备的知识、技能与价值观，希望他们踏入社会后，能成为一个充满自信、主动学习、为社会做出贡献的人，即使是走出国门，也会扎根于新加坡、时刻心系祖国。

因此，教师必须重新思考，要如何把二十一世纪技能融入课堂教学中以及如何调整教学策略，才能培养我们的学生不管在什么场合，都能针对任何课题，充满自信地侃侃而谈。

---

2 参考新加坡教育部网站：http://www.moe.gov.sg/media/press/2010/03/moe-to-enhance-learning-of-21s.php

三 课程与评估紧密结合

二〇一〇年的报告书强调母语教学有必要做出调整，提出"教什么、考什么"的理念，将教学、课程和评估紧密结合。

以下是在二〇一二年实施的高中 H1 华文的课程框架[3]：

高中 H1 华文课程（核心单元）框架

		主范畴	副范畴	
核心单元	C1 自然环保	爱护自然／动物	环境污染	节省能源／再生资源
	C2 成长历练	个人历练	知音友情	温馨亲情
	C3 家国之情	社区关怀	爱国情操	环球公民
	C4 文化与生活	志趣爱好	节庆习俗	创意文化

高中 H1 华文课程（选修单元）框架

		主范畴	副范畴	
选修单元	E1 音乐与电影欣赏	东方和西方歌曲	东方和西方电影	偶像
	E2 网络与媒体	网络沟通	数码科技	东方和西方传媒

3　新加坡教育部课程规划与发展司：《2012 大学先修班华文课程标准》（新加坡：新加坡教育部，2011 年），页 9。

不论是核心单元或是选修单元，都着重选择贴近学生生活以及兴趣爱好的课题，以激发学生学习母语的兴趣。以选修单元和核心单元的课程内容来看，题材广泛、内容丰富，而且侧重其趣味性、实用性、时代性与多样性。更重要的是，选材也没有忽略对学习者的人文素养的培养，包含了环保意识、亲情友情、传统文化、社区关怀、爱国情操等等各方面的内容，希望在提升学生的口语表达能力之外，也能培养学生的情意品德和正确价值观。

我以选修单元为例，进一步细化其教学重点与课程内容[4]：

	教学重点	教学内容	人文素养的考量
音乐与电影欣赏	电影与歌曲的社会作用与文化意义	• 歌曲与电影对个人与社会的社会作用 • 本地的音乐创作与电影的发展前景 • 歌曲与电影中的文化要素 • 不同类别的歌曲、电影的特色与影响 • 偶像的成功对你的启示 • 你对偶像的一些不良行为的看法	与 21 世纪技能挂钩——正确价值观的培养

4　新加坡教育部课程规划与发展司：《2012 大学先修班华文课程标准》(新加坡：新加坡教育部，2011 年)，页 18-19。

	教学重点	教学内容	人文素养的考量
媒体与网络	媒体与互联网、数码科技对人们现今与未来生活的影响	• 青少年沉迷在网络世界所带来的影响 • 网上社交平台深受青少年欢迎的原因 • 身为网民的社会责任 • 新媒体的兴起与监督问题 • 网络与数码科技新产品的出现以及对青少年身心发展的影响	与 21 世纪技能挂钩——正确价值观的培养

为了让评估与课程紧密结合，高中 H1 的考核方式也做出了以下的调整：

（一）内容方面

修读 H1 华文的学生在进行 A 水准口试的口头报告时，所考核的两道课题一定是分别来自选修单元的"音乐与电影"和"网络与媒体"这两个主范畴。而看图说话的课题范围也会是来自核心单元和选修单元的十八个副范畴，这些都是学生熟悉的课题。看图说话中的"图"是指真实情境中的照片，通过贴近学生生活的语料进行考核，将能帮助学生掌握实际运用语言的能力。

（二）语言技能方面

H1 华文口语教学除了强调听说技能的学习（尤其侧重

在说话的技能），也非常重视口语互动能力的培养。老师们在接受培训时都了解从二〇一二年起，上课时的重心将从过去的以教师的"教"转成学生的"学"；课堂上的教学将以学生为中心；尽量通过各种各样的教学活动让学生成为课堂的主人，让学生通过各种真实的情境，主动使用华语来与人沟通或发表意见、看法。这些日常课堂训练中的口头报告、发表个人观点与感想、乃至运用想象力、创造力和批判性思维能力等都是新的口语评估方式所要求的评量标准。

（三）在互动方面

口语互动是高中口试颇为侧重的考核形式，以考查学生的语言交际能力为目的。在"看图说话"这一环节，老师将与考生根据三道题进行三次的话轮，每一次的话轮包括：1. 教师提问；2. 考生应答；3. 教师就学生应答进一步要求考生澄清、补充、说明；4. 考生再针对教师提问应答。这样的崭新考核方式能使学生掌握语言交际技巧，提高互动交际意识，而口语互动能力正是二十一世纪人才必须具备的能力。

这样的教学改革是非常富有意义的。以往语文老师所面对的问题是教学内容与评估方式完全脱离，导致学生觉得语文课堂上的学习无法让他们在课室外学以致用，"教一套、考一套"的方式也无法让学生在全国总结性评估中占有优势。但是，教学改革落实后，往后老师教学的方向将更为明确，学生的语言学习也更具有实用价值。

四　新评估方式下的理论依据与教学策略

（一）理论依据

"输入假设"（The Input Hypothesis）是美国著名的教育语言学家克拉申（S.D.Krashen）在二十世纪八〇年代所提出的二语习得理论的核心部分。他认为语言习得的必要条件是可理解的语言输入（Comprehensible Input）。所谓可理解性的语言输入指的是语言学习者或听到的，或读到的可以被理解的语言材料，这些材料的难度应该略高于学习者目前已经掌握的语言知识和已经达到的语言水平。克拉申将学生现有的语言水平定义为"i"，将略高于学生现有水平的语言材料定义为"1"。克拉申指出，为了使学生从一个阶段进入到一个更高的阶段，为其所提供的语言输入中必须包括一部分下一阶段的语言知识，也就是在每一个学习阶段都应当加入新的内容。只有当学习者接触到的语言材料属于 i＋1 的水平，才能对学习者的语言发展产生积极的作用。克拉申还进一步强调，可理解性的语言输入还必须是足够的、有趣的、有关联的，也不应该过分强调语法，是不以语法为纲的。如此一来，学习者才能根据自己的水平，不断努力，吸收新的语言材料，逐步习得语言。学习者的语言水平就可由"i"发展到"i＋1"。

加拿大语言学家斯万（Merrill Swain）通过对加拿大法语浸入法学习计划的长期研究发现：只有大量的可理解输入而没有准确性的输出也不能成功学好语言。因此，她提出"输出假说"（The Output Hypothesis），认为学习者的语言输出对达到较高语言水平起着重要的作用，只有通过语言的使用才可以提高语言表达的准确性与流畅性。斯万认为语言输出具备三个功能：注意功能、检测功能和元语言功能。而在这三个功能中，尤以注意功能更为关键。学习者通过语言输出注意到他想说与他能说的之间的差距，然后对语言形式进行有意识的分析，再产出修正后的输出，提高语言输出的流利程度和准确性，这实际上是一个巩固原有的知识和新旧语言知识进行重构的过程。

语言的输入、输出和互动的关系是非常密切的，两者相辅相成，相互影响。若只有单纯的语言输入而没有足够的输出，那么所输入的知识与信息就只会停留在记忆阶段，因为语言的输入不会自动转化为输出；从输入到输出，这中间有一个过程，这个过程即是通过各式各样的互动，如师生互动、生生互动、小组互动等等获得的。互动之所以能促进第二语言的习得，根本原因在于互动过程中的意义协商（negotiation for meaning）。意义协商产生的会话结构的互动既可保证让学习者接触到新的语言现象，又可提高输入的可理解程度，并且提供关于目的语的形式与功能关系的重要信息。[5] 只有在这种频密的互动过程中，语言的输入与输出才能有机地紧密结合，在这样的互动式教学中，才能达到语言学习的目的，同时提升学习者的思维能力。

在新加坡高中的口语教学中，长期以来存在着一种重输入轻输出的现象。Krashen 和 Swain 的语言输入与输出假设的理论框架肯定为高中口语教学带来一些启示。学校老师应该有意识的采用适当的教学策略，制造机会让学生多交流实践以提高口语能力。

由于高中 H1 华文的教学课时有限[6]，适当的教学法与操作性强的教学策略是非常重要的。以下所提出的几种课堂口语教学策略是为了落实新教改的精神以及配合二〇一二年年终新的评估方式，让学生明了这种以学生为中心的教学策略更加实用、更加能够帮助他们将来踏进社会后与人沟通交流，在教学上作这样的改变对学生学习母语是大有裨益的。

（二）教学策略

1 课前两分钟的口语练习活动

新考核方式中的"口头报告"可说是口语课的重要活动

5　吴中伟、郭鹏：《对外汉语任务型教学》（北京：北京大学出版社，2009 年），页 17。

6　高中一年级的学生基本上是二月中开始上课，七月初即参加口试，扣除三月的短假与六月的长假后，口语教学的时间大约只有三个半月的时间。

方式。这种独白式的口语对学生的成段表达能力的提高很有帮助，也是一种学生在踏入职场时应具备的谋生技能。但是，我们的学生有些是比较内向害羞，不太习惯在众人面前表达自己的想法，因此，课前两分钟的口语训练就可以系统地训练学生的口头报告能力。

课前两分钟的口语活动是这么进行的：每次上华文课时，安排两名学生进行两分钟的口语报告。报告的内容不妨由学生从选修单元中自由选择，包括偶像、歌曲、电影、网络或新媒体等等，让每位学生在上半年至少有两次机会能与全班同学与老师分享他自行选择的说话素材，这样不仅能锻炼口语表达能力，也能为生性木讷内向、不善辞令的学生提供在大众面前说话的机会，提高自信心。

课前两分钟呈现之前，学生需要自己安排时间作资料的收集、筛选、写稿、反复朗读，甚至与老师协商呈现的内容与方式，因此无形中是对学生一种综合性的训练。此外，学生呈现口头报告之后，老师和同侪都可以提问或点评，这其实又是一种批判性思维的训练，对学生的母语学习极有助益。

必须指出的是，课前两分钟的学习效果不容易在短时间内彰显，而是要长时间地进行方能见效，因此，老师必须要持之以恒，认真对待这项活动，这样不仅能在课堂上营造有利于母语学习与使用的环境，也能看到学生口头报告能力的提升。

2 资讯科技辅助的口语训练活动

多媒体资讯科技教学的特点是将图象、影视、动画等形式多样的教材，通过接近真实情景的场景，为学生带来崭新的学习环境和认知方式。图、文、声、像并茂的特点能激发学生的学习兴趣，鼓励他们用华语进行口语交际，有效提高学生的语言交际能力。二十一世纪是网络与信息时代。九〇后的中学生是与互联网一同成长的年轻一代。他们熟悉并经常使用资讯科技，因此，课堂里的教学方式也应该与时并进，教师应该借助资讯科技如 ipad, iphone, voice thread, wiki space 以及其他的网上学习平台让学生学习华文。

一个简易却有效的方法就是通过 Youtube 上的录像视频训练口语。例如与高中学生谈及核心单元的《成长历练》的副范畴〈温馨亲情〉时，可采用五分钟网上视频《那是什么？》[7]，以短片中的父子情作为导入的活动，让学生通过直观的影像，激发观察力与想象力之后再说出看法与感受，不但能发展学生的思维能力，也能提升他们的口语表达能力。

使用资讯科技教学不应局限于课堂内，而是将学习延伸到课室外，进一步培养学生自主学习与协作学习的能力。教

---

7 视频录像取自：http://www.youtube.com/watch?v=eeStVwK6a5g

育部设置"乐学善用"互动学习平台（iMTL）的目的就是希望学生在课室内或课室外都能利用平台上的录音、录像功能，进行口头报告、发表个人看法或者同侪互评等训练口语表达能力的活动。

不过，老师们必须注意的是，以多媒体进行教学，寓教于乐，目的是把学生带入轻松愉快的学习环境，使他们觉得母语的学习是充满活力的，希望能调动起学生学习的积极性，吸引学生主动参与学习过程。但它只是教学过程中的一种辅助手段，不是目的，教师在使用时千万不可本末倒置。

3 通过各种活动的实践教学提升口语能力

教师不妨尝试通过各种活动，根据教学环境与教学对象，设计实践性的教学模式来提升学生的口语报告与交际能力。活动不一定要局限在课堂上，教师可以安排学生走出课室，到生活中去运用语言，让他们切身感受华语是一门活的语言，是绝对能够学以致用的。例如，教师可针对核心单元中的《家国之情》的副范畴〈社区关怀〉设计教学目标与活动。教师事先选择适合的课文或报章新闻，让学生对社区关怀工作有一个初步的了解，并在掌握了一定的语言知识之后，安排学生利用访谈的方式，和学校里曾参与国外或国内社区服务的老师和同学以华语沟通，进行互动。老师针对学习需要设计一系列的问题如：

针对老师访谈的问题：

- 请问 X 老师，您举办这项活动的目的是什么？
- 学生在这项活动中主要负责哪些工作？
- 您认为学生在参加活动前后的想法、态度方面有没有不同？哪方面的不同？为什么？

针对学生访谈的问题：

- 请问 XX 同学，你为什么会参加这项活动？
- 请问这项活动对你有什么启发？
- 你所参加的社区活动中，有没有令你留下深刻印象的一件事？
- 离开学校后，你还会继续参与社区服务工作吗？

美国教育学者 Douglas Brown 认为在设计互动的教学技巧时，"要让学生不只和熟人对话，还要学着和陌生人说话。"[8] 这样的学习活动就让学生有机会和不相熟的人进行口语互动，同时提高学生在学习上的参与性和加深学生对社区的关怀；更重要的是，学生参与这项活动后，回到班上与同学讨论分享、再通过口头呈现报告，这一连串的口语输出活动肯定能达到老师在设计这项活动时的教学目标。

当然，这样的学习活动必须要精心设计教学目标与活动，否则就很容易流于学生在校外进行访谈时以英语进行，

8　H.Douglas Brown 著，施玉惠、杨懿丽、梁彩玲译：《原则导向教学法——教学互动的终极指南》(台北：台湾培生教育出版公司，2009 年)，页 338。

或者在分享与讨论时你一言，我一语、漫无目的地高谈阔论，课堂里一片闹哄哄，到最后不仅口语教学的目标无法达成，还浪费了宝贵的教学时间。[9]

4 通过互动教学模式提升口语表达能力

所谓"互动"是指"两个或两个以上的人，互相交换思想、情感及想法的历程。"[10]它也是指"在教学过程中实现教与学的有机结合和相互作用，意味着教师与学生、学生与学生之间进行双向的信息沟通。"[11]其实，从广义来说，"互动"还包括无言、有形的互动，例如眼神的接触、面部表情的变化、声调的抑扬高低以及肢体语言如手势的运用。互动式教学现今是语文课堂教学的一种趋势，这种教学方式使学生有大量的机会参与信息交流的话语活动，从而提高口语表达能力。

H1 华文的课程理念之一是"加强学生的语言互动技能"[12]，因此，教师应该在平日的课堂教学中安排各种口头互动的活动与作业，通过师生互动、生生互动、老师与小组

---

9 吴宝发、张曦姗、谢瑞芳：〈新加坡中学华语学习中的口语教学初探〉，《内蒙古师范大学学报》2011 年第 24 卷第 6 期，页 103-107。

10 同 8，页 210。

11 王秀村：〈实现互动式教学的六项措施〉，《学位与研究生教育》2003 年第 5 期，页 24。

12 新加坡教育部课程规划与发展司：《2012 大学先修班华文课程标准》（新加坡：新加坡教育部，2011 年），页 3。

互动或者小组与小组互动的模式，布置日常生活中的真实情境，让学生掌握互动技能，加强语言交际能力。

美国著名学者 Dr Robin Fogarty（1990）在 "Designs for Co-operative Interactions" 一书中提出了互动性教学策略，陈之权（2003）在 Robin Fogarty 的研究基础上，结合新加坡华文教学的现实情况，配合高级中学、初中和小学华文科的教学内容，阐述每一类互动性教学策略的特点、上课形式以及教学步骤做了详尽的说明[13]。这十二种互动教学包括：Teacher Talk（教师讲授与间歇提问）、Surveying（表示意见）、Turn to your partner and……（让我告诉你）……、Think aloud（表述想法）、Think-Pair-Share（思索-配对-分享）、Observer Feedback（观察员反馈）、Tell / Retell（叙述-复述）、Groups（小组协作）、People Search（找朋友）、Wraparound（串讲）、Human Graph（人标）以及 Jigsaw（拼凑法）。

这十二个互动教学策略强调的是以学生为主体的教学方式，体现了不同程度的互动，让学生在协作学习中建构知识，对培养学生的口语表达与互动能力非常实用与有效。但是，"无论采用哪一种策略来设置学习情境，最后都必须通过一个考查工具进行学习考查，以确定教学目标是不是已经

---

13 陈之权：〈互动性教学策略在华文教学上的应用〉，《华文学刊》，2003 年第 1 期，页 95-112。

达到，或需要进行哪些教学上的调整。考查工具的形式不拘，可以是书面小测验、图画、口头表述、书面作业……能够清楚考查教学绩效的手段。"[14]

五　结语

　　二〇一〇母语检讨委员会报告书顺应时代趋势，配合我国和全球的变化发展，在课程内容上作大幅度的改革，强调语文的实用性。同时，委员会为达到"乐学善用"的教改目标，一改过去的考核方式，在口语评价方面引入真实语料和口语互动，使学生认识和体验语言的实用性。他们的努力是具前瞻性的；母语课程、教学与评估方式的改进，肯定能使我们的学生获益匪浅。

　　然而，最重要的是，我们的老师必须意识到高中课堂上的教学模式已经发生了变化，母语课程教学与评估方式也必须与时并进，做出改革与调整。教师首先必须改变过去课堂上以教师为中心的教学模式，改成以学生作为教学的主体，同时在课堂上尽量创设真实语境，让学生多发表看法与感想，训练学生与别人沟通交流的能力，如此，我们的学生才能在踏入职场前做好充分的准备。

---

14 同 13，页 112。

参考文献

一　書籍

吴元华　《华语文在新加坡的现状与前景》　新加坡　创意圈出版社　2004 年

杨惠元　《汉语听力说话教学法》　北京　北京语言大学出版社　1996 年

新加坡教育部课程规划与发展司　《母语检讨委员会报告书》　新加坡　新加坡教育部　2004 年

新加坡教育部课程规划与发展司　《母语检讨委员会报告书》　新加坡　新加坡教育部　2010 年

新加坡教育部课程规划与发展司　《2012 大学先修班华文课程标准》　新加坡　新加坡教育部　2011 年

二　期刊論文

王秀村　〈实现互动式教学的六项措施〉　《学位与研究生教育》第 5 期　2003 年

浅谈适合多语家庭背景学生的口语课程设计
——基于小学导入班校本研究经验与反思

郭秀芬

提 要

　　近年来，新加坡选修华文课程的学生的家庭语言背景越来越多元化。有的学生来自非纯华族家庭：双亲都不是华族、或父亲或母亲是非华族；有的学生的父母是属于不同的种族，或家族成员使用多种语言。这些来自多语家庭背景的学生在学习华文华语时面对的困难与一般来自纯华族家庭的学生不太一样，他们通常缺乏说华语的家庭环境，在学习口语方面面对很大的挑战。本研究针对非华族小学生或多语家庭背景学生学习华语的问题，在一所新加坡邻里小学二年级导入班进行研究。研究的干预活动从情境入手，选择学生感兴趣的课题和活动，在课堂上为学生创造口语表达的机会，在创建的情境中进行词汇，句型及说话教学。本文采用课堂录音、录像以及教师访谈等研究工具搜集资料，采用个案研究的形式，探讨几位多语家庭背景的学生在学习口语时面对的问题，及参与研究干预活动的成效。

关键词：口语教学、情境教学、非华裔学生

一 前言

新加坡是一个多元文化和多元种族的国家，本地学生的家庭语言背景自然比较多样。加上社会国际化的趋势，越来越多的外国孩子跟着父母到新加坡来学习，使得学生的家庭语言背景更加多元。这些多语家庭背景的学生通常是初来乍到就上华文课，之前完全没有接触华语的经验或家里完全缺乏讲华语的环境，在学习华文华语方面会与本地华族学生面对不同的困难。针对这些特殊家庭语言背景的学生，我们应该如何为他们设计合适的学习经验，帮助他们在学习"非母语"的华语课程时更积极投入学习，并有所获益？

二 学生家庭语言背景多元化

过去，通常只有华族子弟才会修读华文，鲜少其他族群的孩子选修华文。但近年来，修读华文的各族学生增多了，主要有两个因素。第一，随着中国经济的崛起，各族国人对中华文化与语言的价值认识提高了，所以越来越多的本地非华族父母，如印度族、马来族、欧亚混血、甚至是洋人都鼓励孩子选修华文。第二，我国广招海外人才到新加坡就业，所以他们的孩子也跟随到本地升学，这些来自国际及多元种族的学生在学校里"也必须接受新加坡双语教育的规定，即必须在英语之外选择一门语言。随着中国的崛起，华文成了外籍学生最自然的选择"（陈志锐，2011，页 7）。这些与日俱增的修读华文的非华族学生，除了家庭语言的多元，他们的华语基础和接触华文的经验也各不同，简略归纳，有以下几种情况。一是其中一位父母是华族，从小就学习华文，所以语文基础比较好。二是其中一位父母是华族，但因种种因素，从来都没有接触华文华语，所以在小学学习华文时是属于"零起点"的学习者。三是父母都不是华族，但有一些学习华文的经验，只因缺乏有利的说华语的家庭环境，所以在学习上进度比较慢。此外，还有一些学生虽然父母都是华族，但家里一向以英语为主要的沟通语言，从来不说华语，所以他们在学习时面对与非华族学生学华语同样的困难。对这些学生来说，他们很多时候就像其他的多语言背景的外籍学生一样，把华文作为外语来学习。

上述的学生类别在正规学校华文课堂中的人数有与日俱增的现象。由于非华族学生或家里完全没有华语环境的学生在学习华文时主要是"语言学习"而不是"语言习得"，其学习过程与面对的学习困难也和母语或二语学习者有所不同，所以这一类的学生给华文教学带来了新挑战：如何为这些非华族的学生或家庭语言背景复杂多样的学生，量身定做一些帮助他们学习的教学策略与教材，特别是帮助他们建立基本口语能力的口语课程。陈志锐（2011）就建议这些"零起点"的外语学习者和起点较低的二语学习者必须采用以听说为主的课程设计。

除了上述的学生类型，二〇一〇年的母语检讨委员会报告书显示："新加坡的家庭语言环境已经改变，并且出现了更复杂的现象"，主要包括以英语作为主要家庭用语的频率在各族学生中都有上升的趋势，例如"华族学生从一九九一年的百分之二八上升到二〇一〇年的百分之五九。"；学生在家里主要使用英语，只在大约百分之三十的时间内参杂使用他们的母语和英语（母语检讨委员会报告书，2010）。这显示不少本地的华族学生接触母语的机会日益减少，即使在家里也不用华语与家人沟通，使他们在学校学习华文华语时面对更多的困难。因为家里不讲华语，社交圈子里的朋友也不讲华语，又不看华语新闻或听华语广播，这些学生只在上课时或学校中有接触华文华语的机会。这一类的学生数量虽然很少，但因华文基础很弱，一般也会被分配到小学的华文导入班学习。

三　小学华文导入班

也因为预知了上述的新兴华文学习者，即指外籍、非华族、或拥有多种家庭语言背景的华文初学者，教育部在二〇〇四年的教改中就高瞻远瞩地在小学华文低年级的课程中增设了导入单元，"让较少接触华文的学生可先修读导入单元"。学校也配合这样的课程提供导入班的体制，为一些小学低年级非华族学生或华文基础很弱的本地学生另外开设小班，尽量使用配合学生的程度与语言能力的教材进行教学。这些导入班的学生人数因学校而异，可以少至五、六人，也可能多至二十多人。各校的导入班的语文程度也因校而异，有些学校的班级的学生语文能力比较平均，有些班级则参差不齐。我们的研究活动就是以小学导入班学生为主体展开。

虽然小学华文导入班的学生已经有专为他们量身定做的导入单元为主要的教材，但为了帮助学生应付年终的考试，一般导入班的教学还是跟核心班的教学相似，以认读与书写为主，忽略了以听说作为学习华语入门的重要策略。所以针对具新加坡特色的导入班口语教学活动进行研究是刻不容缓的工作，主要可通过一系列的口语课实验归纳和总结出如何引发学生的学习兴趣，制造有利的学习环境，从鼓励学习到促进学习的各种教学策略。

我在二〇一一年连同两位研究组的同事（刘增娇及杨斯琳）参与了为期一年的小二导入班口语课的校本实验研究，从中获取了不少的新知识，并对这样独特的学生群的口语学习状况与困难有了更深切的认识。本文基本上就针对导入班口语课的课程设计与实验心得进行回顾与反思，希望总结出一些可以抛砖引玉的研究资料，供其他有志于这方面的研究的工作者参考指教。

四 导入班学生学习口语的情况与难点

充分了解学生的家庭语言背景，学习性质和现有教学状况是研究与实验工作的重要起点。这是一个政府小学的二年级华文导入班，班上共七个学生，全部来自讲英语家庭，华文基础弱，口语表达能力也很低。其中四位学生的父亲分别来自苏克兰、印度、加拿大以及荷兰，属非华族血统；三位学生的母亲分别来自澳洲、印度以及荷兰，也属非华族血统。这七位学生没参加任何额外的华文强化课程或校外补习班，可以说是相当典型的家庭语言背景多样的外语学习者。

与其他同龄的本地华族学生相比较，由于家庭缺乏讲华语的环境，这批家庭语言多样、文化背景多元的导入班学生在华语学习能力上相对较弱。在前测及试验初期，由于缺乏自信，学生上课时都不太愿意以华语发言或交谈，常常依赖老师把华语指示或教导内容翻译成英语，所以目的语的输入也相对不足。研究小组根据观察与分析，把这批学生在口语表达上比较明显的难点与弱点归纳成四类：即听不懂华语指示语、缺乏华语词汇、无法用华语提问以及句子不完整。以下拣选一些典型的例子加以说明。

（一）听不懂华语指示语

老师：好啦，坐下来。今天吴老师准备了一堂非常特别
的课。谁知道我说什么？

学生：Huh？I don't understand 咧。

（二）缺乏华文词汇

老师：Hana，你喜欢什么？

学生：Blue waterfall。

老师：Okay。这些人在做什么？

学生：Sing。

老师：好了。这个呢？她在做什么？

学生：Dancing queen。

（三）无法用华语提问

老师：啊！猜一猜。等一下呢，吴老师会给你们看很多
很多不同的图片。Dylan？

学生：图片，that means videos？

（四）说话的句子不完整

老师：为什么你喜欢新年？

学生：Because 是…，then 你…，你 get…

　　类似上述这些实验前的学生口语转写资料收集和学生口语学习难点的分析，可以说是本研究在设计教学时关注的主轴，为我们的研究提供了两个重要的指引。首先，它让我们有明确的目标去寻找适合这批学生的教学理论与教学策略。其次是让我们在设计课堂活动时调整对学习成果的要求和设计能适度提高学生口语能力的学习活动。

五　文献综述

　　导入班学生学习华语的情况与学习困难的分析，是本研究在思考及设计干预活动时的主要依据与考量，文献的整理也根据这些现状与学习需要从三个方面来进行梳理。此外，本研究也注重配合新的教育政策指导——提高学生的口语互动能力来进行设计。

　　首先是听说互动理论的应用。虽然我们的研究对象是新加坡学校的小学生，但导入班的学生大多来自非华族家庭，父母的母语是各种外语或各种族的母语（例如：马来语、淡米尔语、荷兰语等），所以我们在口语课的设计及教学策略方面，参考了不少的对外汉语教学的文献。第一，在二语领域中的听说教学方面，黄锦章和刘焱（2004）及杨惠元（2009）都认为"听"应先于"说"，听的能力强，学说话的速度会比较快；从语言交际的角度来看，"听"是输入，

"说"是输出，无法听懂就无法与他人进行口语交际活动。林伟业（2013）及其团队在研究如何提升非华语学生学习中文语言技能的心得分享中，就认为听说是帮助学生踏入中文学习之旅的第一步。第二，针对对外汉语的教学原则，在刘珣（2005，页134-141）提出的十项原则和李泉（2005，页85-88）提出的三项原则中，有三个共同点：以学生为中心，以交际能力的培养为重点及采用结构、功能及文化三结合的框架。这三点刚巧契合了本地以学生为本，注重互动交际的教学指导方向，并强调了文化元素在口语课堂中可以扮演的重要角色，提醒我们善加利用这个学生在文化差异上的特色，促进学习。至于口语互动的层面，Brown（2011）建议透过小组活动来进行互动式语言教学，以取得维持学习气氛、提升学生的责任感、让学生能多开口说话的学习效果。过去，这些互动原则在本地的口语教学中并没有系统性地进行尝试或进行实验研究报告，所以在新加坡口语课堂的应用成效暂无研究数据或成果报告可参考。本研究把这些原则落实在课程与教学设计中，希望有所收效。

其次，在教学设计方面，苏联心理学家维果茨基（1978）的"最近发展区"提出了可帮助学生学习的"鹰架"理念，说明教师在教学中扮演着重要的角色，并提倡教师设计学生可及的、按部就班的学习步骤或方法来提升学生的能力。这是非常适合多语家庭背景学生的教学策略，因为他们的语文基础弱，无法在短时间内一次就掌握很多的新知识、新口语技能，所以能按他们可能达致的程度去设计可理解、可消化、可掌握的教学活动是很重要的。"最近发展区"的理念非常适合差生教学，所以本研究的学习活动的设计都根据这样的理念来设计。

维果茨基认为："教育学不应当以儿童发展的昨天，而应当以儿童发展的明天为方向。只有这样，教育学才能在教学过程中激起那些目前尚处于最近发展内区的发展过程"（Daniels, 2008，页23）。在"最近发展区"的理论框架下，教师为了激发学生的学习兴趣和充分发挥学生的潜能，在设计教学活动时，必须先了解学生现有的知识和能力水平，再设计一系列符合学生实际情况并提供进步空间的教学活动，促进学生的发展。图一展示了我们如何把这个理念融入我们的口语课的设计中，致力于提供"鹰架"式的教学活动，协助学生跨越学习的每一小步。

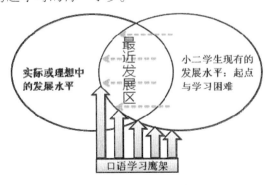

图一　口语课教学鹰架

此外，配合"最近发展区"的教学理念，在指导教师教学方面，我们也参考了美国心理语言学家克拉申（Krashen，1978）的可懂输入原则，要求教师在教学或提供指示时有意识地使用简单易懂的短句，帮助学生理解学习任务。因为我们相信"语言输入必须先于语言输出"（杨惠元，2009；Krashen，1978）的口语教学策略对缺乏家庭华语环境的学生来说是比较有效的策略。

最后，是情境教学策略的借鉴与实践。研究团队在设计教学环境与口语活动时，在蒋以亮（2010）的一项情境与口语学习的初步试验报告中，看到了情境创设对儿童口语学习的重要性，也意识到情境教学策略在口语课中还有许多的发展空间。所以我们参考了李吉林（2009）与冯卫东（2010）两位大师结合丰富的情境教学经验后提出来的情境教学策略，他们对情境教学的精辟见解与实践分享，帮助我们构思设计适合小二导入班的口语课。情境教学在中国的一些（英语）二语课堂的实践也取得良好的反馈（蒲柯玲，2010；韩冲，2010），这些都给予原本就匮乏情境教学法的口语教学试验不少的启示。我们希望从情境出发，吸引学生通过各种感官与情境来进行口语学习。所以我们所推举的情境口语教学是：有目的地创设色彩鲜明、形象生动的具体场景，从而优化学习的过程与教学法，帮助学生有效、快乐地学习。

六　口语教学活动的设计

本研究以学生的口语学习难点分析为基础，根据相关的教学理论设计教学活动，采用适当的教学策略来帮助这些多语家庭背景的学生掌握基本的口语能力。课堂活动流程的设计及各别的教学活动设计都紧密针对学生的需要来规划。

（一）导入班口语课活动流程设计

本研究以维果茨基的"最近发展区"为活动设计的基本理念，采用情境教学策略来设计口语课，目的是使课堂学习气氛活跃、提高学生参与学习的积极性。通过适当的鹰架引导和诱发学习，帮助每位学生发挥自身的潜能，促进学习。

我们的研究对象是一班华语表达能力较弱，家庭缺乏练习讲华语环境的非华族学生，其中有一两个学生还是到了小学一年级才开始修读华文，我们的口语课因此强调创建一个安全、轻松愉快的学习环境，减少一般华文课的认读操练或读写的活动；让学生在没有读写的压力及可掌握的程度上尝试说华语，听华语，喜欢上华文口语课。每堂口语课都按照一个基本的教学流程来设计，目的是通过重复的教学步骤，让学生熟悉每堂课的活动操作与学习要求，使他们更快地投入学习，并对一些日常的教学指示语耳熟能详。下面的口语教学流程表简略地展示我们如何层层递进地展教与学的活动。

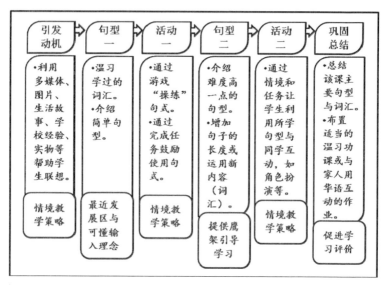

图二　口语教学流程表

从图二中，我们可以看到每个教学单元基本分六个教学步骤开展：1.引发动机；2.句型一；3.活动一；4.句型二；5.活动二；6.巩固总结。不论是哪一个步骤，都参照了"最近发展区"、情境教学的原则，有系统地帮助学生在情境和鹰架的铺叠中学习词汇与句型。

引发学习动机是每堂课的重要开场。教师采用生动的多媒体教材、图片、实物教具、或提问来提高学生的学习动机。口语句型的介绍与练习部分是比较传统的"教师示范、学生模仿"的教学活动。不过这样的活动极其重要，因为它让学生认识正确句型和语音，对语文程度弱的学生来说是不能省略的学习过程。所以图二中的活动一和活动二都是在教师进行教导之后，通过各种游戏形式来巩固词汇、通过任务型活动来制造学生互动和说话的机会。当然所有的教学都是在"可懂输入"的指导原则下展开，因为教导缺乏华语家庭背景的学生，第一道需要跨越的鸿沟就是必须让学生听懂上课的内容和教学，贯彻杨惠元教授（2009）的"听懂了才能说"听说教学原则。

上述的小学导入班口语教学流程设计，目的不仅是使课堂气氛活跃、提高学生的积极性；更重要的是激发学生的潜能，在教师的指导下以及生生之间的互动中相互学习，逐步提高其华语口语表达和交际能力。

（二）导入班口语教学策略

由于这次的试验研究对象不是一般的新加坡本地华族学生，主要是拥有多语家庭背景的非华裔和外籍学生，所以在设计口语课程时，必须考虑更多的问题，例如：课堂活动的难易度应该如何设定？对这些学生来说，怎样的口语教学是具体和有意义的？怎样的学习经验与学习活动能引发并持续他们学习华语的热忱？所以口语课流程的支架下，我们选择了以下的教学策略丰富学习素质和内容，也针对第四节中的学生的学习难点进行干预性的教学和实验活动。

1 提供学生"可懂"的输入与提问

众所周知，教师提问是课堂教学中重要的教学手段，但面对无法听懂提问的导入班学生，调整教师的提问方式与难度是最基本的解决方法。这一批小二导入班学生的华语基础很薄弱，他们连最基本的教师指示语都无法听懂（参见学生学习难点 4.1 例子），更别说是表达自己的意见或向教师提问。在试验初期的前几堂课中，我们从学生的肢体语言与反应中观察到学生根本不明白老师的许多简单提问，如："再见是什么意思？"、"你的书包里有什么？""谁（先）喊出答案，我就不会让他玩啊"等。我们主张教师说简单易懂的指示语，问简单直接的问题；因为只有在学生知道课堂活动的要求和教师的说明之后，他们才能进行相关的学习活动，而不是依靠教师用英语加以解释说明。所以在试验活动中，我们都会提醒教师在进行教学时尽量不要把指示语翻译成英语，提问或指示时只用简单的华语句子，不要一连串问好几个问题。教师可以通过教具、示范、肢体语言来帮助学生理解教师的指示内容。

除了说学生能够听懂、能够理解的话语，我们也提醒教师少用英语，多用华语来提高目的语的输入，让学生多听华语。就如本文一再强调：语言的输入必须先于输出，所以只有优质的、可懂的输入，才有可能提高学生的语言输出。干预活动的初步结果相当理想，在老师减少英语的指示和说明之后，学生的目的语的输出增加了（郭秀芬，刘增娇和杨斯琳，2014）。

2 帮助学生掌握词汇和基本句型

这个研究班的学生明显的缺乏生活或课堂中需要用到的词汇，对一些一年级学过的词语完全没有印象，也无法说正确或完整的短句（参见学生学习难点 4.2 和 4.4 的例子）。所以我们要求参与研究的教师预测、了解学生现有的学习水平以及在教师的协助下可能达到的水平，之后才设计出适量的、适度的学习挑战：基本上从词汇及句型两方面着手，让学生比较容易获得学习的满足感与自信心。

（1）选用学生学习过并能常用的词语

我们在小二导入单元的教材中选取最贴近学生生活，日常使用率比较高的一些口语句型和词汇作为实验口语课教材。我们所选用的说话题材都与学生平时的学习生活或家庭生活相关，例如：庆祝新年、书本文具的量词与种类、朋友生病与探病、最喜欢吃的（食堂）食物等。这样的选材方式有两个优点：第一，因为学生已经在正规的导入单元中学习了一些词汇和句型，所以在进行口语活动时无需学习新的词汇与句型，能够更快的进入说话和交际的活动中。第二，由于华文的节数原本就不多，学生可以通过口语课的活动和练习，在轻松愉快的情境下温习和巩固他们必须掌握的认读字或习写字，同时让他们以较慢的速度练习说话。在进行教学中，教师不断提供各种暗示、明示、结构性句型等来帮助学生说出正确的句子。

（2）通过游戏来操练句子型和生词

在导入班口语教学中，要调动课堂气氛，鼓励同学间的互动与交际，游戏是一种有效的手段。教师让学生在活泼的游戏中，在欢乐愉快的气氛中，不知不觉地就学到了教师预设的学习内容：掌握词汇与基本口语句型。游戏教学法在许多口语课或二语课堂中的运用都得到一些前线教师的认可（朱靓和梁亮，2008；张云，2009）。教师遵循"玩中学"的原则，让学生在轻松没有压力的情况下，通过游戏来运用或巩固学过的词汇或句子。我们所选择的游戏形式多样化，但是每个游戏活动都有特定的语言情境和学习目标。例如在"长大后，我想当……"一课中，教师在引起动机时，就采用了表演类的游戏，挑动学生学习的兴趣。教师利用道具"装扮"成各种职业人士（医生、军人等），并引导学生猜测自己扮演哪个职业，从中引发学生说出已经能掌握的名词或温习学过的词汇。在"比赛找颜色卡"的活动中，一强一弱的学生组合，两人手牵手把贴在墙上的颜色词指出来，活动虽然简单容易完成，但在活动中，较弱的学生在同学的协助下完成了活动，也学会了可能自己"原本无法辨识"的颜色词。

在每堂口语课中，通常有两个主要句型让学生练习说话。在学生练习句型的同时，也让他们学习用同一个句型中搭配不同的词汇。例如：我长大后，要当一个军人／老师／工人／警察；我的书包里有铅笔／尺／书本／颜色笔等。希望在掌握基本句型的同时，慢慢地扩展他们的词汇。

3 通过师生和生生互动来鼓励学生提问

要在导入班促成自然的、难度不要太高的生生和师生互动，其实不太容易，因为学生欠缺很多我们想当然的词汇和基本表达句子。所以必须在现有的教材中挖掘学生可以掌握和明白的句型与词汇，创造使用的机会，"促使"他们在情境中开口说出可以表达他们的意愿或情感的话，让他们觉得原来学会讲华语是有实际功用的，能让他们跟同学和老师沟通。以下是三个促进师生和生生互动的活动设计。

（1）通过角色扮演引导学生提问和说话

角色扮演是很受学生欢迎的说话活动。我们配合课文的主题，选择学生熟习的小动物或人物来设计简单的对话。通过角色扮演，提升了学习华语的趣味性，让学生想象自己是另一个角色时会说些什么话，借此提供一些联想和创意的空间。为了鼓励学生多开口说话和提问，教师在开展角色扮演的活动前会先提供主要的句型与词汇，指导学生掌握话语的内容和语气。例如在"探望生病的小动物"一课中，情境设定为小狗、小猴和小羊去探望生病的小兔，教师先通过联想、动物图片和毛绒玩具来激发学生想要说话的动机。之后，学生在"两两说"的对话练习中积极参与，达到了很好的教学效果。例如：

小猴：小兔，你好些了吗？

小兔：谢谢，我好些了。

小猴：送你一根香蕉，祝你早日康复！

小兔：谢谢！可是，我不喜欢吃香蕉。

（2）通过模拟生活实况帮助学生掌握基本提问

模拟生活实况的任务型活动是情境教学的另一有效策略。在口语课程中，对话的情境通常是模拟学生日常生活的片段，如生日、探病、拜年等。对话的内容也是从课文中挖掘，选用贴近学生生活用语的词汇。我们也安排可以在真实环境中实践学习的活动，如在学校食堂购买食物或向学校书店买文具，希望能达到"乐学善用"的良好效果。例如以下的对话：

学生：请问一块蛋糕多少钱？

小贩：一块钱。

学生：我要买两块蛋糕。

小贩：一共两块钱。

学生：谢谢。

学生在一两次的课堂练习后，我们便带他们去食堂"买东西"。学生尝试用简单的句型和食堂的小贩阿姨对答，效果很不错，我们也观察到学生发现自己能够学以致用的喜悦。

（3）选择学校生活话题来鼓励互动

与学校生活相关的话题也是让学生练习说话的好题材。例如，配合课文《文具的家》，设计一问一答的机会让学生询问对方的书包里有什么东西，可以生生互问，也可以师生互问。这样的说话内容与技能也方便在平日的课堂中反复练习和使用，达到熟能生巧的程度。例如以下的对话：

教师：这是我的书包对不对？

学生：你的书包里面有什么？（提问）

教师：啊！你们问我我的书包里有什么对不对？我就说，what is inside my bag，okay？我的书包里有。

学生：课本？（提问）

教师：课本？！猜猜吴老师的书包里有什么。

学生：活动本。（回答）

教师：活动本。我们看看有没有啊！这个是什么？

学生：活动本！（回答）

上述的几种策略也帮助我们解决学生无法说完整句子的问题，不过因为实验的时间较少，效果不明显。以上的口语教学策略是不能在短短的一两堂课中就立竿见影，需要长时间的不断演练，才能让学生开口说正确的词汇与句型。

七　口语课试验观察报告

刘永兵，吴福焕和张东坡（2006）的研究显示：在传统的语言教学课堂中，教师常常作为课堂教学的核心，以讲授为主，学生则是被动的讯息接收者，一般表达看法、进行输出的机会往往相对较少，课堂的互动性较低。我们的研究初期的观察所得也是如此，教师说话的时候多，学生说话的时间少；尤其是这些导入班的小学生，基本上无法用华语与教师互动，也无法说一个完整的句子，几乎是"零起点"的学习状态。

经过大半年的试验后，本项研究的结果显示，让学生在没有学习压力下说话，显著的效果包括：学生积极回答问题、学生积极参与游戏活动、学生愿意出来示范和表演、也会主动举手要求参与活动或说话。实验后，对应原先的口语学习难点，这批学生在口语能力上有了一些进步：回答时句子比较完整、能使用特定情境设置下的基本华文词汇、尝试用华语提问以及听懂基本课堂指示语。由于教师设定生活化的学习情境，使得学生更快地进入学习状况。研究小组在实验的过程中也发现其中两个有轻微学习障碍的学生比起实验前更快地把注意力集中到学习活动上。以下是一些小小的例子来说明若有足够的目的语输入及对话之前的铺垫工作，这些学生偶尔是能够说出一些比较完整的句子，在明白教师的指示语方面也有一些进步，比较起年初时教师几乎要翻译所有的指示语的情况，可以算是小有进步。

（一）听懂基本的华语指示语

老师：啊，坐过来一点啊。

学生：I move five times already。

老师：我们要不要再玩多一次？

学生：要。

（二）学会用更多的华语词汇

老师：什么动物会生蛋？

学生：小鸡。

老师：很好。这个呢？

学生：叽叽叽。猴子。

（三）努力用华语提问

提问 1：学生：你……的书包里有什么？

提问 2：学生：哦！要玩颜色游戏了？

提问 3：学生：请问一片面包多少钱？

（四）应答时句子比较完整

老师：喜欢吃药吗？

学生：喜欢吃。

老师：哦，你喜欢吃药啊。

学生：我喜欢吃枇杷膏。

八　总结

从上述的课堂学生表现简报，这个导入班的口语课程设计及课堂学习活动基本上取得了一些成绩：学生积极参与学习活动，学生在口语方面有所进步。但我们也看到这样的设计理念还需要其他环境（例如学校和家庭）的配合，才能收事半功倍之效。

这一类的学生基本上缺乏课堂以外的学习动机。原本就匮乏能帮助他们学习华语的家庭语言环境，再加上在学校课堂以外的环境也不需要他们应用华语来获取生活中所需的物资或服务，所以基本上一离开华文课堂，他们就不再使用或练习华语。这或许是因为他们平日接触的校工、食堂阿姨、校车司机等都可以听懂基本的英语，所以他们要吃饭、购物、处理生活琐事、交通等都无需使用华语来与其他的大人或同学沟通，这无形中就使他们觉得没有必要或缺乏动机去练习和掌握基本的口语表达。所以，他们即时在课堂上学到了几句口语，也能在教师特意创建的情境中使用某个句型和词汇，一旦离开课堂就容易忘记。

经过半年的试验教学活动，我们也观察到缺乏华语家庭背景的学生的确比一般学生要面对更多的学习困难。首先是父母都不会讲华语或讲得不好，学生无法在家里得到练习或巩固在班上所学的话语。例如，我们设计了一些家庭作业：让学生回家温习上课所学过的词语或是让他们与家人多讲华语，都得不到预期的效果。其次，学生因为家庭文化与语言环境的关系，对很多新加坡文化或华族文化缺乏基本的认识，所以在教学中，很难单单借用图片或影片来说明一些词汇或内容。我们都知道语言是文化的载体，许多简单的词汇背后是丰富的文化含意，所以针对这一类的同学，把学习内容集中在一般的生活交际内容会比较容易取得共鸣。

当然，因为他们对华族文化缺乏认识的特点也可以变成是教师用来引发学习兴趣的手段。所以我们尝试把华人新年当作一个文化切入点，在引发学习动机时，借来舞狮的小头套，锣鼓和提供一些新年食品作为教具，效果非常好。学生都争着戴上舞狮的头套模仿舞狮的动作，不只能很快的学会与舞狮相关的词汇，课后对词汇的记忆也会比较长久。

最后，我们在研究过程中发现负责授课的教师必须掌握评价学习者现有水平、预测学生可能达到的水平的能力；在掌控每项课堂活动的难易度方面，教师本身的专业修养和对课堂细微变化的敏感度都是课程成与否的重要因素。

我希望通过这项教学试验及教学设计，起着抛砖引玉的作用，让其他的同仁也注意到这些多语家庭背景的学生的学习需要，特别是口语教学方面应该侧重的策略。希望大家设计出更多生动有趣的口语学习活动或策略，惠及这些仰慕中华文化，愿意学习华语的莘莘学子。

参考文献

一　書籍

陈志锐　《新加坡华文与文学教学》[M]　杭州　浙江大学出版社　2011 年

冯卫东主编　《情境教学操作全手册》[M]　南京　江苏教育出版社　2010 年

李　泉　《对外汉语教学理论思考》[M]　北京　教育科学出版社　2008 年

李吉林　《李吉林情境教学——情境教育》[M]　济南　山东教育出版社　2001 年

林伟业、张慧明、许守仁编　《飞跃困难——一起成功：教授非华语学生中文的良方》[M]　香港　香港大学教育学院中文教育研究中心　2013 年

刘　珣　《对外汉语教育学科初探》[M]　北京　外语教学与研究出版社　2005 年

施玉惠、杨懿丽、梁彩玲译　Brown Douglas 著　《原则导向教学法——教学互动的终极指南》　台北　培生教育出版集团　2011 年

杨惠元　《对外汉语听说教学十四讲》[M]　北京　北京大
　　学出版社　2009 年

新加坡教育部　《小学华文教材》　北京　人民教育出版社
　　新加坡　EPB 教育出版社　2007 年

二　期刊論文

郭敏、沈小婷　〈维果茨基心理理论对学前教育的启示〉[J]
　　《中华女子学院学报》第 4 期　2010 年
　　　　DOI：10.3969/j.issen.1007-3698.2010.04.016

郭秀芬、刘增娇、杨斯琳　〈情境教学模式下的口语教学策
　　略初探——以新加坡小二导入班口语课堂为例〉[J]
　　《华文学刊》　12 卷 1 期　总第 23 期　2014 年

韩　冲　〈小学英语情境教学初探〉[J]　《小学教学研究》
　　第 2 期　南昌　江西教育出版社　2010 年

蒋以亮　〈情境创设在儿童口语学习中的重要作用——新加
　　坡五所英校小二口语课堂教学调研报告〉[J]　《华
　　文学刊》　8 卷 2 期　总第 16 期　2010 年

刘永兵、吴福焕、张东波　〈新加坡华语课堂教学初探〉
　　《世界汉语教学》[J]　2006 年第一期　总第 75 期

蒲柯玲　〈浅议情境教学在小学英语课堂中的运用〉[J]
　　《新教师教学》　第三期　长春　吉林省新闻出版
　　局　2010 年

朱靓和、梁亮　〈游戏教学法在零起点汉语口语课堂的合理
　　　运用〉[J]　《中国轻工教育》　第 4 期　2008 年

张　云　〈游戏法在初中英语口语教学中的运用〉[J]　《潍
　　　坊教育学院学报》　第 22 卷第 3 期　2009 年

新加坡教育部母语课程检讨委员会（2010）《乐学善用》　见
　　　http://www.moe.gov.sg/media/press/files/2011/01/mtl-
　　　review-report-2010-chinese.pdf

维 果 茨 基 Vygotsky, L.S. (1978). Mind in Society: The
　　　Development of Higher Psychological Processes.
　　　Cambridge University, MA: Harvard University Press

Daniels, H. (2008). Vygotsky and Research. London: Routledge.

·

转型中的新加坡小学口语教学法刍议
——以小学口语互动能力教学配套之教学法为例

郑迎江

提　要

新加坡小学口语教学历经多次改革后，趋向日臻明确：口语教学的内容要求与小学生的日常生活密切相关，口语教学的方法要求突出显性教学、互动教学的特点。应二〇一〇年新加坡母语检讨委员会报告书中"加强学生语言互动能力"的要求，小学口语互动能力教学配套依托二〇〇七年版小学华文课本中的"听听说说"板块设计和推出，可谓是小学华文新教材出台前转型期内的一种积极应对举措。

本文以随口语互动能力教学配套推广实施的口语教学法为例，首先分析该口语教学法的设计理念及特点；其次，探讨它对新加坡小学二语学习者的适用性；再次，通过分析教师在口语互动教学的常见偏误，揭示偏误产生的原因并提出规避偏误的建议；最后提出未来具可行性的口语教学设想与建议。

关键词：转型、口语互动能力、PPP 模式、任务型学习活动、
教学偏误

一　引言

　　自一九七九年至二〇一四年，新加坡华文课程历经五次改革，教育部先后颁布了五次小学华文课程总目标。这五个课程总目标中均列出了口语分项目标，较早颁布的三个课程总目标则提出了对口语流利度方面的要求：一九八一年的《小学华文课程纲要》中要求"学生完成小学课程后，能够说流利的华语"[1]；一九九三年的《小学华文科课程标准》提出"使学生能针对一般话题，以流利、正确的华语与别人交流、讨论及发表意见"[2]；二〇〇二年的《小学华文课程标准》提出"能以流利的华语与人交谈，满足小学生日常生活交际的需要"[3]。

　　二〇〇四年，教育部对新加坡小一新生家长的一项调查显示：小一新生家庭用语情况开始发生显著变化，有百分之五十的小一华族新生家庭用语为英语。同年的华文课程与教学法检讨委员会报告书中指出了"先听说，后读写"的小学华文教学方向。教育部在随后推出的《小学华文课程标准2007》中，明确提出了华文教学应先从听、说两技的训练入

1　《小学华文课程纲要》，1981 年。

2　《小学华文科课程标准》，1993 年。

3　《小学华文课程标准》，2002 年。

手，再提升到识字和阅读的层面，最后进入写作的训练。在口语能力方面，要求学生能"以华语与人交谈，能针对日常生活话题发表意见"，有关口语流利度方面的表述没有出现在目标中。

二○一○年，新加坡小一华族新生中以英语作为家庭用语的人数上升到百分之五十九，而且还有进一步上升的趋势。这个调查结果昭示，华文被学习者当作为第二语言来学习的趋势日臻明确。《2010 年母语检讨委员会报告书：乐学善用》以培养有效使用母语的学习者为目标，提出母语教学的三大目标：沟通、文化和联系，"沟通"作为语言的本质功用被列于首位。报告书中也提出了"口语是学习语言的基础。……对于初学者及需要更多帮助的学生，第一步是学习听说技能，之后才学习读写的技能。我们将有系统地教导口语词汇与句式，帮助学生打下扎实的语言基础。对于有一定基础的学生，我们将在他们的口语基础上，培养读写能力"[4]。这一提法，无疑突出了口语教学是语言学习"基础"的重要地位。不仅如此，这份报告书中也首次对华文教与学提出了掌握"语言互动能力"的要求，将口语互动能力和书面语互动能力列为听、说、读、写四项基本语言能力之外的第五种和第六种语言能力。

4　《2010 母语检讨委员会报告书：乐学善用》(2011 年)，页 19。

　　至此，为应对学习者语言背景和学习需要的改变，新加坡小学华文口语教学的趋向日臻明确：口语教学的内容方面要求与小学生的日常生活密切相关，口语教学的形式方面要求突出显性教学、互动教学的特点。在这样的趋向下，课堂口语教学的方式理应发生转变。事实上，教师们曾经尝试并推出多种口语教学方法：有基于听说法（Audio-lingual Method）原理的"每天学说一句华语"，教师尝试通过反复操练常用句培养学生的口语语感；有基于视听法（Audio-visual Approach）的校园新闻台、班级广播台活动，教师利用生活中的视觉、听觉形象激发学生的口语表达愿望；有借助第一语言（英语）来学习第二语言（华语）的口语教学，教师利用学生的一语优势来辅助二语的理解和运用等等。由于在实施小学华文课程时，学校有权决定百分之二十至三十的校本课程内容，许多教师还开发了口语教材，并设计了相应的教学法。但从总体看来，这些校本口语教材和教学法仅是教师针对某一特定学生群体的口语学习需要开发的。

　　在《2010 母语检讨委员会报告书：乐学善用》的引领下，教育部于二〇一一年底面向全国小学发布了一套口语互动能力教学配套。由于自二〇〇七年开始使用并受到好评的单元模式小学华文课本仍在使用中，这个配套配合了现行课本中"听听说说"的板块内容而设计，作为专门口语教学项目推出，包括了《小学口语互动活动本》、《口语互动能力教学指引》、教学配套工具盒和相关的网络学习资源。至此，在二○一五年小学华文新教材出台以前的转型期内，口语教学首次得以在"中央"课本的引领下，以专项互动技能课的形式在全国小学课堂中实施和推广。可以预见的是，它将对教师形成口语教学的理念、模式、行为，以及学生在口语课堂中的学习兴趣、行为、成效等方面产生重要影响。

本文将以随配套推广实施的教学法为例，首先分析这个在转型期出现的口语教学法的设计理念及特点；其次，探讨它对新加坡小学二语学习者的适用性；再次，通过分析教师在口语互动教学的常见偏误，揭示偏误产生的原因及提出规避偏误的建议；最后提出未来具可行性的口语教学设想与建议。

二 该口语教学法的设计理念和特点

这个随小学口语互动能力教学配套推广实施的教学法有明确的设计理念支持，主要表现在这三方面：一是突出显性教学方式，二是采用任务型活动设计的理念，三是旨在发展学生的口语互动能力。此外，口语教学流程相对固定，便于老师和学生熟练掌握教与学的各环节。下表以低年段（一、二年级）口语教学流程[5]为例，说明各教学环节和相关教学

---

5 《口语互动能力教学指引》，2012 年。

目的：

顺序	教学环节与目的
I	词语／句式／说话教学 → 显性教学，指导所学
II	句式／说话练习 → 生生活动，练习所学
III	巩固与运用 → 生生互动，巩固所学
IV	生活运用 → 家人／生生互动，运用所学

下文通过分析各教学环节中的具体教学活动，厘清该口语教学法的基本特点：

I 词语／句式／说话教学→显性教学，指导所学

在该教学步骤中，教师首先用"显性教学"的方式，突出展示某个需要学生掌握的语言形式（词语或句式）。为突出该语言形式的语义和语用，教师可以采用结合语境的方法帮助学生加以理解。课堂教学形式可以是教师提问与学生回答，也可以是师生示范、生生示范。不论呈现的形式如何，词语、句式以及说话内容都是在一种相对严格、受控制的方式下完成的。

II 句式／说话练习→生生活动，练习所学

在该教学步骤中，教师开始放松对教学的严密控制，让学生用互相提问和回答的方式，利用所学词语或句式练习说话。教师可以采用"两两说"、"小组说"等教学组织形

式，为学生提供大量的与同伴进行互动的机会；也可以通过出示图片、字卡、句卡等展示语言鹰架的方式帮助语言基础较弱的学生掌握句式和说话内容。

Ⅲ　巩固与运用→生生互动，巩固所学

该教学步骤可谓是整个教学步骤中的核心环节。教师通过了解学生对词语、句式或说话内容的掌握情况后，需提供给学生一个具体的语境，并提出某个需要在课堂上完成的"任务"。教师将"任务"交待给学生后，便不再严格控制学生的语言表达活动。学生在执行"任务"时，需运用到前两个步骤中掌握的词语或句式，同时也需进行自由的语意协商与互动。在这个步骤中，教师可以采用"两两说"、小组讨论，角色扮演、展示与讲述等教学组织形式。

Ⅳ　生活运用→家人／生生互动，运用所学

该教学步骤是上一个教学步骤的延伸，"任务"不再局限于课堂中，学生需完成一个在家庭、学校或生活中执行的具体语言任务。这个新"任务"与上一个教学步骤中的"任务"有一定关联，学生需要用到前几个教学步骤中所掌握的语言内容和形式。教师在这个步骤中不再起主导作用，主要的教学任务是观察、聆听，并对学生完成"任务"的情况给予反馈。

通过分析以上四个步骤，不难发现该教学流程中的教与

学活动和口语教学中的"PPP 模式"（Willis & Willis, 1996）大致相仿，即如下表所示：

显性教学，指导所学	=	展示（Presentation）
生生活动，练习所学	=	练习（Practice）
生生互动，巩固所学	=	表达（Production）
家人／生生互动，运用所学		

然而，该教学流程和"PPP 模式"之间也不仅是简单的对应关系，它具有以下特点：

I "展示"阶段的特点

在这一阶段中，教师展示词语和句式的方式不是机械式的，而是需要通过创设某种生活语境，在语境中向学生呈现将要学习的词语和句式，并突出词语和句式的语义和语用特点。教师可以借助资讯科技，如利用听说 e 乐园、乐学善用平台中的短片等将学生带进某个生活场景，让学生充分体会到在真实生活情境中使用语言的乐趣。

II "练习"阶段的特点

在这一阶段中，教师不只需要指导学生在语言鹰架的引导下进行反复练习，更重要的是需要指导学生开展交际性活动，让他们在生生活动中熟练掌握各种互动技能，包括如何提问、回答、追问、转问、接话等，并且熟悉互动中人物的角色和关系等等。

III "表达"阶段的特点

在这一阶段中，学生首先在设计好的课堂任务中巩固表达，表达的内容并不完全开放、自由，往往是刚刚练习过的词汇、句式和说话内容。但当学生走出课堂与家人、朋友或其他社区成员互动，完成一个真实的语言任务时，则摆脱了课堂中受控的学习状态。唯有当学生回到课堂，再现他们如何完成任务的时候，教师才得以再度介入学生的学习。

综上所述，该口语教学法以"PPP 模式"为设计原型，在生生互动这一教学阶段融入了多样化的任务型学习活动。试想，生生互动这一阶段如果没有融入这些任务，学生练习语言的过程将会近似于纯粹的语言操练。因此，任务型学习活动可以说是该教学设计的关键，它使得学生在教学流程的第三阶段了解到学习语言与完成任务的关系，并在任务的引导下积极投入接下来的语言学习活动。可以说，任务型学习活动的出现平衡了语言的显性教学和交际运用之间的关系。

值得思考的问题是：这样的任务型学习活动和典型的任务型教学有什么不同？

一般认为，任务型教学属于宽广意义上的交际法教学的一种。从二十世纪八〇年代 Prabhu 进行强交际法实验

（Bangalore Project）开始，任务被当作课堂教学的重要组成部分[6]。其后的 Long & Crookes、Willis 以及 Skehan 等人都主张把任务放在教学中的"首要"地位，[7]强调有意义的学习，教学以表达语言内容为核心，适当兼顾语言的形式。

将该任务性学习活动与典型的任务型教学加以比较后，有以下几点值得关注：

首先，该任务型学习活动在这项口语教学法中的地位并不是"首要"的，也就是说，语言教学活动的开展不直接为完成某个特定的任务服务。例如，学生在展示和练习阶段掌握了"这是什么""那是什么"的句式后，接下来可以完成的任务型学习活动可以是向同伴介绍课室里、书包里的物品，也可以是和家人交流生活中的事物等。也就是说，学生的语言练习活动先于任务，任务不直接对语言练习活动产生影响。

其次，任务型学习活动在教学流程的稍后阶段才出现，有可能影响到学习者的学习心态。特别是在口语学习前期，也就是"展示"和"练习"阶段，学习者会因为没有明确的交际目的，从而把词语和句式的学习、练习当成是一种语言操练，影响到他们参与互动活动的积极性。

6　廖晓青，2002 年。

7　Long & Crookes, 1993; Willis, 1996; Skehan, 1998.

三 该口语教学法对零起点二语学习者的适用性

本文引言中提及新加坡华族小一新生家庭用语趋向使用英文的状况，该口语教学法面向的正是这些华文学习"零起点"的学生。笔者在下文中试从课堂教学观察及分析的角度，探讨它对零起点二语学习者的适用性：

（一）教学组织形式上的适用性

该口语教学首先将可理解的输入[8]作为教学流程的第一步来完成。语言输入部分主要利用了课本中的"听听说说"活动内容，以及教师在口语活动中对显性的词语、句式和说话内容的展示，这些输入的内容都经过了精心的编制，贴近学习者生活中的真实语境，并适合学习者理解水平；接下来，教师指导学生进行生生活动，在有控制的课堂互动活动中指导学生进一步内化输入的语料，并在游戏、讨论、角色扮演等活动输出已掌握的语言；最后，学生投入基于课堂活动的真实任务型学习活动。笔者通过观察多位教师的课堂教学发现，由于这三个教学步骤为学习者提供了大量吸收、内

8　Krashen, 1985.

化可理解性语料的机会，也以显性的方式为学习者提供了语言学习的鹰架。教师采用这样的口语教学组织形式，能够保证大多数学生对基本语言内容和形式的掌握，即有效地满足规模化口语教学中"保底"的要求。

（二）教学方法上的适用性

互动之所以能促进第二语言的学习，根本的原因在于互动的情境性和互动过程中的意义协商[9]。笔者通过分析教师的课堂教学情况发现，一般上教师均能创设接近于生活情境的语境，突出课堂口语活动的真实性和情感特性，激发学生积极参与活动的动机和愿望；关于互动过程中的意义协商，突出表现在口语教学第三步骤——"表达"阶段，也就是"生生互动"、"与家人互动"的任务型学习活动中。在一个混合能力的班级里，那些零起点的学生基本上都能理解语境，掌握基本口语词汇和句式。特别是经过一段时间的学习后，学生熟悉了学习流程，又理解了自己在"两两说"、"小组说"中的角色和关系，就会变得更加愿意说、敢说，口语表达的准确性、流利性均明显加强。然而，课堂观察的结果也显示，一些原来口语基础较好的学生，却在"展示"和"练习"阶段的积极性不高，完成任务型学习活动时语言

---

9 Long, 1985.

表达的丰富性、创造性不足，这也为教师提供了反思、改进这个口语教学法的空间。

　　课堂教学情况显示，相较于口语基础较好的学生，零起点的学生更能受惠于上述教学方法，这揭示了未来教师在改进口语教学设计方面可以努力的方向。关于学生口语学习成效的分析，详见《有关小学任务型口语互动教学中鹰架搭建的课例研究》（郑迎江，2013）

四　常见教学偏误及分析与建议

　　在推广实施该口语教学法的初始阶段，笔者观察到一些不符合设计理念的教学偏误。在此，笔者指出部分具有共性的教学偏误现象，以期引起教师们的关注和反思。

（一）常见教学偏误：将"听说"课上成"读写"课

教学现象一： 在显性教学阶段，教师将教学目标中的词语和句式在白板上写下来，或制成微软简报，或印成文字稿，要求学生在"练习"阶段对照文稿练习。

教学现象二： 在生生活动的阶段，教师要求学生将练习的说话内容写下来，作为口语练习的"脚本"；在生生互动的阶段，学生对照"脚本"进行课堂上的互动练习；课堂活动结束后，要求学生带"脚本"回家和家人进行互动练习。

分析与建议：

这样做的教师往往是目标性很强的实践者，但偏差出在教师认为学生会照"脚本"看、读，就自然会说，从而忽略了对学生听力技能的训练，也浪费了学生可用于"听"的宝贵学习时间。读"脚本"和在情境中说是两种不同的语文技能：读"脚本"仅仅训练了学生的朗读技能；在情境中说则包括了学生对角色的体验、对情境的体验、对连续语流的感受和回应、对话语轮的理解和推进，这些都是学生口语互动能力养成的必要条件。再有，小学生写的速度慢，写字会占用听说课的宝贵练习时间。因此，教师应该停止笔录的策略，把口语课的时间真正用在"听说"上，尽量通过多样化的口语活动帮助学生理解、掌握基本词语、句式和说话内容，即实现可理解的输入。如教师觉得本班学生语言基础弱，学习进度慢，则可以课前准备辅助词语／短语、闪卡或对话条，在教学过程中视学生的学习需要提供给他们。

（二）常见教学偏误：将"互动"课上成"单向说话"课

教学现象一： 在显性教学阶段，教师用大量时间讲述和解释词语和句式；布置说话任务时，用较多时间交待任务的内容、角色和开展的步骤，整体上看，授课的时间多过练习时间。

教学现象二： 在生生练习阶段，学生被安排"自己对自己说话"，或被要求"在心中默默地说"、"尽可能小声地说"；在生生互动阶段，学生被要求面向小组或全班发言，或进行"展示与讲述"活动。

分析与建议：

出现以教师为主体的"单向说话"课的情况，可能是因为教师认为大量讲解可以帮助学生理解词语、句式；也可能是因为教师认为零起点的学生受二语水平的限制，必须在教师的指导下才能完成学习任务。而教师要求学生"自己对自己说话"，则是因为教师对"互动"的理解不足造成的：互动应是说话双方或多方之间不断"你来我往"进行交流的过程，双方或多方在这个过程不断发起信息、接受信息、做出回应、进行语意协商以及调整说话方式。"自己对自己说"、面向小组或全班发言、"展示与讲述"等活动是缺少互动性的单向说话方式，这一类的活动不利于学生掌握口语互动技能。因此，教师应该落实口语教学"精讲多练"的原则，把口语练习的时间真正还给学生。面对零基础或基础弱的学生，要采用"教一点、练一点、互动一点"的小步骤教学法。教师也应采用"一对一"、"一对多"、"多对多"等形式开展互动教学，让学生在互动活动中理解和掌握互动技能。在常见的"展示与讲述"活动中，教师可以在活动前加入"引起动机"的环节，引发学生讨论"展示与讲述"的内容，或在"展示与讲述"后开展"你问我答"等意义协商活动，使"展示与讲述"成为口语互动活动中的一个环节。

（三）常见教学偏误：搭建语言"鹰架"后没有及时拆除

教学现象一： 在显性教学阶段，教师根据教学目标帮助学生搭建起语言学习的"鹰架"（通常是与词语和句式学习有关的鹰架）；在练习阶段，学生则被要求在鹰架的支持下进行"两两说"等练习活动；来到了表达阶段，学生仍然被要求继续利用"鹰架"进行互动活动。在整个口语教学流程中，教师没有提供让学生进行意义协商类的交流、讨论活动。

教学现象二： 同一个语言"鹰架"用在不同学习起点的学生身上，如教师为单元模式下的"导入班"、"核心班"和"强化班"的学生提供统一语言"鹰架"，口语基础较好的学生没有得到自由表达、创意表达的机会。

分析与建议：

教师为二语学习者搭建口语学习的"鹰架"，是因为教师看到了零起点学生的学习需要。"鹰架"在该教学法中的"展示"和"练习"阶段起重要的作用：它不仅为学生提供了可理解的语言输入机会，而且支持学生内化、掌握新的知识和技能。然而，进入口语"表达"阶段后，如果教师还不及时拆除"鹰架"，学生便不能进入自由交际、互动的状况。因此，教师需了解在"互动"阶段时必须拆除"鹰架"的重要性；也需注意在"展示"和"练习"阶段为不同的学习者提供不同难度"鹰架"。此外，教师在设计任务型学习活动时也必须注意：如果新任务与前一个练习活动的语境太过相似，学生可以直接套用"鹰架"中的词语、句式，那么这个新任务的设置就是不成功的；如果新任务没有激发起学生提问、进行持续互动的愿望，那么这个新任务的设置也是不成功的。简言之，教师只有注意选择学生感兴趣的、具真实性的任务型活动，才能促成真正的互动产生。

五 未来口语教学的可行性设想

自二〇〇七年起使用的单元模式小学华文课本，因以差异教学为导向，满足了不同能力学习者的需要而广受学生、家长和教师的好评。二〇一二年的小学口语互动能力教学配套是应培养学生"口语互动能力"的要求，依托二○○七年版小学华文课本中"听听说说"板块编制而成的一套口语教材，可谓是新教材出台前转型期内的一种积极应对举措。教师在刚刚开始接触这一新的教学法时，难免会有歧义，也难免会出现一些教学偏误。随着教师对口语互动教学法的理解与掌握日渐深入，在未来的口语教学中，可以有哪些改进的方向？笔者在此提出一些可行性设想。

（一）在单元教学模式中全面加强口语互动教学

在现行的单元教学模式下，由于口语互动教学的临时介入，教师基本采纳了在口语课中专项进行"听说"训练的教学模式，在阅读、写作等其它教学环节中则很少进行"听说"训练。究其原因，可能是教师认为华文教学时间有限，口语互动教学已在口语专项课中实施了，不必在其它教学环节中开展。

口语互动教学仅仅出现在口语课中，这会给学习者造成一种不真实、或不完整的学习感，它理应在单元教学中各环节中出现。从教学的角度来看，教师们可以有意识地在阅读教学中有机地开展口语互动活动（中年段小学口语互动能力配套已经采纳了这个方法）；在写作课中以互动的形式展开讨论写作内容，同侪口头互评作文等活动；在识字课中开展对字形、字意、字用的讨论活动等。从单元教材的编写角度来看，未来的教材中可以凸显具交际互动性的学习内容，例如采用故事中套对话、对话起头引出故事、对话类的阅读篇章，或以对话交代写作任务，要求学生在互动中完成写作任务的编写方法。这样，听说读写体系将能与互动教学体系有机融合，会有利于学生综合发展听说读写技能及口语、书面语互动技能。

（二）对口语交际的内容部分加以强化

该口语互动教学法属于弱式的交际口语教学法，与强式的交际口语教学法相比，两者都以培养学生口语互动交际能力为教学目的，不同之处在于弱式的交际口语教学法并不排斥显性的语法教学，且把交际活动当作为口语教学的手段之一。这一特点表现在这套口语教学配套中，便是教学语言点的安排具有较强的序列性，然而，为了照顾到某个教学语言点的编制，个别任务型学习活动的真实性则不够显著，如"这是什么？那是什么？"的互动活动对学生来说，交际的目的和意义就显得不那么明确。

鉴于此，教师可以从分析学习者在生活中的交际需要出发，强化在"做中学"的任务精神，通过创设生活化的语境，设置真实的任务活动，促成学生在完成任务的过程中持续进行互动。在教材编写方面，除列出语言内容和形式方面的教学目标，也可以考虑增设关于交际能力的教学目标，如

"学生能够和图书管理员就借书的话题展开互动"，"学生能够和家人共同商议周末的活动"等等。

（三）采用有差异的"任务型学习活动"

面向二语学习者单元教学模式受到广泛好评，也催生了面向不同学习者设定有差异的"任务型学习活动"的可能性。面对口语基础较好的学习者，教师可以重点突出任务在教学活动中的地位，在教学的开始环节就引入一个具有真实性的、生活化的任务，激发学生掌握语言学习内容的动机和愿望。在"练习"阶段，重点引导学生运用语言分析任务、解决难题以及执行任务；在"表达"阶段，则把完成任务的主动权交给学生，教师只需从旁观察、引导学生完成任务即可。

面对零起点的口语学习者，过早引入复杂的任务可能会造成他们的学习挫败感。教师可以在学生掌握了基本词语、句式后，引导他们完成的一个有趣、有意义的简单任务，以加强他们口语练习的动机；在口语练习阶段，强调为完成任务而练习的目的；在口语表达阶段，则重点帮助学生完成一个真实的任务，获得成功感。一言以蔽之，教师可以进一步突出任务型学习活动中任务"首要"的特点，引导不同口语基础的学生完成与他们的能力相匹配的口语任务。

六　结语

　　口语教学在新加坡小学华文课堂中刚刚成为专项技能训练课，口语互动能力也刚刚被列为综合语文能力中的一种。在未来的一段较长时间内，教师如何根据二语学习者的实际交际需要，帮助他们在生活情境中完成真实的语言任务，并且提升口语互动能力将会是持续的挑战。从转型中的口语教学法起步，教师将能积累口语互动教学经验，探索出适用于新加坡二语学习者的口语教学法。

参考文献

一 书籍

蔡整莹 《汉语口语课教学法》 北京 北京语言大学出版社 2009 年

陈之权 《教育资讯技术在华文教学上的应用》 南京 南京大学出版社 2011 年

陈志锐 《新加坡华文及文学教学》 杭州 浙江大学出版社 2011 年

陈志锐 《行动与反思——华文作为第二语言之教与学》 南京 南京大学出版社 2011 年

姜丽萍 《对外汉语教学论》 北京 北京语言大学出版社 2008 年

李晓琪 《对外汉语口语教学研究》 北京 商务印书馆 2009 年

吕必松 《汉语与汉语作为第二语言教学》 北京 北京大学出版社 2007 年

李珠、姜丽萍 《怎样教外国人汉语》 北京 北京语言大学出版社 2010 年

魏永红　《任务型外语教学研究——认知心理学视角》　上
　　海　华东师范大学出版社　2004 年

吴中伟、郭鹏　《对外汉语任务型教学》　北京　北京大学
　　出版社　2009 年

课程规划与发展司　《小学华文课程标准 2007》　新加坡
　　新加坡教育部　2006 年

新加坡教育部　《乐学善用：2010 年母语检讨委员会报告
　　书》　新加坡　新加坡教育部　2011 年

课程规划与发展司　《口语互动能力教学指引》　新加坡
　　新加坡教育部　2012 年

新加坡华文教研中心　《小学一年级华文口语能力诊断工具活
　　动配套》　新加坡　新加坡华文教研中心　2011 年

Ellis, Rod (2003). Task-based Language Learning and Teaching.
　　Oxford University Press.

Willis, J. A (1996). Framework for Task-based Learning. Harlow:
　　Longman.

Willis, Jane & Dave Willis (1996). Challenge and Change in
　　Language Teaching. Macmillan Heinemann.

Kris Van den Branden. Task-Based Language Education. From
　　Theory to Practice 《任务型语言教育：从理论到
　　实践》　北京　外语教学与研究出版社　英国剑桥
　　大学出版社　2011 年

二 期刊论文

吴中伟 〈从 3P 模式到"任务型教学"——任务教学法研究之三〉 《国际汉语教学动态与研究》 2005 年第 3 期

吴中伟 〈论任务的典型性〉 《汉语教学学刊》 2008 年第 4 辑

吴中伟 〈任务型教学模式下教学活动设计的系统性〉 《华文老师》 2010 年第 54 期

思维与写作的中间站
——"思维模板"的设计及其在写作教学中的应用

洪瑞春

提 要

本文分析新加坡华文作为第二语言教学的特点及思维教学与写作教学的内在关联，进而探讨将思维教学转入写作教学的策略。本文提出"思维模板"是衔接过程写作与思维教学的一种良好的纽带。在具体教学实践中，主要存在两种"思维模板"设计模式：以显性教学为导向的思维模板和以隐性教学为导向的思维模板。本文通过教学实例，阐述了两种思维模板的设计理念、设计方法、教学目标、使用流程、适应对象及其注意事项。

关键词：思维教学、写作教学、思维模板、设计模式

一　引言

　　学生写作能力不足是当前华语文教育中普遍存在的问题，中、台、新三地学者都曾针对解决该问题的难点做过不少分析和探讨（刘洁，2006；谢晓敏，2008；陈江松，1994；郑博真，1999；王莹，2011；陈家骏，2011）。其中，台湾学者郑博真（1999）指出，学生写作在内容思想、组织结构、文字词语三方面欠佳。中国大陆学者谢晓敏（2008）将学生写作的困难归纳为四个方面：一、语言匮乏，言之无物，内容空洞。二、缺乏写作的流程意识。三、缺乏写作的整体意识。作文缺乏整体性，没有篇章概念，想到多少写多少，想到什么写什么。四、作文结构意识不强。大部分缺乏必要的段落层次。如果将郑所说的"文字词语"归入表达，将谢所说的"写作的流程意识"、"整体意识"和"结构意识"归入结构，则上述的写作难点与新加坡会考作文标准对于作文能力要求的三个层面：内容、表达、结构完全吻合。就此而言，会考作文标准切中了学生作文能力的难点和要点，但鉴于新加坡华文教学的特殊性（详见第二节 2.1 小节），采用何种办法才能针对上述三个难点提出有效的教学策略，仍值得继续探索。

　　目前，在新加坡华文写作教学中，为了解决上述写作难点，除了依循传统作文教学的"题解-构思-列出大纲-开写-批改-评讲-誊清"七个环节（吴宝琴，2005）外，比较常见的还有两种教学策略。

第一种是"情境教学"策略。新加坡教育部母语课程检讨委员会（2010）建议："掌握语言最有效的方法是让学习者通过各种真实的情境，主动积极地使用语言，这也包括通过母语学习相关的文化。"新加坡学者王莹（2011）指出："谈到写作教学，现在华文教师最犯愁的是为数不少的小学生不喜欢写作。小学生为什么不喜欢写作？究其原因，主要在于学生无内容可写，作文题材脱离学生的生活，使写作没有成为小学生生活的真实需要。"[1]该策略强调从课堂阅读教学的文本中提取"真实的情境"，通过"情境"引导感受与理解，激发学生的情感和思考，然后提供相关的写作题目，要求学生根据他的感受与理解进行写作，从而解决学者指出的"言之无物，内容空洞"与作文题材脱离学生生活的问题，如此，不但能丰富学生的写作内容，同时也能提高学生的写作兴趣。

第二种是"过程写作"（Process Writing）策略。例如，新加坡学者吴宝琴（2005）在一项研究中已采用"P.O.W.E.R.过程写作模式"，林季华、胡月宝（2011）在

---

1 王莹：〈快乐写作——"走进生活、综合性学习"写作教学实验初探〉，《华文学刊》第 1 期（2011 年）。

其最新的一篇介绍评量性写作教学的研究中，也应用了"过程写作"策略，并指出"语文教学的视野已从重视写作的成果拓展到写作的过程中"。该策略强调"写作过程"的设计，通过预设的步骤循循善诱地带出作文结构，或逐步完善写作内容及表达。尽管该策略注意到"过程"的重要性，但如何才能针预定的教学目标、设计有效的"写作过程"，则尚需结合其它理论或策略，作为设计的指导。

本文采用思维导图（Mind Map）和认知层次（Taxonomy in the Cognitive Domain），通过设计、引入"思维导图模板"（以下简称"思维模板"），尝试提出一套新的写作教学理念及策略。

二　思维教学与写作教学的中间站

下文着重讨论"思维模板"融入写作教学的必要性和可行性。论述分为三层：首先，我们讨论新加坡华文作为第二语言（CL2）写作教学的特殊性，指出在其中融入思维教学是必要的；其次，我们剖析思维教学与语言习得，尤其是写作教学的内在关联；最后，我们探讨应用"思维模板"将二者结合的可能性及结合之办法。

（一）新加坡 CL2 华文写作教学的特殊性

刘珣比较第二语言学习与第一语言习得，指出二者的五点区别：1. 主体不同；2. 动力不同；3. 环境和方式不同；4. 过程不同；5. 文化因素习得的不同。[2] 考虑到新加坡中学华文写作教学的特殊性，上述第 1 和第 4 两点差异并不存在。首先，新加坡从二十世纪七〇年代末开始实施"英母"双语政策（英语与母语），英文虽然取代母语成为第一语文，但母语仍然是学生的必修科目。[3] 这就造成新加坡 CL2 教学的主体仍然是学生而不是成人，因此并不存在刘珣所说的"主体不同"。其次，从思维发展的角度来看，刘珣认为"儿童习得第一语言的过程，也就是建立概念、形成并发展思维能力的过程。语言能力是与思维能力同时发展的。"[4] 其实，新加坡中学生还不能较好地通过自己较不熟悉的语文（华文）进行思考，就思维概念的建立而言也是不足的。

简而言之，新加坡 CL2 华文写作教学主要有三个特点：

第一，由于华语文输入不足，接触和使用的机会少，造成学生写作内容贫乏。针对这个困难，新加坡教育部母语课

2　刘珣：《汉语作为第二语言教学简论》（北京：北京语言大学出版社，2002 年），页 7-11。

3　陈志锐：《新加坡华文及文学教学》（杭州：浙江大学出版社，2011 年），页 6。

4　刘珣：《汉语作为第二语言教学简论》（北京：北京语言大学出版社，2002 年），页 9。

程检讨委员会倡导用"真实情境"来激发、诱导学生华语文的输出。

第二，鉴于新加坡学生华语文能力普遍较低，对于多数学生而言，要他们一次性独立完成作文难度很大。因此，本地学者和老师目前日渐重视"过程写作"策略运用。

第三，与典型的 CL2 学习者[5]已经建立概念、思维能力已经发展成熟不同，新加坡的 CL2 学习者多为中小学学生，概念尚未建立、思维能力尚未完善，因此，我们认为在写作教学中融入思维教学是必要的。

（二）思维教学与写作教学的内在关联

思维与语言的关系，这是一个由来已久的哲学论题[6]。尚杰认为，"只是在现代，哲学的注意力才普遍转向语言问题，它实际上是出于这样一种考虑：语言是一种人类意识的普遍结构，与意识的分析比较起来，语言意义的分析更具有精确性、可比性和可交流性，可以有定质定量的分析。"[7]这即是说，思维是语言的本质，语言是人类思维的表象。在语言哲学领域，上述观点是传统上一种相当普遍的认识。另

5　照刘珣的说法，典型的 CL2 学习者都是成人。

6　例如，索绪尔、胡塞尔、艾耶、维特根斯坦等都作过许多论述，参见尚杰：《语言、心灵与意义分析》（沈阳：辽宁教育出版社，1989 年），页 73-97。

7　尚杰：《语言、心灵与意义分析》上揭书（沈阳：辽宁教育出版社，1989 年），页 73。

一种较新的观点则认为，语言并非纯粹由思维决定，而是与思维平行的两条线。例如，近代美国语言学家萨丕尔则认为"语言与思维不是严格地同义的。语言最多也只有在符号表现的最高、最概括的水平上才能作为思维的外表。……语言并不象一般的但是肤浅的想法那样，是贴在完成了的思维上的标签。"[8]皮亚杰通过儿童语言习得的研究，也指出：儿童语言的发展与认知能力有很大关系，儿童语言的习得不是本能的、自然的过程，儿童语言的发展是天生的心理认知能力与客观经验相互作用的产物，是认知能力的发展决定了语言的发展。语言的习得是一种认知结构的动态建构过程[9]。

这种新的语言哲学认识到，语言与思维是互相建构、同步发展的过程。正如上引刘珣所言"语言能力是与思维能力同时发展的"。其实，在写作教学领域，不少学者也注意到思维因素的重要性。Jean Wyrick 指出："在你开始动笔写作之前，记住要有有价值的观点与读者分享。"又强调："批判性思维能力对于当今的作者和读者来说都是极为重要的。"[10]（Wyrick, 2005:29,115）中国"情境教学"的先驱李吉林也认为："儿童语言的发达，是以他们对世界的认识为基础的，并与思维、观察、情感的活动紧密联系在一起的。

8　爱德华·萨丕尔：《语言论》（北京：商务印书馆，1921 年），页 13。

9　参见匡芳涛：〈儿童语言习得相关理论述评〉，《学前教育研究》，2010 年第 5 期。

10　引自二〇〇八年中国翻印英文原版，引文内容係笔者自译。

因此，作文教学直接影响到儿童观察能力、思维能力的发展，乃至情感的陶冶，思想观点的形成。"并断言："思维的发展与语言的训练就是紧密联系在一起的。"[11]可见，思维训练对于提升学生写作能力是非常必要的。这是我们想要指出的第一点。

我们想要指出的第二点是，采用 Bloom 认知分类的六个维度[12]进行思维训练对于写作内容、结构和表达的训练都颇有助益。根据 Bloom 的分类，认知的六个维度存在一种层级发展的关系（Bloom, et al., 1956:19），通常我们也可将其称为"认知层次"。这样，思维训练便应该遵循一定的"过程"循序渐进。如果我们将这种步骤融入写作教学，那么，前言中所述"过程写作"的弊病就能得以避免。反过来，借助思维层次的引导，"过程"便获得了理论支撑，写作训练也因此获得了明确的导向和层递的鹰架。可以说，认知层次与写作过程的结合，使得思维训练与写作训练融为一体、相得益彰。我们提出的概念是为了结合理论与具体操作，使之变得可行。

---

11 李吉林：《小学语文情景教学——李吉林与青年教师的谈话》（北京：人民教育出版社，2003 年），页 208、232。

12 该理论由布卢姆（B.S.Bloom）等提出，后经安德森（L.W.Anderson）等修订为记忆／回忆（remember）、理解（understand）、应用（apply）、分析（analyze）、评价（evaluate）、创造（create）六个认知维度。

（三）应用"思维导图"联结思维教学与写作教学的策略

在课堂教学中，思维层次的引导和写作过程的实践虽然都可以借由传统的提问策略得以实现，但口头提问往往是也是单一性，只能让学生明白某个知识点，难以形成整体概念。CL2 学习者华语文能力不足，老师在运用提问法的过程中如果能提供概念图、视频、音频、图片、PPT 等构建思维引导"鹰架"，相信能促进学习效益。因此，我们建议应用"思维导图"作为鹰架，联结思维能力和写作教学。

思维导图，亦称"心智图"，是由英国心理学家东尼.巴赞（Tony Buzan）于二十世纪六〇年代提出的一种思维工具（张中文等，2009）。其设计原理是采用图文并重的技巧，把各级主题用相互隶属或相互关联的层级图表现出来，把主题关键词与图像、视频、音频、颜色等建立记忆链接，充分发挥左右脑的机能，利用记忆、阅读、思维的规律，调动人们的逻辑和形象思维。对于 CL2 学习者而言，思维导图不但能很好地支持各种包括文字、视频、音频、图片等在内的"鹰架"，而且能够通过连接的结构、关系和次序，来引导、激发学生展开思维活动，提高学习效率。鉴于在其他学科中也已采用思维导图进行教学，因此，思维导图对学生而言并不陌生，容易理解和应用。

在华文写作教学领域，尤其是二语教学领域，应用思维导图加强写作教学的研究目前还非常罕见。新加坡学者吴宝琴（2005）提出应用思维导图进行"写前讨论"的构想，可是，在论文中并未提出具体的设计和操作办法。中国大陆学者李良赞（2011）也提倡在新课程中运用思维导图。可是，究竟如何运用、操作，才能发挥出思维导图的作用，把思维教学和写作教学有机联结起来呢？他也没有提供可资借鉴的模式。我们的构思是用"思维模板"把写作教学的过程转化为有层次的思维"模块"，通过激发学生感受、思考，引导学生逐步深入进行写作。

三 "思维模板"的设计

根据写作教学进行方式，我们将"思维模板"的设计分为"以显性学习为导向的思维模板"和"以隐性学习为导向的思维模板"[13]两种模式。下面，我们将分别予以界定并举例说明。

（一）以隐性写作教学为导向的思维模板及其设计

所谓"隐性学习"，是指"通过反复暗示来理解结构的

---

13 隐性学习（Implicit Learning）、显性学习（Explicit Learning）的概念最早由 Reber 於一九六七在限定状态语法实验的基础上提出（刘孟兰，2009）。Reber 原来的分类只是针对语法教学，本文的区分方法是将 Reber 的分类转用在写作教学领域。

原始过程"（Reber, 1976:93）。这实际上是说，在"隐性教学"中，学习者是在情境中学习，一开始并未被明确告知自己需要掌握的结构，最后才在反复的练习中自己发现需要掌握的"结构"。同样地，"以显性写作教学为导向的思维模板"是指在设计的思维模板中，一开始并未明确告诉学生需要掌握的写作技能，而是通过实际的情境或例子，让学生感受到一种写作的过程或"结构"。我们看一个例子。

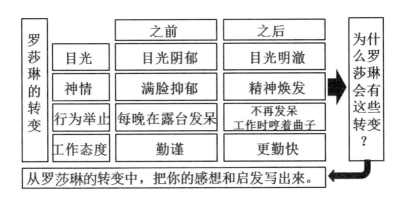

图一　以隐性学习为导向的思维模板

如图一所示，这是我们根据《新加坡中二快捷华文课本》第十九课〈陌生的童声〉设计的一张可应用于写作教学的思维导图。在该思维导图中，老师首先引导学生从课文中按部就班地找出罗莎琳目光、神情、行为举止、工作态度等四个方面前后的转变，这里主要是调动、激发学生记忆、理解、应用的思维能力。然后，以此为基础，老师进一步追问学生"为什么罗莎琳会有这些转变",以便能更进一层地调动学生的感受、思维、体会与分析能力。以上步骤是按照Bloom 的认知分类层次结合思维导图,通过 PPT 呈现和引导,逐步带动写作教学的。活动过程中,学生通过视觉看到了图景与结构;活动完成后,学生加强了对过程认知、理解与整体概念的掌握。最后,老师提供相关题目,如"罗莎琳我要对你说"或"感谢你,罗莎琳的雇主"等要求学生将自己的感受、理解、启发写出来。学生在习作过程中还可能引出评价与创造。经过层层引导和思考,学生不但找到了很多可以应用到自己作文中的内容,同时也逐步意识到可以从不同的侧面来描写罗莎琳的前后转变,最后才带出自己的感想和启发。如果反复进行类似的训练,学生将能学会如何更具层面的思维、组织、进而丰富写作内容;同时也体会到如何写感想与评论,由于思维系统化和逻辑化,学生对作文的顺序和结构也会更有领会。

(二)以显性写作教学为导向的思维模板及其设计

所谓"显性学习",是指"通过各种记忆、启示和策略用以归纳出一种表徵系统的显明过程"(Reber, 1976:93)[14]。这即是说,在"显性教学"中,老师在教学中明确告诉学习

---

14 同上。

者需要掌握的表徵系统或"结构"。同样地，"以显性写作教学为导向的思维范本"是指在设计的思维范本中，明确演示学生需要掌握的写作技能，让学生概念性地直接记忆、理解写作的过程或"结构"。请看下边的例子。

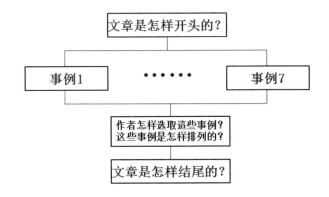

图二　以显性学习为导向的思维模板

如图二所示，这是根据《新加坡中二高级华文课本》第一课《我的老师》设计的一张教导作文结构的思维模板。该思维模板用于老师引导学生讲评课文。设计该模板的理念是要求老师将课文当做范文，首先明晰地将课文结构分为开头、主体、结尾三个部分，然后通过提问引导学生思考文章怎样开头、怎样铺展、怎样结尾。在铺展的部分，老师要求学生依次找出课文中的七个事例。与图一相同，该模板也运用了 Bloom 的认知分类层次：询问学生课文怎样开头、铺展、结尾要用到记忆、理解能力，询问事例的选材和排列要

用到应用、分析能力。经过思维教学的引导，学生更加理解
并强化了老师给出的篇章结构概念。连续进行类似的训练，
学生将能熟悉、理解、掌握写作的结构和次序，与此同时，
内容层面也会在一定程度上得以充实。最后，老师提供相关
题目，如"我的XX"或"XX的记忆"[15]等要求学生参考结
构进行习作。

（三）在过程写作中应用思维模板的操作流程

参考上述两种方法设计出思维模板后，在课堂上可以按
照以下步骤进行操作：

1. 设计思维模板，引导学生完成作文。
2. 学生完成写作后，教师先略看学生的习作，然后确定教
   学目标如丰富内容，挑选内容较丰富与较不丰富，或从
   不同角度论述的习作，通过投影引导生生互评（必须隐
   藏学生姓名，以免伤害学生自尊）或进行师生互评等。
3. 发回习作，要求学生针对自己的习作进行反思、自评。
4. 要求学生修改原作、重新呈交。
5. 教师批改，发回习作，挑选讲评。

---

15 实际上是通过仿写模板中"我的老师"一文，及时巩固学到的写作技能。该理
   念即为 Jack C. Richards（2003）在"过程写作"中所强调的"跟进任务"
   （Follow-up Tasks）。"跟进任务"之所以重要，一是可让学生及时应用和巩固
   新学到的写作技能，二是可让学生在仿写的过程中，通过与讲评和范例的对
   比，意识到自己的不足。

6. 如有必要或时间允许，可再提供相关情境，要求学生借用先前经验与体会进行习作。

四　有关在课堂教学中应用的说明

上述两个例子阐述了"以隐性写作教学为导向的思维模板"和"以显性写作教学为导向的思维模板"两种思维模板的设计理念、模式及其运用。至于在何种情形下适合采用何种模式，以及老师在应用两种模式进行具体教学设计的实践中还应该注意哪些事项，下面进行简要说明：

（一）两种思维模板设计模式的适用对象

新加坡的中小学学生写作概念尚未较好建立、思维能力尚未完善，尤其是不习惯通过较不熟悉的语文思考。譬如，老师如果不提供例子，学生对于"开头"、"铺展"、"结尾"等概念的理解是比较薄弱而空泛的，至于"选材"和"排列"，则更是难于把握了。因此，类似上文图二的模板设计，对于一般程度较弱的学生而言，是难以掌握的。相对的，采用模式一"先隐后显"，以隐性写作教学为导向的思维模板，提供情境，将写作概念先"化整为零"逐步引导，最后"聚零为整"，变抽象为具体，变概念为形象，可看可感，学生的感受、体会自然能丰富起来，也减轻了学习压力，提升学习兴趣。如果能按此模式，进行整体教学设计，有序的、较大剂量的进行，相信能提升学生的写作能力与兴趣。这个过程虽然很费心思，很难又很慢，但通过细心的诱导和反复的训练，学生终究能从这种"浸濡"中，逐渐生成作文结构的观念和丰富写作内容的体验。

基于上述理由，本人认为，以显性写作教学为导向的思维模板比较适用于程度较高的 CL1 或能力较强的 CL2 学生。

在新加坡的中学生中程度较好的近三成学生修读高级华文。实际上，图二所示的例子就是在一个高级华文班上试用的一个阅读教学与写作模板。本人认为，对于这些华文程度较高与能力较强的学生而言，模式二"以显性写作教学为导向的思维模板"是较直接和适用的。

（二）设计思维模板的注意事项

思维模板的设计与实践，还应该注意以下事项：

第一，在写作教学的过程中，除了教学对象外，不同的教学目标也将影响到老师采取哪一种思维模板进行设计。具体来说，教授写作内容、表达方式尤其是某项具体写作技能，就与教授写作结构的方法应该有所不同。例如，上文图一的教学目标是为了丰富写作内容，采用以隐性写作教学为导向的思维模板就更能发挥直观、具体、扩大信息量的作用。反之，图二的教学目标是篇章结构，如果采用以显性写作教学为导向的思维模板，就比较简单、清晰，如改用以隐性写作教学为导向的思维模板，似乎就嫌繁琐冗长了。简言之，面对语文程度较好，但思维能力不足的学习者，应考虑采用以隐性写作教学为导向的思维模板。

第二，两种设计模式并非一用到底，其实应根据文本提取的情境、教学目标与学生的情况灵活采用。例如，在讲篇章结构时，我们建议采用以显性写作教学为导向的思维模板；但在讲解某一环节时，如讲"开头"的写法等，可以考虑隐性模式，通过直观的、具体的素材，分成层次，引导学生去感受和思考，自己归纳何种"开头"的方式是好的。

第三，思维导图的设计应该以结构系统化、环环相扣、简单清晰为原则。尽量避免应用过多的色彩、复杂的图形与不必要的图案、动漫或音响等，以免分散学生的注意力。

（三）实验效果的一个初步说明

二〇一一至二〇一二年，本人带领的研究团队先后在新加坡文殊中学、圣婴女中（大芭窑分校）和四德女中进行"阅读到写作"校本研究，设计了一套"由读带写"写作教学模式，并进行了为期两年的实验研究。在研究中，我们综合运用了情境教学、提问法和上述"思维模板"引导的策略。我们运用文殊中学年中与年终考试的作文成绩进行对比，以资印证，藉以初步说明应用"思维模板"的成效。文殊中学 3F 班共三十二人，年中作文平均得分（按满分 100 分计算）为六十點十六分，年终平均得分为七十點三一分，平均提高十點十五分。其中，年终得分低于年中得分的有二人，高于年中得分的有三十人。这说明：该校学生作文成绩的记录显示该班学生的作文得分普遍获得提高。

尽管学校作文成绩只是可供参考的一个指标，但学生作文得分普遍提高的事实，至少为该班作文能力提高提供了一个有利的佐证。如果再结合该班作文前后测得分平均提高十一點零九分这一数据，我们认为：我们设计的"由读带写"模式能有效提升中学生的作文表现；作为该实验的主要策略之一——"思维模板"，也发挥了促进的效果。限于本文的主旨是"思维模板"的设计与操作，再顾虑到篇幅的限制，在这里，本文不拟详细说明该实验研究的数据收集、评量方法、分析方法和分析结果。有关数据的专门阐释，详见《"由读带写"写作教学模式及其实验效果分析——两间新加坡中学的一个实证比较研究》（洪瑞春、毛朝晖，2012）。

五　结论

综上所述，新加坡 CL2 学生普遍上程度与能力都比较不足，要提升学生的写作能力是艰巨的挑战。我们认为必须从难题的核心，即内容"空白"处下手。根据我们所归纳的新加坡 CL2 教学的三个特点，我们认为在写作教学中融入思维教学是必要的。以此为基础，我们根据认知发展理论、从文本提取情境、然后应用思维导图做设计，提出用"思维模板"来激发学生的感受与思考，引导学生根据模板完成写作。学生完成习作后，老师可以参考过程写作理念，根据自己的教学目标，设计讲评、互评、反思、自评与再修饰、改写等循序渐进的环节，应用思维模板进行反复练习。我们相信这样的策略能促进学生的阅读、理解、感受、思考和创作能力。

本文提炼了两种设计思维模板的模式：以隐性写作教学为导向的设计模式和以显性写作教学为导向的设计模式。本文提供了具体例子，设计方法、教学目标、使用流程、适应对象及其注意事项。然而，所谓教无定法，能行为上，我们的模式是基于新加坡 CL2 写作教学的实践提出来的，有其特定的目的性和局限性，相信还有不少有待提升与改进的空间，谨以此文抛砖引玉，供同行参考，以期找出更完善的、高效的、能真实解决 CL2 学生写作困难的新模式。

参考文献

一　書籍

爱德华. 萨丕尔　《语言论》　北京　商务印书馆　1921 年

布鲁姆, B.S.等著　罗黎辉、丁证霖、石伟平、顾建明译　《教育目标分类学第一分册认知领域》　上海　华东师范大学出版社　1986 年

李吉林　《小学语文情景教学——李吉林与青年教师的谈话》　北京　人民教育出版社　2003 年

刘　珣　《汉语作为第二语言教学简论》　北京　北京语言大学出版社　2002 年

陈志锐　《新加坡华文及文学教学》　杭州　浙江大学出版社　2011 年

尚　杰　《语言、心灵与意义分析》　沈阳　辽宁教育出版社　1989 年

郑博真　《小朋友作文宝典——技巧篇》　台南　汉风出版社　1999 年

Anderson, L.W.等著　蒋小平、张琴美、罗晶晶译　《布卢姆教育目标分类：分类学视野下的学与教及其评

测》　北京　外语教学与研究出版社　2009 年

Ministry of Education Singapore (2010), Nurturing of Our Young for the Future--Competencies for the 21st Century, 见 http://www.moe.gov.sg/committee-of-supply- debate/files/nurturing-our-young.pdf

Reber, A.(1976)Implicit learning of synthetic grammars, Journal of Experimental Psychology: Human learning and Memory(2).

Richards, Jack C. (2003) Second Language Writing. New York: Cambridge University Press.

Wyrick, Jean (2005) Steps to Writing Well. 北京：北京大学出版社。

二　期刊論文

洪瑞春、毛朝晖　〈"由读带写"写作教学模式及其实验效果分析——两间新加坡中学的一个实证比较研究〉第五届"中国第二语言习得研究国际学术研讨会"会议论文　武汉　2012 年 10 月 19-21 日

陈江松　〈作文教学的困境与可行策略〉　《北县教育》第 5 期　1994 年

陈家骏　〈作文教学的配价观念——以新加坡的作文教学为例〉　见新加坡华文研究会　《新加坡华文教学论

文七集》　　新加坡　EPB Pan Pacific　2011 年

林季华、胡月宝　〈评量性写作教学——德乐小学小四作文教学行动研究报告〉　见新加坡华文研究会《新加坡华文教学论文七集》　　新加坡　EPB Pan Pacific 2011 年

刘　洁　〈小学低年级作文教学的困难和思考〉　《文教资料》　第 1 期　2006 年

王　莹　〈快乐写作——"走进生活、综合性学习"写作教学实验初探〉　《华文学刊》　第 1 期　2011 年

吴宝琴　〈一个过程写作模式与网络学习平台的结合构想〉　《华文学刊》　第 1 期　2005 年

谢晓敏　〈四年级学生习作困难及对策浅探〉　《东京文学》　第 8 期　2008 年

杨　俐　〈过程写作的实践与理论〉　《世界汉语教学》　第 1 期　2004 年

张中文、马德俊、谷素青　〈概念图与思维导图在初中语文教学设计中的应用〉　《中国教育信息化．基础教育》　第 6 期　2009 年

新加坡教育部母语课程检讨委员会　《乐学善用》　2010 年，见自

http://www.moe.gov.sg/media/press/files/2011/01/mtl-review-report-2010-chinese.pdf

后记：本文原发表于 2012 年"第 11 届-台湾华语文教学年
会暨学术研讨会"；会后受邀刊登于"台湾华语文教
学"2012 年，第二期。中华民国 101 年 12 月出版，
总期 13 期。本人是论文的主导，征得论文协作者的
同意，以本人的名义发表于本论文集。

新加坡和台湾报章语料分析与
华文教学的思考

谢瑞芳

提 要

本文以台湾和新加坡的报章语料为基础，探讨两地的报章用语和社会文化异同。本文语料来源是来自三份报章的二十则新闻报道。这三份报章是：台湾的"联合报"及"中国时报"和新加坡的"联合早报"，日期是从二〇一二年九月一日至八日，搜索主题是有关"好人好事"的新闻报道。在报章用语方面，探讨的重点是：新闻标题、对同一概念的词汇应用和短语表达的比较与分析。在社会文化层面，探讨助人精神和社会关怀文化，语料收集聚焦在"好人好事"的新闻报道。对于新闻事件的分析，分三方面：1.个人施惠者和机构施惠者的比较；2.个人受惠和群体受惠的比较；3.有计划的助人行为和对突发性事件助人行为的比较与分析。这项课题有利于华文教师对于不同国家的华文用语和社会文化有所认识，具备这方面的素养，在教导学生面对将来全球化的工作环境，将起着重要的作用。

关键词：新加坡、台湾、报章新闻、新闻报道、报章用语、助
人精神、关怀文化

一　前言

世界上许多国家都有一定数量的华族人口，甚至有些国家存在华人社会。有一些国家主要是由华族人口组成，而也有一些国家的华族人口是华人移民，在那里落地生根而形成华人社会。本文以亚洲地区的两个华人社会：台湾和新加坡这两个区域，探讨有关语言和文化的课题，分析与比较其异同之处。

台湾与新加坡的华人社会相比，台湾的人口，主要是由汉族（97.8%）与高山族（2%）组成；而汉族的三个民系是：闽南人、客家人和外省人。在语言使用方面，闽南话占百分之七十五，客家话占百分之十一，国语占百分之十三，高山语占百分之一。[1]

新加坡是个多元种族的社会。除了华人以外，还有巫、印及欧亚族群，而华族人口占大多数。各种族之间的共同语是英语，而英语都与各种族的母语不相关。新加坡的华人社会，又分两种：讲华语的华人社会，以及讲英语的华人社会，[2]汉语的使用在新加坡仅限于讲华语的华人社会中。

1　邹嘉彦、游汝杰编著：《汉语与华人社会》（上海：复旦大学出版社、香港：香港城市大学出版社，2003 年），页 240。

2　郭熙教授在《新加坡华文 B 课程的定位》（资料来源：2010 年 3 月 28 日中新网 http://www.changshouqu.com）中提到新加坡有两个华人社会：华语华人社会

本文以"好人好事"为主题，探讨在不同区域（台湾和新加坡），使用汉语的华人社会中，在华文报章用语以及社会关怀文化这两方面做比较与分析，了解其中的异同之处。

二 报章语料的来源

语料来源是二十则有关"好人好事"的报章新闻报道。以报章新闻作为语料进行分析，主要是因为新闻报道是真实性语料。用於比较研究的语言资料，新闻报章是相当合适的，尤其是那些在当地有代表性的受欢迎的综合性报章。这些报章新闻也最能反映社会上其时其地读者所处的社会及读者所使用的语言。[3]

这二十则新闻是来自三份报章：台湾的"联合报"及"中国时报"，和新加坡的"联合早报"。选择台湾的"联合报"及"中国时报"，因为这两份是台湾的主要报章，在台湾各地都有售卖。而新加坡则以联合早报为语料来源，因为"联合早报"是新加坡最受欢迎的华文报章。[4]

及英语华人社会，是两个语言社区，同时也存在两种"华文水平"。郭熙教授是中国暨南大学华文学院院长、海外华语研究中心主任。

3　邹嘉彦、游汝杰编著：《汉语与华人社会》（上海：复旦大学出版社、香港：香港城市大学出版社，2003 年），页 106-107。

4　陈秋华：〈本地报刊排名常年调查《联合早报》仍是本地最受欢迎华文报〉，《联合早报》，2012 年 10 月 16 日。

在确定语料来源的三份报章后，再为"好人好事"这个课题开设一个"视窗"，通过这个视窗，语料的选择从同一个时间段的三份报章中搜索，日期是从二○一二年九月一日至九月八日，一共八天的报章新闻。

搜寻的结果，每份报章所摘录的新闻篇数如下表所示：

表一　报章名称和摘录的新闻篇数

报章名称	报章新闻（20 则）
联合报（台湾）	8 则
中国时报（台湾）	7 则
联合早报（新加坡）	5 则

从这三份报章所摘录的二十则新闻，其新闻的标题，刊登的版位名称及日期，如下表所示：

表二　联合报（台湾）中摘录的八则新闻的标题、刊登的版位名称及日期

序号	新闻标题	版位名称	日期
新闻 1	博爱公车上路，老弱妇孺优先坐	B 版　大台中／运动	2012 年 9 月 1 日
新闻 2	火场救她命，8 年后热线抚心灵	A10　社会	2012 年 9 月 2 日

序号	新闻标题	版位名称	日期
新闻 3	金门热血男，飞台只为捐血	A6　生活	2012 年 9 月 2 日
新闻 4	重获心生，他要当志工回馈	B2　大台中综合新闻	2012 年 9 月 6 日
新闻 5	新北市府寄还，学生证失而复得，北京妹大赞台湾	A15　两岸	2012 年 9 月 8 日
新闻 6	放下优渥生活，黄胜雄守护花东	D2　健康	2012 年 9 月 5 日
新闻 7	药瘾、爱滋别人不敢碰，庄苹都放在心上	D2　健康	2012 年 9 月 6 日
新闻 8	愈远的地方愈需要我，郑俊良偏乡护牙零距离	D2　健康	2012 年 9 月 8 日

表三　中国时报（台湾）中摘录的七则新闻的标题、刊登的版位名称及日期

序号	新闻标题	版位名称	日期
新闻 9	台中首创，全车博爱座足感心	C1　中部都会	2012 年 9 月 1 日
新闻 10	她遗失阿爸的伞，警牺牲休假寻回	C2　中部都会	2012 年 9 月 2 日
新闻 11	感动游台，赞年轻人不坐博爱座	A2　焦点新闻	2012 年 9 月 2 日

序号	新闻标题	版位名称	日期
新闻 12	老妇迷路，好心警推轮椅送回家	C2　中部都会	2012 年 9 月 3 日
新闻 13	助基隆弱势脱贫，头彩得主捐 600 万	A8　社会综合	2012 年 9 月 5 日
新闻 14	孕产妇关怀网站，助你好孕又安康	E3　医药保健	2012 年 9 月 6 日
新闻 15	水波爷爷感念家扶，十年免费修电器	A8　生活新闻	2012 年 9 月 7 日

表四　联合早报（新加坡）中摘录的五则新闻的标题、刊登的版位名称及日期

序号	新闻标题	版位名称	日期
新闻 16	感谢新加坡警察和众多好心人	35　言论版	2012 年 9 月 1 日
新闻 17	义卖熊猫玩具行善	09　新加坡	2012 年 9 月 4 日
新闻 18	新加坡的南丁格尔	18　新加坡	2012 年 9 月 7 日
新闻 19	陈振声：真正需要援助者不知求助途径	18　新加坡	2012 年 9 月 8 日
新闻 20	慷慨捐款并积极参与志愿活动，华侨银行获颁儿童会至高荣誉	21　新加坡	2012 年 9 月 8 日

以上所摘录的新闻都是属于"好人好事"这一主题，而"好人好事"的新闻要素如下：

• 施惠者：（个人或机构、组织）

新闻事件中必须要有施惠者，帮助别人的可以是个人，或者机构、组织。

• 受惠者：（个人或公众人士）

新闻事件中必须要有受惠者，得到帮助的可以是个人，或者机构、组织，甚至是公众人士。

• 助人行为的表现：有计划的助人，或者是对突发事件的反应

选择同一课题的新闻为语料做分析，主要是能够看到不同报章对同一概念的表达所用的词汇，比较报章用词的异同，同时也可以看出社会关怀文化的异同。

针对探讨的课题，比较与分析的重点如下：

• 报章用语的比较

　○ 标题
　○ 表达同一概念的词汇
　○ 比较特别的报章用语

- 助人精神及社会关怀文化的比较

    ○ 个人施惠者和机构施惠者的比较

    ○ 个人受惠和群体受惠的比较

    ○ 助人行为的表现比较：有计划的助人行为和对突发事件的反应

三　新闻报道"好人好事"的报章用语比较

（一）标题

　　台湾的新闻标题，语言比较活泼亲切。如：

- 热血男（金门热血男，飞台只为捐血 – 新闻 3）
- 北京妹（新北市府寄还，学生证失而复得，北京妹大赞台湾 – 新闻 5）
- 水波爷爷（水波爷爷感念家扶，十年免费修电器 – 新闻 15）
- 重获心生（重获心生，他要当志工回馈 – 新闻 4）

　　"心"生，是指"换心"，接受捐赠者的心藏，做移植手术。"心生"与"新生"谐音。

　　新加坡新闻标题的特点是注重意思表达清楚，例子如下：

- 感谢新加坡警察和众多好心人（新闻16）
- 义卖熊猫玩具行善（新闻17）
- 新加坡的南丁格尔（新闻18）
- 陈振声[5]：真正需要援助者不知求助途径（新闻19）
- 慷慨捐款并积极参与志愿活动，华侨银行获颁儿童会至高荣誉（新闻20）

（二）表达同一概念的词汇

台湾和新加坡报章用语的比较：

表五　台湾"联合报"和新加坡报章用语的比较

台湾用语	新加坡用语
身障者	残障人士／残疾人士
生命线	援人协会热线
忙线	打不通
撤军	军队撤退
裁撤	关门
大爱	爱心
志工	义工
大陆	中国

5　陈振声，是新加坡社会发展部、青年及体育部代部长，同时也是国防部高级政务部长。

台湾用语	新加坡用语
给力	支持
病患	病人
看诊	看病
药瘾	嗜毒者/吸毒者
爱滋	爱之病
偏乡	郊外／远离市区的地方
护牙	保护牙齿
零距离	打成一片

表六　台湾"中国时报"和新加坡报章用语的比较

台湾用语	新加坡用语
公车	巴士车
免费优惠	优待
银发族／老年族群	乐龄人士
派出所	警察局
台铁	火车
捷运	地铁
旅游者	旅客
便捷	方便
九旬老妇人	九十岁老妇人
阿嬷	祖母／婆婆

台湾用语	新加坡用语
好加在，鲁力喔！	幸好／幸亏，努力呀！
彩卷	大彩／马票
头彩得主	中大彩头奖

以上表五和表六的台湾报章用语，摘录自"联合报"及"中国时报"。这些词语出自哪一则新闻、新闻刊登的版位、报章日期，以及词汇在句子中的用法，详见附录一。

从以上的表五和表六可以看出，台湾的两份报章和新加坡报章的用语，在表达同一概念时的用词有差异，这是因为各地不同的历史背景造成新概念词的分歧。社会处在不断变化发展之中，同时随着时代的推移，各自在不同的文化背景下沿着不同的方向向前发展，呈现出诸多的分歧。[6] 这些差异具有地方色彩，一般上都可以猜测得出词汇的意思，并不妨碍对新闻报道的理解。

（三）比较特别的报章用语

从以上的二十九个台湾报章词汇用语当中（表五及表六），以及新闻报道的内容，其中值得一提的是以下三个词汇或短语：

6　邹嘉彦、游汝杰编著：《汉语与华人社会》（上海：复旦大学出版社、香港：香港城市大学出版社，2003 年），页 123。

1 "给力"

"给力"从字面意义可以猜出是"支持"的意思。这个词汇在新加坡的报章中几乎没有出现过，但是在电视广告中有用过。[7]

2 "好孕到"胸章

另一个报章用语是"好孕到"胸章。这枚"好孕到"胸章的名称取得好，"好孕"和"好运"谐音。"好孕到"正好表示了准妈妈的愉悦心境与状况，在新加坡则很少看到这样的用语。[8]

3 "受人点滴，涌泉以报"

台湾的报章报道受惠者回馈社会，用了一个很好的短语："受人点滴，涌泉以报"。表示接受了别人的一点小恩惠，十分感激加感动，想要报答，而且要报答的举动是可以

---

7 从这里可以看出，在书面语的表达上没有受到影响，但是在口语表达方面，已经接受和应用了这个外来的、新"创造的词汇"。可见在口语上受影响往往会比在书面语上受影响来得早。

8 这是在台中推出的公车博爱座，让银发族、孕妇或身障者上车都可优先得到座位。刚怀孕的准妈妈肚子不明显，搭公车不耐久站，想请人让位又不好意思。因此市府推出"好孕到"胸章，让怀孕初期的准妈妈别在胸前，有识别作用。这样一来，准妈妈不必怕搭车时久站。这个"好孕到"胸章，准妈妈可以到公共运输处或市府各联合服务中心索取。

远远超过当时所接受的帮助。也就是说，想要报答回馈，希望惠及越多人越好，或者回馈报答恩人，所回报的可能大过或多过当初施惠者所施与的。

四 报章新闻"好人好事"所反映的社会关怀文化比较

（一）个人施惠者和机构施惠者的比较

施惠者的身份，是个人或者是机构，从三份报章所收集的新闻报道，可以从以下表七，表八，表九中看出：

表七 施惠者身份分析：个人／机构（联合报——台湾）

施惠者	受惠者	联合报 （台湾）／则	备注
个人	个人	2（25%）	新闻2，5
个人	公众	5（62%）	新闻3，4，6，7，8
机构	个人	-	-
机构	公众	1（13%）	新闻1
		8 则	

* 新闻编号的标题见表二

表八　施惠者身份分析：个人／机构（中国时报——台湾）

施惠者	受惠者	中国时报（台湾）／则	备注
个人	个人	2（28.5%）	新闻 10，12
个人	公众	2（28.5%）	新闻 13，15
机构	个人	-	-
机构	公众	3（43%）	新闻 9，11，14
		7 则	

* 新闻编号的标题见表三

表九　施惠者身份分析：个人／机构（联合早报——新加坡）

施惠者	受惠者	联合早报（新加坡）／则	备注
个人	个人	-	-
个人	公众	1（20%）	新闻 18
机构	个人	1（20%）	新闻 16
机构	公众	3（60%）	新闻 17，19，20
		5 则	

* 新闻编号的标题见表四

从以上表七，表八，表九中显示，在同一时间段，台湾的两份主要报章的新闻报道，个人帮助个人或者公众的新闻，在两份不同报章的各别报道中，都各占了助人新闻总数的一半以上。反观新加坡的新闻报道，个人帮助个人或者公众的新闻，只占了助人新闻总数的五分之一。

施惠者是个人：个人帮助个人，或者个人帮助公众或社群，从九月一日至八日的新闻报道中：

- 台湾的联合报，八则新闻中，有七则是属于个人帮助人的新闻。
- 台湾的中国时报，七则新闻中，有四则是属于个人帮助人的新闻。
- 新加坡的联合早报，五则新闻中，只有一则是属于个人帮助人的新闻。

施惠者是公众或机构：公众或机构帮助个人，或者帮助公众或机构，从九月一日至八日的新闻中：

- 台湾的联合报，八则新闻中，只有一则是属于公众或机构帮助人。
- 台湾的中国时报，七则新闻中，有三则是属于公众或机构帮助人。
- 新加坡的联合早报，五则新闻中，有四则是属于公众或机构帮助人。

对以上这二十则新闻分析后显示：在台湾，个人帮助人

的新闻比较多，机构帮助人的新闻比较少。在新加坡，机构
帮助人的新闻比较多，个人帮助人的新闻比较少。

从分析结果来看，在台湾，如果得到帮助，得到个人帮
助的机会比较多，得到由机构提供帮助的机会比较少。在新
加坡，则刚好相反。如果得到帮助，得到个人帮助的机会比
较少，得到由机构提供帮助的机会则比较多。

新加坡的报章新闻，机构帮助人的报道如下：

- 新加坡航空公司义卖限量版熊猫绒毛玩具，为特
  别需要援助的孩童筹款（新闻 17）
- 华侨银行捐款帮助新加坡儿童会（新闻 20）
- 政府帮助低收入国人（新闻 19）
- 有关机构帮助一个迷路的外国小孩，这里的有关
  机构是指：警察、商场保安、全国地铁站工作
  室、全国的德士公司，以及公众人士（新闻 16）

在台湾，施惠者是机构或公众的新闻报道如下：

- 施惠者是政府机构，台中首创，博爱公车上路，
  全车博爱座，老弱妇孺优先座（新闻 1，新闻
  9）
- 施惠者是公众，台湾的年轻人，都不坐公车博爱
  座（新闻 11）
- 施惠者是机构，台湾创建"孕产妇关怀网站，助
  你好孕又安康"（新闻 14）

（二）个人受惠和群体受惠的比较

个人受惠和群体受惠的情况在台湾和在新加坡，有以下的新闻报导：

1 个人受惠在台湾

- 台湾的联合报，八则新闻中，有二则是属于个人受惠（新闻 2，5）。

  "火场救她命，八年后热线抚心灵"及"新北市府寄还，学生证失而复得，北京妹大赞台湾"。

- 台湾的中国时报，七则新闻中，有二则是属于个人受惠（新闻 10，12）。

  "她遗失阿爸的伞，警牺牲休假寻回"及"老妇迷路，好心警推轮椅送回家"。

2 个人受惠在新加坡

- 新加坡的联合早报，五则新闻中，只有一则是属于个人受惠（新闻 16）。

  "感谢新加坡警察和众多好心人"。

  群体受惠在台湾和在新加坡，有关的报道如下：

- 台湾的联合报，八则新闻中，有六则是属于群众受惠（新闻 1，3，4，6，7，8）。

- 博爱公车上路，老弱妇孺优先坐（新闻 1）
- 金门热血男，飞台只为捐血（新闻 3）
- 重获心生，他要当志工回馈（新闻 4）
- 放下优渥生活，黄胜雄守护花东（新闻 6）
- 药瘾、爱滋别人不敢碰，庄苹都放在心上（新闻 7）
- 愈远的地方愈需要我，郑俊良偏乡护牙零距离（新闻 8）

- 台湾的中国时报，七则新闻中，有五则是属于群众受惠（新闻 9，11，13，14，15）。

- 台中首创，全车博爱座足感心（新闻 9）
- 感动游台，赞年轻人不坐博爱座（新闻 11）
- 助基隆弱势脱贫，头彩得主捐六百万（新闻 13）
- 孕产妇关怀网站，助你好孕又安康（新闻 14）
- 水波爷爷感念家扶，十年免费修电器（新闻 15）

- 新加坡的联合早报，五则新闻中，有四则是属于群众受惠（新闻 17，18，19，20）。

- 义卖熊猫玩具行善（新闻 17）
- 新加坡的南丁格尔（新闻 18）
- 陈振声：真正需要援助者不知求助途径（新闻 19）
- 慷慨捐款并积极参与志愿活动，华侨银行获颁儿童会至高荣誉（新闻 20）

在台湾受惠的是群众的新闻中，值得一提的是新闻 1 及新闻 9，联合报及中国时报都有报道同样的新闻，那就是：台中首创，博爱公车上路，全车都是博爱座，老弱妇孺优先坐。

而且台湾的年轻人不坐公车博爱座，让银发族、孕妇或身障者上车都能够优先得到座位；再者，市府也宣布推出"好孕到"胸章，让怀孕初期的准妈妈可索取佩戴，方面识别，乘搭公车时不必担心久站。

因此中国时报有这样的一则报道："感动游台，赞年轻人不坐博爱座"（新闻 11）。在新闻中提到张广柱[9]夫妇接受（中国时报）专访时说："台湾最美的风景是人"。由此可见，在台湾实施公车博爱座是成功的，有关的受惠群体确实得到应有的优待。

公众受惠在新加坡，受惠的都是计划中的对象，有特定的群体。如：

- 政府帮助低收入的国人（新闻 19）
- 华侨银行捐款帮助新加坡儿童会（新闻 20）
- 新加坡航空公司筹款帮助需要援助的儿童（新闻 17）
- 退休护士继续照顾"红十字会"属下的本地唯一为重度残疾者提供看护服务的疗养中心（新闻 18）

---

9 根据"中国时报"二〇一二年九月二日的新闻报道"感动游台，赞年轻人不坐博爱座"，内容提到的张广柱，他是知名网路旅游作家，兼花甲背包客。

　　受惠的公众，多数是在计划中受惠。如果属于计划中的受惠群体，将会得到帮助。

　　根据新闻的内容分析，可以看出受惠者有心要回馈社会，受惠者会对施惠者表示谢意。有关的新闻报道如下：

1. 受人恩惠，回馈社会

　　受人恩惠而回馈社会的新闻，在台湾有以下的报道：

- "金门热血男，飞台只为捐血"（新闻 3）[10]
- "重获心生，他要当志工回馈"（新闻 4）[11]
- "水波爷爷感念家扶，十年免费修电器"（新闻 15）[12]

　　受人恩惠而回馈社会的新闻，在收集报章语料的时间段里，新加坡报章没有这样的新闻报道。

2. 受惠者表示感谢

　　受人恩惠而表示感谢的新闻，在台湾有以下的报道：

- "火场救她命，8 年后热线抚心灵"（新闻 2）

　　在台湾有庆祝消防节，安排消防队员与获救民众相见

10　"热血男"十八岁时母亲因大肠穿孔开刀，接受捐血救回一命。他今年四十九岁，三十一年来捐血四百四十五次，帮助需要输血的病患。

11　该名病患因心肌梗塞，在步行到店铺途中晕眩倒地。后来接受一名在工地意外脑死的病患捐赠心藏，进行换心手术，重获新生。因为受人恩惠，他要当志工回馈社会。

12　多年前，水波爷爷的大儿子经商失败、罹病，李水波把退休金用於儿子的医药费，家中经济陷入困境。生活即将无以为继时，多亏家扶伸出援手协助他度过难关。因此高龄已八十六岁的水波爷爷，这十年来免费为家扶中心与清贫民众修理电器。

欢，献花给获救民众，祝福他们一切顺利。吕姓妇女是获救的公众之一，消防节当天虽忙于工作无法出席，仍准备一块匾额和一束鲜花，送给李文杰，感谢他当年救命之恩。

受人恩惠而表示感谢的新闻，在新加坡有以下的报道：

- "感谢新加坡警察和众多好心人"（新闻16）

  一名外国小孩迷路，在警方、商场保安、全国地铁站工作室、全国的德士公司、及公众人士的帮助下，这名小孩终于平安回家。值得一提的是，这则报道不是由记者采访，而是由受惠者本身，通过公开信的方式，在言论版表示对提供协助的公众人士及机构表示感谢。

（三）助人行为的表现比较——有计划的助人行为和对突发事件的反应

1 有计划、持续性的帮助人

在台湾，有计划帮助人的新闻报道中，施惠者是用个人的专业知识助人，如：医生、医疗工作从业员、电器维修人员等。而且他们的助人行为，都是有持续性的，时间都在十年以上。

- 黄胜雄医生，"到美国很近，到花莲很远"（新闻6）

黄胜雄医生十九年来，到"很远"的花莲，守护花东地区，为病患看诊。

- 药瘾、爱滋别人不敢碰，庄苹都放在心上（新闻 7）

一九九五年，庄苹访谈近五十名爱滋感染者个案。二〇〇二年与同事建立爱滋感染者阶段性谘商服务。

- "愈远的地方愈需要我"郑俊良偏乡护牙零距离（新闻 8）

二十年付出，不求回报。

- "水波爷爷感念家扶，十年免费修电器"（新闻 15）

在新加坡，有关持续性助人行为的报道有：

- "政府帮助低收入国人"（新闻 19）

政府提供协助，是有计划且会持续一段时间的。

- "慷慨捐助并积极参与志愿活动，华侨银行获颁儿童会至高荣誉"（新闻 20）

自二〇〇四年起，华侨银行便开始支持新加坡儿童会

- "新加坡的南丁格尔"（新闻 18）

从事护士工作四十八年，她在八年前就可退休。但因热爱照顾病人，一刻也停不下来。

2 对突发事件的反应

台湾的新闻报道有：

- 帮助人不分昼夜（新闻 2）

有一天，清晨四时许，吕妇丈夫到菜市场工作，两名女儿还在熟睡，她突然忧郁症发作，闭上眼睛脑海中即浮现八年前的火警现场，让她更为恐惧。她试着打电话向生命线求助，但电话忙线无法接通。吕妇想起李文杰（救过吕姓妇女的消防员）年初才联系过，赶紧打电话求助。终于在李文杰的安抚下，打消轻生的念头，否则后果不堪设想。

- 帮助人，事情无大小之分（新闻 10）

  吴小姐到后湖区邮局办事，一把蓝色雨伞被人误认拿走。一般人都不会追究执意找回。但是这是吴小姐阿爸生前用过的伞，睹伞思人，于是她到派出所报案。王警员放弃休假，调阅邮局监视器，循线找回雨伞，终于物归原主。

- 帮助对象，无国籍之分（新闻 5）

  北京女大学生的学生证在淡水渔人码头弄丢，被人捡到后，送到新北市北海岸渔港管理所，管理所的一位柯姓员工将证件寄回。该名员工受访时说：寄回证件是举手之劳，没有什么。

- 得到奖金不忘行善（新闻 13）

  台彩董事长代表多位愿意捐赠奖金的中奖人，将总额六百万的奖金，捐给基隆市政府，帮助弱势群体。

在新加坡，对突发事件做出助人反应的新闻有：

- 警察、商场保安、全国地铁站工作室、全国的德士公司、及公众人士帮助寻找一名迷路的外国小孩，后来小孩终于平安回家（新闻 16）

五　报章用语及社会关怀文化分析结果比较

（一）报章用语的比较

在报章用语方面，台湾的报章标题用语比较活泼亲切。

台湾和新加坡的报章，在表达同一个概念时，两地的报章用语有差异。这些差异具地方色彩，一般上都可以猜测到真正的含义，并不妨碍对新闻报道的理解。

其中值得一提的三个词汇及短语如下：

"给力"这个词，在新加坡的报章没有出现，但是在电视广告中有应用这个词汇传达信息。可见口语比书面语更容易受影响，更快接纳与应用新词汇。

另一个台湾的报章用语："好孕到"胸章，"好孕"和"好运"谐音，胸章名称很特别，有创意。

还有一个报章有用的短语："受人点滴，涌泉以报"，很贴切的反映出受惠者决心想要回馈社会、报答恩人的美好心愿。

（二）助人精神及社会关怀文化的比较

从助人的精神看社会关怀文化，台湾与新加坡比较，可以从以下列举的事件中看出：

1.用自己的专业知识帮助人（台湾／新加坡）

2.在职务上尽心尽力帮助人（台湾／新加坡）

3.施惠者有计划及持续性的帮助人（台湾／新加坡）

4.受惠者公开表示谢意（台湾／新加坡）

5.帮助对象，无国籍之分（台湾／新加坡）

6.受人点滴，涌泉以报 – 回馈社会（台湾）

7.帮助别人，不分昼夜（台湾）

8.帮助别人，事情无大小之分（台湾）

9.得到奖金，不忘行善（台湾）

10.年轻人不坐公车博爱座（台湾）

助人精神和社会关怀文化，台湾和新加坡的共同点如下：

• 人们都有助人的精神，以及有关怀社会的文化。

• 有计划、持续性的助人行为；用个人的专业知识帮助人；助人的动机同样是出自对人的爱心与关怀；受人恩惠的，都有回馈社会的心愿。

在助人精神及社会关怀文化方面，台湾和新加坡的差异，主要表现在以下两方面：

1 在公共交通让座位方面

- ○ 台湾的年轻人都不坐公车博爱座，没有人和老弱妇孺抢位子
- ○ 全车都是博爱座，没有人投诉，大家都能接受这样的安排
- ○ 妇女怀孕初期，肚子不明显，也以"好孕到"胸章作识别，优先得到座位

　　新加坡在这方面应该加把劲。

2 在个人助人和机构助人方面

- ○ 在台湾，个人帮助人的新闻比较多，机构帮助人的新闻比较少
- ○ 在新加坡，个人帮助人的新闻比较少，机构助人的新闻比个人助人的新闻多

　　新加坡的社会，井然有序，在表现对人的关怀方面也需要有规划。例如：新加坡在二〇一二年十月十四日举办的《总统星光慈善》电视演出筹款，总共筹得六百二十三万元，让五十五个慈善团体从中受惠。[13]这是个通过热线捐款

---

13 洪铭铧：〈《总统星光慈善》电视演出筹款获六万多元〉，《联合早报》，2012 年

的慈善活动，捐款热线分：五元、二十元、一百元三种。

除此之外，新加坡自从一九九九年开始至今，十三年来总共办了五十一场电视筹款演出。[14]由此可见，举办电视演出筹款，这样的筹款方式在新加坡是可行的。新加坡人捐款做善事，对有组织的捐款会给予支持。

在台湾，施惠者是个人的事件报道比较多。原因可能是因为台湾的地理位置，处于有天灾如台风、地震的地带，让宝岛的人民多了一份警惕心，随时迎接天气的变化，随时做好应变的准备。

不仅如此，台湾人民对周遭事物，如：天气、社会、经济等都非常关心。什么时候吹什么风，政府实施什么新条例，从视为琐碎的常识到国家大事，台湾年轻人都非常关注。[15]至于对周遭人们的需要，也会比较敏感，同时也愿意作出即时的、充满关怀的温馨助人行为。

（三）本文研究局限

本报告对于台湾和新加坡报章用语及社会关怀文化的探讨，在语料收集时间段，只收集了八天的报章新闻做分析。如果有更长的时间，可以加强以下两方面：

---

10 月 15 日。

14 〈谁是慈善筹款吸金王〉，《联合早报》，2012 年 10 月 26 日。

15 赖彦志：〈一震惊醒梦中人〉，《联合早报》，2012 年 10 月 17 日。

1. 语料来源的时间段，可以酌情增加天数。收集语料的期限越长，收集到的语料越多，分析报章用语以及所反映的助人精神、社会关怀文化等方面也会更全面。

2. 对于施惠者以及受惠者方面，如果是个人的话，可以进一步分析探讨他们的身份，如：性别、年龄、职业、受教育程度、助人的动机，助人行为与职业的关系等。至于施惠者及受惠者是属于机构方面，可以进一步探讨分析这些机构是属于官方机构、民间组织、盈利机构或是非盈利机构等。

六　教学上应用报章语料的思考

新加坡中学华文，在二○一一年开始采用新教材。新教材侧重在语言技能的学习，即听说读写的语言四技，以及听说互动和读写互动的学习。课本的编写以单元模式编排教材，每个单元的课文都围绕着同一个主题来选材与编写。课文的语料包括真实性语料，如报章新闻。以中一华文（快捷课程）[16]为例，说明教材的单元主题和学习重点。

---

16 新加坡的中学华文，共有五个不同的课程：即"高级华文"、"华文（快捷课程）"、"华文（普通学术）"、"基础华文"及"华文B"，主要目的是要提供给不同水平的学习者一个适合他们学习的课程。

（一）单元主题：人生的旅程（单元四）

单元四的三篇课文，选材都是以本地新闻作为真实性语料，新闻标题如下：

- "全世界的食美鲜，都卖他研发的薄饼——王立明的奋斗之路"（第十课　努力，就有希望）
- "80 岁小贩不轻言退休"（第十一课　"第一代"卖菜人）
- "姐妹情深，她辞掉工作陪妹妹读书"（第十二课　给妹妹一个未来）

（二）单元的学习重点：以单元四为例

- 阅读：能通过标题和导语了解新闻的主要内容
- 写作：能根据新闻发表感想，并结合自己的生活写一封信
- 听说：能抓住所说明的主要事物，把握事物的特点与细节；能说明事物的特点与细节

教师在教完这个单元后，可以应用当时的报章新闻，作为延伸教学活动的语料，巩固学习。本论文中提到所收集的语料主题是"好人好事"，笔者认为这是个学生比较容易接受的课题，贴近学生的生活，而且是正面思维，突出社会上较美好的一面。结合教材，配合所收集的新闻语料，可以进

行以下的教学活动。

1 以报章新闻作为课外的阅读语料

以所收集的报章语料作为延伸学习活动的阅读语料，让学生阅读新闻，练习通过标题和导语了解新闻的主要内容，巩固这个单元的学习重点，同时让学生体会不同国家的新闻标题，在文字和词语的应用方面有不同的表达方式。

在同一个主题下，收集不同国家的报章新闻报道，如新加坡和台湾的报章，对于好人好事的新闻报道，学生阅读新闻后，可以认识到不同国家对于同一课题的新闻报导，对同一概念的表达，在词语应用上的差异。教师可以在这时候进行随机教学，让学生了解同一个概念，不同的国家在概念相同的情况下，使用不同的词语来表达，如：新加坡的"巴士车"，台湾用"公车"，新加坡的"警察局"和"地铁"，台湾用"派出所"和"捷运"。这样的比较学习，让学生认识到不同区域和国家，有不同的华文用语，词汇的产生是有地方色彩的。

2 以报章新闻的内容作为讨论的课题

根据所收集的报章新闻，有提到年轻人在乘搭公共交通工具时，让位给有需要座位的人，如：年长者、残障人士或孕妇等。这个社会现象在新加坡和在台湾有不同的情况。所

收集的报章新闻报道显示，台湾的年轻人不坐公车博爱座
（新闻 11），这个现象和新加坡的地铁及巴士车上的让位情
况相比较，让学生根据新闻事件发表看法和感想。看法和感
想可以通过口语或书面语表达，或者让学生用博客帖文发表
意见和看法。适当地应用资讯科技，能够激发学生的学习动
机，配合单元的学习重点，巩固学习。

除了让学生掌握语言技能之外，在情意培养方面也有机
会加强与提升，对于不同国家的社会文化也能够有所认识。
跨文化的知识对学生将来在职场上需要走出国门，在国外工
作与生活是会有帮助的。

3 以报章新闻作为评估考查阅读理解的篇章

报章新闻使用的是真实性语料，内容贴近学生的生活，
适合作为评估与考查学生语文程度，尤其适合作为考查阅读
技能的语料。

七　结语

台湾和新加坡的华人社会，报章用语有差异，也各有特
色，但是并不妨碍理解新闻内容。

在对人表示关怀方面，关怀他人，显示你对生命的尊
重。尊重生命，尊重身边的每一个人，即使是将要来到这个

世界上的小生命，也会给予关怀和尊重。如在台湾，公车的博爱座，准妈妈刚怀孕，也以"好孕到"胸章作识别，让人们觉得社会上每一个人的需要，周围的人都会尽量给予关怀和照顾。在一个不是很积极鼓励生育的国家社会里，能够做到这一点，值得效仿。

在尊重生命的同时，也注重优质生命，优质生活。属于你的东西一旦遗失，感觉失落，这样的感觉应该可以改变与补救，既然知道有人遗失东西，都会尽量帮忙找回遗失的物品，物归原主。如：寻找误认拿走的雨伞和寄回遗失的学生证。

众人爱心助人的精神，是一种在文明社会中，社会关怀文化的体现。台湾和新加坡两地都有助人精神和关怀的文化，但是在表现方面各有特色。

新加坡的教育，注重培养学生二十一世纪技能，为学生在未来环球化的环境中工作和生活，做好准备。身为教育工作者，尤其是在最前线的华文教师，如果能够了解不同区域的语言与文化，具备对不同区域华文用语和社会文化方面的认识与素养，那么就能在教学过程中传授有关知识给学生，引导学生认识不同区域的华文华语在使用上的差异，有助于学生对跨文化语用的认识。这样就能在未来的工作中，带来语言上的方便，以及享有了解不同社会文化差异所带来的好处。

参考文献

一　書籍

邹嘉彦、游汝杰编著　《汉语与华人社会》　上海　复旦大
　　学出版社　香港　香港城市大学出版社　2003 年

二　報章

刘　卫　〈感谢新加坡警察和众多好心人〉　新加坡　《联
　　合早报》　2012 年 9 月 1 日

卢金足／台中报道　〈台中首创，全车博爱座足感心〉　台
　　湾　《中国时报》　2012 年 9 月 1 日

刘崇如／新北市报道　〈火场救她命，8 年后热线抚心灵〉
　　台湾　《联合报》　2012 年 9 月 2 日

朱芳瑶／台北报道　〈水波爷爷感念家扶，十年免费修电
　　器〉　台湾　《中国时报》　2012 年 9 月 7 日

许素惠／云林报道　〈老妇迷路。好心警推轮椅送回家〉
　　台湾　《中国时报》　2012 年 9 月 3 日

汪莉绢／北京报道　〈新北市府寄还，学生证失而复得，北
　　京妹大赞台湾〉　台湾　《联合报》　2012 年 9

月 8 日

沈　越　〈新加坡的南丁格尔〉　新加坡　《联合早报》
2012 年 9 月 7 日

张嘉芳／专访　〈药瘾、爱滋别人不敢碰，庄苹都放在心
上〉　台湾　《联合报》　2012 年 9 月 6 日

李蕙君／专访　〈愈远的地方愈需要我，郑俊良偏乡护牙零
距离〉　台湾　《联合报》　2012 年 9 月 8 日

陈向鑫／金门报道　〈金门热血男，飞台只为捐血〉　台湾
《联合报》　2012 年 9 月 2 日

陈雨鑫／基隆报道　〈助基隆弱势脱贫，头彩得主捐 600
万〉　台湾　《中国时报》　2012 年 9 月 5 日

邱俐颖／台北报道　〈孕产妇关怀网站，助你好孕又安康〉
台湾　《中国时报》　2012 年 9 月 6 日

陈秋华　〈本地报刊排名常年调查《联合早报》仍是本地最
受欢迎华文报〉　新加坡　《联合早报》　2012 年
10 月 16 日

范振和／专访　〈放下优渥生活，黄胜雄守护华东〉　台湾
《联合报》　2012 年 9 月 5 日

赵容萱／台中报道　〈重获心生，他要当志工回馈〉　台湾
《联合报》　2012 年 9 月 6 日

洪铭铧　〈《总统星光慈善》电视演出筹获六百多万〉　新
加坡　《联合早报》　2012 年 10 月 15 日

洪敬浤／台中报道　〈博爱公车上路，老弱妇孺优先座〉
　　台湾　《联合报》　2012 年 9 月 1 日

黄如萍／台北报道　〈感动游台，赞年轻人不坐博爱座〉
　　台湾　《中国时报》　2012 年 9 月 2 日

黄顺杰　〈陈振声：真正需要援助者不知求助途径〉　新加
　　坡　《联合早报》　2012 年 9 月 8 日

赖彦志　〈一震惊醒梦中人〉　新加坡　《联合早报》
　　2012 年 10 月 17 日

廖素慧／嘉义报道　〈她遗失阿爸的伞，警牺牲休假寻回〉
　　台湾　《中国时报》　2012 年 9 月 2 日

黎远漪　〈慷慨捐款并积极参与志愿活动，华侨银行获颁儿
　　童会至高荣誉〉　新加坡　《联合早报》　2012
　　年 9 月 8 日

〈义卖熊猫玩具行善〉　新加坡　《联合早报》　2012 年 9
　　月 4 日

〈谁是慈善筹款吸金王〉　新加坡　《联合早报》　2012
　　年 10 月 26 日

郭　熙　〈新加坡华文 B 课程的定位〉　中新网 http://www.
　　changshouqu.com　浏览日期 2010 年 3 月 28 日

附录一
报章新闻报道的用语

一 联合报（台湾）：二〇一二年九月一日至八日

版面和标题	报章用语：句子	报章用语：词汇	新加坡的表达方式
博爱公车上路 老弱妇孺优先座 B 版 大台中／运动 2012 年 9 月 1 日 新闻 1	28 路全车贴满博爱标签另推"好孕到"胸章供准妈咪佩戴	"好孕到"胸章	胸章名称"好孕到"，与"好运"谐音，胸章有辨识作用
博爱公车上路 老弱妇孺优先座 B 版 大台中/运动 2012 年 9 月 1 日 新闻 1	让银发族、孕妇或**身障者**上车都可优先乘坐	身障者	残障人士，或残疾人士 台湾的词语避开"残"字
火场救她命，8 年后热线抚心灵 A10 社会 2012 年 9 月 2 日 新闻 2	她试着打电话向**生命线**求助，但电话**忙线**无法接通	生命线 忙线	生命线：援人协会热线 忙线：打不通
金门热血男飞台只为捐血 A6 生活 2012 年 9 月 2 日 新闻 3	金门**撤军**后，金门捐血站也在2005 年**裁撤**	撤军 裁撤	撤军：军队撤退 裁撤：关门

版面和标题	报章用语：句子	报章用语：词汇	新加坡的表达方式
重获心生 他要当志工回馈 B2 大台中综合新闻 2012 年 9 月 6 日 新闻 4	感谢中国医药大学附设医院救命、捐赠者**大爱**，许愿当**志工**迎接新生命	大爱 志工	大爱：爱心 志工：义工
新北市府寄还 学生证失而复得 北京妹大赞台湾 A15 两岸 2012 年 9 月 8 日 新闻 5	一位**大陆**网友称赞"台湾政府果然**给力**，这让我更向往台湾了"	大陆 给力	大陆：中国 给力：支持
放下优渥生活 黄胜雄守护花东 下一个百年之爱 第二十二届医疗奉献奖得主脸谱之二-个人奉献奖 D2 健康 2012 年 9 月 5 日 新闻 6	为**病患看诊**	病患 看诊	病患：病人 看诊：看病
药瘾、爱滋别人不碰 庄苹都放在心上 下一个百年之爱	**药瘾**、**爱滋**别人不碰	药瘾 爱滋	药瘾：嗜毒者/吸毒者 爱滋：爱之病

版面和标题	报章用语：句子	报章用语：词汇	新加坡的表达方式
第二十二届医疗奉献奖得主脸谱之三–个人奉献奖 D2 健康 2012 年 9 月 6 日 新闻 7			
愈远的地方愈需要我 郑俊良偏乡护牙零距离 下一个百年之爱 第二十二届医疗奉献奖得主脸谱之五–个人奉献奖 D2 健康 2012 年 9 月 8 日 新闻 8	郑俊良（牙医） **偏乡护牙零距离**	偏乡 护牙 零距离	偏乡：郊外、远离市区 护牙：保护牙齿 零距离：打成一片

二　中国时报（台湾）：二〇一二年九月一日至八日

版面和标题	报章用语：句子	报章用语：词汇	新加坡的表达方式
台中首创 全车博爱座足感心 C1　中部都会 2012 年 9 月 1 日 新闻 9	在台中市搭乘 300 号以内的市**公车**，都可享八公里**免费优惠**	公车 免费优惠	公车：巴士车 免费优惠：优待
台中首创 全车博爱座足感心 C1　中部都会 2012 年 9 月 1 日 新闻 9	开办全国首创全车皆博爱座的博爱公车，体谅**老年族群**、孕妇以及行动不便民众所需	老年族群	老年族群：乐龄人士
她遗失阿爸的伞 警牺牲休假寻回 C2　中部都会 2012 年 9 月 2 日 新闻 10	吴小姐办妥事欲拿伞离去时，发现同样是蓝色伞，却不是"阿爸的伞"，急忙到后湖**派出所**报案	派出所	派出所：警察局
感动游台 赞年轻人不坐博爱座 A2　焦点新闻 2012 年 9 月 2 日 新闻 11	**台铁**、**捷运**上的博爱座，没有年轻人敢坐	台铁 捷运	台铁：火车 捷运：地铁

版面和标题	报章用语：句子	报章用语：词汇	新加坡的表达方式
感动游台 赞年轻人不坐博爱座 A2 焦点新闻 2012 年 9 月 2 日 新闻 11	张广柱说：上午十点多从台南离开，搭火车转客运中午到鹿港，玩了一下午，晚上入住彰化，台湾对**旅游者**来说，真的很**便捷**	旅游者 便捷	旅游者：旅客 便捷：方便 注：张广柱是知名网路旅游作家
老妇迷路 好心警推轮椅送回家 C2 中部都会 2012 年 9 月 3 日 新闻 12	**九旬**丁姓老妇人推着轮椅出外散步，才拐两个弯便忘了家在哪里	九旬丁姓老妇人	九旬：九十岁
老妇迷路 好心警推轮椅送回家 C2 中部都会 2012 年 9 月 3 日 新闻 12	回到家，**阿嬷**家人看到警察推着老人家惊讶不已"发生什么事啊？"警员说明来龙去脉，"**好加在，鲁力喔！**"家人不断感谢	阿嬷 好加在，鲁力喔！	阿嬷：称亲祖母，或对女性老人家的尊称 好加在，鲁力喔！：幸好或幸亏，努力
助基隆弱势脱贫 头彩得主捐 600 万 A8 社会综合 2012 年 9 月 5 日 新闻 13	买彩卷，做公益 头彩得主捐 600 万	买彩卷，做公益 头彩得主	彩卷：大彩、马票 中大彩头奖

版面和标题	报章用语：句子	报章用语：词汇	新加坡的表达方式
水波爷爷感念家扶十年免费修电器 A8　生活新闻 2012 年 9 月 7 日 新闻 15		水波爷爷 受人点滴，涌泉以报	水波是老人家的名字 在台湾，爷爷是对男性老人家的尊称，不一定是指亲爷爷 "受人点滴，涌泉以报"，很有意思的一句话，表示知恩图报

跨国界的学习
——教学示范课的经验与反思

林季华

提 要

二〇一三年四月份，我有机会到台中参加"第六届两岸四地及新加坡创意语文教学交流活动及第一届两岸三地语文教师典范教学演示研讨会"。专家的点评，与会教师的提问，执教教师的回应，让来自不同地区的语文专家、教师进行交流，碰撞出了许多的火花。与会者不仅从中了解到两岸四地及新加坡教学内容、方式的不同，也能感受到不同教师的教学风格，以及各具特色的教学设计的考量。我将这次示范课的过程与学习，以教育叙事的书写方式为参考依据，呈现这次跨国学习的经验。

关键词：创意语文教学交流活动、教育叙事、教学示范课

一 前言

二〇一三年四月份，我有机会到台中参加"第六届两岸四地及新加坡创意语文教学交流活动及第一届两岸三地语文教师典范教学演示研讨会"。此项活动由国立台中教育大学承办，邀请香港、澳门、东莞、北京、新加坡及台湾语文教师，各担任一场教学示范。与会期间邀请学术界及教育界的教师，现场立即评析演示教师的教学活动。四月一日国小组四场，四月二日国中组四场，共计八场教学交流活动。每场进行的程序：1.演示教师示范教学；2.一位大学教授及一位国中、小学校长或主任从事教学评析；3.与会教师意见交流。这项活动吸引了台湾中部地区在职教师、实习教师、师资培育生就近观摩研习，澳门、深圳、珠海、海南等地的专家学者与教师组团也前来参加研讨会，二天约超过五百人次出席会议。

此次的示范课，台湾台中市国光国小陈桂芬主任执教五年级课文《最苦与最乐》；北京景山学校朱畅思特级教师执教六年级《平仄之美——吟诵教学》；香港圣公会青衣主恩小学汤芷琪主任执教四年级《阅读策略——预测》；广东东莞市北师大翰林学校总校长、特级教师马新民执教六年级《落花生》；澳门教业中学校长、特级教师贺诚执教《万里长城》；澳门中国语文新课程研究会会长、肇庆学院客座教授容理诚执教八年级《卖油翁》。我则选择了新加坡中学三年级快捷课程的教材《走上美好的人生路》进行议论文的教学，由于考虑到两国学生语文程度的差异性，我将执教的年级定为台湾的中学一年级。

担任评课专家有：国立彰化师范大学国文系教授耿志坚；澳门教业中学校长、特级教师贺诚；台湾新竹教育大学教授董忠司；深圳南山欧教研室研究员唐建新；国立台中教育大学语文教育学系教授苏伊文教授；华南师范大学副教授周小蓬；台中仁美国民小学校长陈翠娟；台中市立立人国民中学校长胡金枝；台中市立顺天国民中学校长廖玉枝；深圳福田区教师培训中心研究员薛强；澳门中国语文学会理事长、陕西师大兼任教授周培同；台中教育大学语文教育学习教授刘莹；香港教育学院副教授何文胜；广东东莞市北师大翰林学校总校长马新民；桃园县慈文国中教师兼教育部中央课程与教学辅导组国语文领域辅导教师吴韵宇。

教学后，专家的点评，与会教师的提问，执教教师的回应，让来自不同地区的语文专家、教师进行交流，碰撞出了许多的火花。与会者也能了解到两岸四地及新加坡的教学内容和方式的不同，能感受到不同教师的教学风格，以及各具特色的教学设计的考量。这样的交流、探讨与挖掘课题，能让人进行深度反思。在这次的活动中，我深深体会到这项活动带给我的学习意义，作为一名特级教师，我积极推动课例研究，到学校观课，扮演"校外专家"的角色，给老师们提教学建议。这次的示范教学，让我体会执教者的心情、感受，真实且具挑战性的经验，能让我在进行课例研究时，有更高的教学观察敏感度，并也可以从不同的视角切入思考。专家的点评，让我反思教学设计。与此同时，他们有条理、逻辑性的点评，是我在进行评课，引导教师进行反思时，可以学习与借鉴的地方。因此，我将这次示范课的过程与学习，以教育叙事的书写方式为参考依据，呈现这次跨国学习的经验。

二　教育叙事的基本概念与意义

叙事，简单地说就是叙述事情。叙事原是文学中的概念，是文学创作常用的手法。二十世纪八十年代，在加拿大的几位课程学者的倡导下，叙事研究被应用在教育领域。在中国，从事教育叙事的代表人物为丁钢，其著作《声音与经验：教育叙事研究》力图为教育叙事建立理论和基本框架。

教育叙事包含两层含义：第一，它作为一种写作方式，就是指对事情的描述、记载，它注重于对事件情节的描述、人物内心的刻画以及生动形象的语言应用。第二，它作为一种教育研究的方法，就是通过记叙事情，或讲述故事，来探索教育教学的规律，表达作者对某些教育问题的看法（吴为民、李忠，2007）。因此，教育叙事是教师以叙事或讲故事的方式，对事件进行描述、分析、论证和反思的研究方法（裴栓保、赵群，2005）。

"教师在自我叙述中反思自己的教育生活，通过反思重新审视自己的教学实践，进而改进自己的教学实践；同时这种叙述还可以启示同行，引起共鸣"（蒋殿媛，2004）。

二〇一〇年新加坡发布了《母语检讨委员会报告书——乐学善用》，在报告书提出之后，我们的课堂发生了许多变化。教师的教学重点与报告书的建议相配合，比如从以往的语文四技到语文六技，口语互动与书面互动的推动，"乐学善用"平台的应用，二〇一一年中学新教材的使用与推展。这一切发生在课堂教学的事件，教师的经验，是否有教师进行纪录、描述、分析、反思，以教育叙事的形式呈现，以教育叙事作为一种研究方法，这是目前欠缺的。目前，新加坡学校较多以"行动研究"、"课例研究"的方式进行课堂观察、研究与反思，而且一些研究的课题与《母语检讨委员会报告书》的教学建议或新课程的教学紧密结合。

我个人认为，教师也可尝试以教育叙事的手法，结合以上所提的课题，从发生在自己身边的教育事件，个人的经验，叙述与书写教育故事。从中发掘隐含其中的教育思想、教育理论和教育信念，从而解释、发现或揭示教育的本质与规律（裴栓保、赵群，2005）。此外，教育叙事的意义，在于"重新定义教育研究，以使教师的声音能被人们清楚大声地听到"（Goodson & Walker, 1991）。杜威在谈到经验与教育的关系时，也指出"在各种不同的情况中，有一种永恒不变的东西可以作为我们的参考，那就是教育与个人经验之间的有机联系"。教育叙事不仅仅是讲故事和写故事，而在于"重述和重写那些能够导致觉醒和变迁的教师和学生的故事，以引起教师实践的变革（Connelly & Clandinin,1994b）。显然的，对教师而言，教育叙事应该定位于专业发展的方式（王凯，2005）。教师在专业发展中理论与实践相结合，认识自己教学的真实情况，改进自己的教育实践行为，并形成教师群体分享、借鉴经验的管道，建立相互学习的文化。

　　教师要进行叙事研究，必须了解其特点。教育叙事的特点，不同学者有不同的看法，吴为民、李忠在《教育叙事与案例撰写》一书中，将教育叙事的特点概括为：1.用事实来说话，在教育叙事中，不需要过多的理论阐释，也不需要旁征博引，而是在于你是否叙述了某个生动的、有意义的事件。2.注重记述事件发生的过程，在叙事中，不仅要叙述事情的起因，事情的经过，还要描述事情的结果。3.需要有细节性的描写，教育叙事必须叙述事件的各种细节，以增加故事的生动性、形象性。4.教育叙事运用的是归纳的方法，教育叙事是通过故事来说明道理，或表达某种观念。这种道理

与观念是渗透在故事之中，从故事内容中提炼出来。这种由
具体到概括，由说故事到说道理的过程，就是一种归纳的方
法。从这些特点来看，教师是不难掌握的。毕竟，这与写教
育论文有明显的差别，教师不用受到文献、专用术语，数据
分析的困扰。教师可以从教育叙事开始，更好地思考自己的
经验，提升经验的意义，促进个人的专业发展。

三　教学设计

（一）背景

二〇一三年一月中，接到来自主办机构国立台中教育大
学语文教育学系的邀请函，受邀参加第六届两岸四地暨新加
坡语文教学交流活动——"创意教学"。邀请函中列明此次
的活动的目的与意义："邀请两岸四地暨新加坡著名的语文
教育专家、教师以现场执教、演讲，继而教学研讨的形式开
展，对推动两岸四地暨新加坡中小学语文课程的交流具有积
极之意义。"。邀请函也提出"邀请您执教一堂初中语文课
（内容自选，40 分钟，使用国语），并在课後以创新教学为
主题发表十五分钟演讲。同时，参加评课活动"。

接受邀请后，我便开始思索这几个问题：1.课型：到台
湾进行教学，学生的背景是以华文作为第一语文的学生，这

些学生的语文表达能力强，口语、说话教学对他们而言，是不必要的。几番思索后，决定教学的课型定为写作教学。

2.教材：我不断地思考，究竟要选择台湾的教材进行教学，或是应用新加坡的教材，呈现新加坡课程与教材的特色。在经过多方面的考量后，我选择了以新加坡的教材进行教学。主要的原因是我对新加坡的教材比较熟悉，我与林振南、谢瑞芳特级教师也共同进行二〇一一年新教材的培训，这三年来的探索，让我们对新教材的体系与编写理念有更深入的理解。因此，解读与演绎自己熟悉的教材是远比选择不熟悉的教材来得适当，也比较有信心。况且，这是一个跨国界的交流活动，借此机会，其他国家的与会者也能认识新加坡的教材特色，了解在新加坡特殊的语言环境下，我们如何设计课程与编写适合新加坡学生的教材。3.课文：在新教材中，三种不同的课型，各有不同的教学目标。导读课的教学目标为写作技能，以中学快捷课程为例，中学三年级的上册的前两个单元，是记叙文的教学，第三单元则开始进入议论文的教学。在考虑了学生的背景后，我选择了议论文的教学，记叙文对台湾学生而言，应该是他们的已知，且已充分掌握，具备应用自如的能力。

（二）教学设计

主办单位发来设计表格，并要求在二月底呈交教学设计。我选择以中三快捷课程的课文《走上美好的人生路》，进行论点、论据的教学。这一堂课虽然是写作的教学，但在公开示范课的情况下，台下的观课者必须观看动态的课堂教学，如果让学生进行较长时间的写作活动，静态的课堂，则观课者无法看到学生的思维活动。因此，我设定为说写结合的课。在教学后，检查学生的学习与知识的应用，我利用教研中心开发的动漫《售旗日》作为辅助教材，设计活动，引导学生思考，检查学习重点与进行评价活动。《走上美好的人生路》是新教材，且安排在第三单元，在我设计教学时，新加坡的教师尚未进入此单元的教学，因此，我没有教案可参考，也未曾看过有关的课堂教学。以下是我呈交给大会的教学设计简案。

第六届两岸四地暨新加坡创意语文教学交流活动暨第一届两岸四地新加坡语文教师典范教学演示研讨会教学设计表

教学项目	议论文的教学	教学年级课时	教学者
教材来源	1.课文：《走上美好的人生路》 作者：新加坡教育部课程规划与发展司，名创教育出版社 2.动漫《售旗日》 新加坡华文教研中心制作	中学一年级40分钟	新加坡 林季华特级教师

设计理念	**教材简述:**
	1. 新加坡是个多元种族的国家，语文政策为双语政策。学校的教学媒介语为英语。三大种族（华族、马来族、印度族）的学生必须学习各自的母语（单科学习）。为了照顾不同语文程度学习者的需要，新加坡的"华文"课程共有五个课程与教材。这些教材由教育部课程发展与规划司编写。
	2. 本课使用的教材为新加坡中学三年级快捷课程教材。
	3. 为了提供多元化的真实性语料，创设情境，让学生学习与运用语言，教育部积极开发辅助资源。2011 年新加坡华文教研中心在教育部的委托下，开发了多媒体教学资源，动漫《售旗日》便是配套中的一个资源。
	预期目标与教学法:
	1. 学生在中学一二年级学习记叙文写作，中三的教材开始介绍论说文/议论文。（新加坡的中三程度与台湾不相等，属二语学习）
	2. 新加坡在 2010 年发布《母语检讨委员会报告书-乐学善用》。报告书阐明母语学习的目标为：沟通、文化、联系，希望学生能以母语积极与人沟通和互动。因此，课堂教学注重学生口语互动能力的培养，提供学生使用母语的机会。
	3. 新加坡课堂的教学，以听说带入读写。本堂课的教学设计是从说到写。通过说的活动，创设情境思维，提供支架，为写铺垫。
	4. 本堂课除教师讲授示范外，学生需参与小组活动与呈现。
	5. 本堂课的教学目标： • 学生能明白说明立场，必须有依据 • 学生能就自己的立场，提出令人信服的理由

	• 学生初步了解论点、论据的要求 **评量方式：** • 教师提问、反馈、点评 • 学生互评		
	教学活动	时间	教学资源
	壹、准备活动 一、教师部分 （一）了解学生背景、语文、认知水平 （二）准备适合的图片、短片 二、学生部分 （一）学生预先阅读课文《走上美好的人生路》 （二）学生必须抱着积极参与活动的态度，进行分组讨论与呈现 贰、发展活动 一、引起动机		图片、电子简报
学生能明白说明自己的立场要有依据	• 教师："你今天迟到了" • 学生："我迟到了是有理的，不是我的错" • 教师：你的理由、依据是什麽？ • 教师请学生回答，并请学生判断什麽理由是合理的，能够支持自己的立场。	5	文本、电子简报、学习单
学生能就自己的立场，提出	• 教师总结并带入学习的主题，强调在日常生活中，我们都在		动漫

令人信服的理由／论点、论据	进行说理，立场的说明，提供例子来支持自己的立场。因此，学习议论文并非与生活脱节。		学习单
学生能说出论点、论据	二、活动一 • 教师向学生介绍论点、论据 • 学生预先阅读文章 • 教师利用文章提问，引导学生说出本 • 文"把握时间"的论点、论据 • 学生完成学习单 • 教师以电子简报检查答案	10	学习单、评量表
	三、活动二 • 先看后说：教师播放"售旗日"动漫，教师提问，引导学生说出动漫中一个重要的论点、论据 • 分组活动：各组完成论点与论据的讨论	5	
	参、综合活动 　　在各组完成讨论学习单后，各组呈现与分享，进行以说带入写的活动 • 各组展示讨论成果、分享 • 同侪互评（依据学习点为评论标准）	10 10	

| | • 教师点评、总结 | | |
| | • 教师可布置写的活动 | | |

附件：课文－《走上美好的人生路》文本，请复印让学生事先阅读，并带到会场。

四　教学过程

案例过程的撰写，一般有两种写法：一是叙述式，二是实录式。叙述式适用于所有题材的案例，实录式一般用于课堂教学案例，是采用师生对话的形式来记叙教学的过程。在参考了吴为民和李忠两位老师的案例撰写方式后，我决定以叙述的方式撰写教学演示课。此外，叙述事件发展过程一般以客观性叙事为主，以表现事件的主要情节内容，但也可以在客观的叙述中，插入主观性的论述，即叙述作者自己的想法，内心感受，或对事件作一些评论（吴为民，李忠，2007）。因此，在客观的叙述中，我也会表达自己的看法与感受。

（一）教学前

四月二日早上八点钟，台北的气温不高，我怀着一颗炽热的心抵达会场。抵达后，马上设置电脑，检查播放效果。就如我事先预料的，大会提供的电脑，由于软件的不同，无法播放我从新加坡带来的动漫。试了几次后，无法成功，便改用由我自己带来的电脑。这时，我告诉自己，幸好有备而来，不然就功亏一篑了。其实，在日常的教学中，教师们也都要做好事前的布置与应变的计划，否则，课堂教学便无法依计划进行了。

离开会场，进入准备室，准备与学生见面前，我打出了电子简报的第一张。这是我在前一晚加上去的。我希望与会者理解我的教学以及新加坡的教材，这是在新加坡的语言背景下产生的。这张简报强调的是"新加坡语境下的华文教学"。简报在教学前的三十分钟呈现在与会者眼前。

八点三十分，我以兴奋紧张的心情与二十位学生见面，这是我们初次见面。三十分钟后，我们便要上场，上一堂四十分钟的课。台下有几百名观课者，究竟到时会出现什么样的局面，我没有把握也无法预知。进入课室，见到了二十位同学，他们非常热情，十分愿意配合。这时的我，情绪比较稳定，心情放松些。与同学们沟通，进行检查，这可让我吃了一惊，原来我事先发给大会的课文《走上美好的人生路》，他们没看过，也没预习。这该如何是好？我马上在脑中修改教案，给同学们进行分组，将手上篇章让同学们传阅，并告诉他们在台上我会请不同的组别朗读段落，让同学们能对篇章内容有整体的认识与理解。分配完任务后，简单介绍教学流程，是该上场的时候了。

在步入会场途中，我告诉自己，课堂情况本来就是多变的，作为一名教师，教案是教学前的设计，但在教学现场，为了配合学生的先备知识、准备度等情况，是必须作出改变的。

（二）教学中

步入会场，观课者已就座，摄影机也对准舞台。不容思考与犹豫，就开始上课了。首先是引起动机，我先展示一张学生迟到的图片，让学生说出"我迟到了是有理的，不是我的错"。学生说出了各种理由，但都无法说出令人信服的理由，例如：闹钟坏了，妈妈没叫醒我等理由。我心中有点急，但我告诉自己要给学生多一点的"等待"时间，不要急于提出答案。终于有一位学生说了"捷运出问题啦！"。这是一个可以成立的理由，因为捷运（新加坡称为地铁）的问题，不是个人可以控制的，因此，迟到不是我的错。

接着，我展示电子简报，简报清楚列明"今天学什么"。让学生知道学习目标是十分重要，不可忽视的环节。但在许多课堂教学中，教师常忽略了这一点，显性的教学目标能帮助学生明白学习重点。

在进入论点、论据的教学环节，我利用课文《走上美好的人生路》展示与介绍什么是论点、论据。以论点一作为说明例子，接着我应用图表让学生自行找出论点、论据。我也要求学生比较论点一、二、三呈现方式的不同，学生们的表现令人满意，他们能说明论点一、二先提出论点，再提论据；论点三则相反。我会这么做，是采用"扶放收"的手段，让学生能够投入学习中，让思维活动能开展。如果我将所有的论点以及论点呈现方式的不同以电子简报呈现，学生则处于被动，课堂便无法做到以学生为中心。

学生了解了论点论据后，我要检查的是学生是否真正理解，能应用所学的知识。通过动漫《售旗日》布置了场景，铺垫了情境，让学生寻找论点论据。在备课时，我考虑到由于新加坡和台湾背景的不同，也许台湾学生不知道什么是《售旗》。因此，我搜索了售旗活动的图片，作为播放动漫之前的导入。在教学现场，面对我的提问，学生表示台湾没有售旗活动。我便引导他们思考，是否有类似的筹款活动，学生突然有所悟，表示台湾也有。

这个环节带来的讯息是，教师在备课时，必须考虑学生的未知，如何以图片或其他方式填补学生欠缺的。不过，我也感受到，学生对一些已有的知识、经验，经常不加思考，便说"没有"。这主要是他们没有产生联系，因此，教师的角色便是引导与挖掘学生的已有的知识。

有趣生动的动漫的确能引起学生的兴趣，学生在观看完动漫后，进行小组讨论，各组都能就动漫内容提出论点论据，这也就是我在教学后要检查学生的理解以及知识的应用。这堂课在互评活动及教师进行总结后结束。

这次我能完成教学演示的任务，的确要感谢台中宜宁中学二十位中一学生的配合，他们的合作与积极参与，让我的教学顺利愉快地进行。

（三）教学后

教学后的点评是一个新的体验，一个难得的学习机会。点评这堂课的是：台中市立立人国民中学胡金枝校长；深圳福田区教师培训中心研究员薛强。在点评前，我要求先发言，以便有机会对教材进行介绍，并简述教学构思。这是为了让听课者了解新加坡的语言环境，不同的语文课程，教材体系及编写理念，这套教材是为新加坡学习者"量身定制"的。

胡校长点评时提出了：台湾学生在观赏了动漫《售旗日》后，面对老师的提问：台湾是否有这样的活动？他们想都没想，异口同声回答："没有"。胡校长说台湾有这类的活动，只是形式不同。后来在老师的引导下，他们果然说有。我个人觉得不管是台湾或新加坡的学生，他们的思维与心智，都需要教师的引导与开发，让他们养成思考的习惯。

胡校长也提出了在我的教学中，教导学生认识论点和论据，并能在教学活动中提出论点和提供论据，已经达到教学目标。除此之外，我们最后要告诉学生的是如何走上美好的人生路。但是这堂课在结束时，我们似乎没有很清楚地让学生知道走上美好的人生路过程中，所谓的勤于奋斗、把握时间、不畏艰辛是必不可少的，让孩子对此有更深刻的印象。我的回应是：由于时间只有四十分钟，我把这堂课的目标定为认识议论文，通过"讲读课"带出技能的学习。但这并不意味着我们舍弃了情意目标，在我们的教师手册有清楚列明，只不过是这堂课我没有特别强调。课文内容的教学是承载着情意目标的，自然的融入教学中。

薛强研究员首先提出了"预设"与"生成"的关系，老师在备课时我们称之为"预设"，预设包括三个内容，即：了解文本、了解学生、了解环境。预设的目的是服务于学生，要服务于学生，其根本点在于"生成"。他也指出，"生成"牵引着"预设"。我的这堂课做到了因"生成"而修改了"预设"，比如：学生没有预习。在教学环节上根据"生成"的情况，不断修改"预设"，使得课能顺利地进行下去。

薛强研究员接着指出：我们让学生学什么？学生学会了什么？这两者之间如何得到均衡。这堂课我们看到学生在七年级（中一）学议论文，在预想的时间点稍微早了点，因为大陆的学生在初中一年级基本上也不学议论文。在这堂课里，教师拿出一篇议论文，并且要学生明白通过学习的知识，探究问题，这是教学的关键。教师把相关的知识介绍给学生，比如什么是议论文，论点、论据两者之间有何关系？这篇文章是典型的议论文，以结构来说，可以说是总分总的结构。比如：第二段与第三段都是先出论点，再提出论据，第四段的论点出现在中间。在这堂课的教学中，教师有特别点明了结构的不同，这就是把相关的知识告诉学生，进而让学生运用知识去探究问题。此外，在学习知识后，如何拓展与迁移？学生观看了动漫故事后，能够说出其中的观点，这就是学以致用。教师能引导学生去应用，并且分析一个社会现象，这就把所学的知识，内化成自己的知识。

薛强研究员也提出了另一个观点：方法引导，他指出在分析自然段的时候，教师特意把第二自然段拿出来讲解，然后把第三第四自然段交给学生去阅读，论点是什么，论据是什么？如何提出来？教师也提供提示语。用这种方法来引导，能让学生把刚学过的方法应用出来，独自去分析。这种引导方式，能给其他教师带来启迪。

点评结束后，便开放时间给台下观课者提问和发表意见。其中有一位观课者提出：给我留下深刻的印象，与会专家的回应，更是发人深省。会场上，另一位观课者提出：我用来教学的选文篇幅有点短，而学生阅读的议论文则比较长。我的回应是：这篇文章是用来教导议论文，让学生认识议论文的形式与结构，重点不在思想内容与词汇的教学。在我回应后，广东东莞市北师大翰林学校总校长马新民也回应，他指出有个概念必须分清楚，那就是教学与阅读文本，阅读文本可以比较长，教学文本则可以较简短。重要的是，我们要利用文本来教导什么？教学目的是什么？我们如何利用教学文本进行教学，让学生掌握知识，而长的文章有时未必能达到目的，甚至有时会失去焦点。紧接着，薛强研究员也回应，他指出《走上美好的人生路》选文十分恰当，结构分明，是用来教导议论文的经典文章。

五　总结式反思

反思的书写，有几种写法，即：评论式反思、分析式反思、说理式反思、感想式反思与总结式反思（吴为民、李忠，2007）。这次的跨国学习经验，我采用总结式反思来书写。这主要是针对主要内容提出小结。

这次的示范教学让我有机会接触各地的教材，以及两岸四地不同的教学着重点与教学法。由于语言环境与背景的不同，新加坡的华文教学的确是独具一格。新加坡的多元语境，使得我们的华文教学趋向于应用性多于鉴赏性。对于教材，教师必须进行解读与转化，明白编写和设计理念。这样一来，教师才能根据教学目标，有效应用教材来教学，而不是为了教"教材"而教。此外，这次与会的专家学者，一针见血地指出，教学文本与阅读文本的不同。作为教学文本，不要一味讲求篇幅长，篇幅长并不表示就能提高程度。提高文本的难度，并不表示就能提高学生的程度。更重要的是，选择教学文本，为的是要教导学生学习什么？教学目标何在？如何让学生理解与吸收，最后将知识转化为能力。就如来自深圳与珠海的专家学者肯定新加坡中三快捷课程的《走上美好的人生路》这篇课文，是经典的议论文选文，结构清楚，能够引领教师一步步去引导学生了解议论文的结构。有了基本的认识后，后续的教学，可以再进入写作的教学。

　　"教学有法，但无定法"。这次的观摩活动，让我了解两岸四地不同的教学法，教学的异同点，也感受到不同的教学风格。由于学生背景的差异性，不同地区的教学法均有所差异，而评课者所持的意见，角度也有所不同。但是，无论用何种教学方法，大家都坚定地遵守着"学生为主体"的理念，课堂是学生的课堂。一位授课者也指出"学生的精彩才是教师的精彩"，老师只是个"引导者"。例如：多位授课者的提问，注重开放性问题，开放性问题能让教师引导学生思考，启发思维。因此，课堂教学着重培养学生"学以致用"的能力，让学生将所学的知识转化为能力，"教会学生学习"是远比考试目标来得更为重要。

　　从二〇〇七年开始，我便积极推动新加坡华文教学的课例研究，"开课、观课、评课"带领教师进行课例研究活动，以校外专家（Knowledgeable Others）的身份观课与评课。

这次的示范教学，让我转换角色，体验教师被观课的心情，以及课堂教学无法掌握的"突变"情况。这次的亲身体验，让我能够"换位思考"，更能理解课堂教师所面对的挑战。这对于日后引导教师进行反思与提供反馈，有很大的帮助。这次跨国界的学习，也让我见识到不同评课者的风度、评课的素养，有许多可学习与借鉴的地方。点评并不是凭感觉或个人经验来提出个人的见解，这必须是有所依据的。课堂观课收集到的证据，是提供反馈的依据，就如薛强研究员指出他听了几十年的课，养成详尽记录的习惯，记录每一分钟的课堂教学活动，关注教师究竟做了什么？是否有效？由于大量记录课堂行为，使得他在进行点评时，在进行条理分明的讲述时，能引出例子来加以说明。我从他的身上看到如何观课和评课，从中学到了相关的技巧，同时也感受到讲评人的素养，这的确是值得学习的。与此同时，也督促自己要不断地提升，才能发挥影响力，与其他教师携手合作，共同为华文教学尽一份力。

参考文献

一 書籍

丁　钢　《声音与经验：教育叙事研究》　北京　教育科学
　　　出版社　2008年

吴为民、李忠　《教育叙事与案例撰写》　上海　华东师范
　　　大学出版社　2007年

二 期刊論文

裴栓保、赵群　〈教育叙事方法简介〉　《中小学外语教
　　　学》　28卷8期　2005年

蒋殿媛　〈在讲"故事"中作研究——英语教学中的叙事反
　　　思性研究〉　《中小学外语教学》　27卷10期
　　　2004年

王　凯　〈教育叙事：从教育研究方法到教师专业发展〉
　　　《比较教育研究》　181卷6期　2005年

Connelly & Clandinin. (1994). Telling teaching stories. Teacher
　　　Education Quarterly, 21(1).

Goodson I. & Walker R. (1991). *Biography, identity and*

schooling: episodesineducationalresearch. London, New York, Philadelphia: The Falmer Press.

初探通过保罗思维模式培养新加坡中学生的批判性思维能力

陈玉云

提 要

　　本文基于在一所中学进行的一项教学实验，探讨在中学的语文教学过程中进行思维训练，以培养中学生的批评性思维能力。我们采用美国批评性思维大师理查德。保罗的思维模式作为发展该校中学生批评性思维能力的模式与工具。新加坡教育部在二〇一〇年颁布《21世纪教育学习技能》时，特别强调学校课堂的教学模式应该在传授学科知识以及灌输正确价值观和技能培养之间，取得良好的平衡，以让我们的学生具备足够的知识与能力，从容应对二十一世纪的到来。我们以该模式为基础，采取以学生为中心、教师引导的学习模式，通过课堂活动，对学生进行有系统的训练，以优化课堂教学，提升教学质量。

关键字：批评性思维、思维技能、二十一世纪技能

一　背景

（一）追求质量的教学理念

我国总理李显龙在二○○四年的国庆大会上，提出少教多学（Spacing after comma）的新概念，主要强调教学重点应该从教学内容的数量转移到教与学的质量。二○○五年我国教育教育部长尚曼达提出教学重点应该放在提高教师和学生之间互动的质量上，使学生更加致力于学习，以取得理想的教育成果。教育的目的不是以测验或者考试成绩为主，而是要教会学生一种终身技能，在离开学校以后，学生还是能充分掌握并运用这种技能。二○一○年，教育部提出《二十一世纪学习技能》的架构图。这图中有三个同心圆，最内的一圈是学生应该具备的核心价值观，第二圈是学生应该具有的社交与情感能力，第三圈是学生将来生活在环球化环境中所需具备的技能，这包括资讯科技与沟通技能、批判性思维与创造性思维、公民意识、环球意识与跨文化沟通技能。我们的教学模式应该在传授学科知识以及灌输正确价值观和技能培养之间，取得良好的平衡，以让我们的学生具备足够的知识与能力，抓紧新资讯科技时代的契机，从容应对二十一世纪新时代的到来。

图一　新加坡二十一世紀学习技能

（二）我国教育部发布的二十一世纪教育技能中，批判性思维能力是新一代学生不可或缺的重要思考技能之一。实践学校的华文教师都认同批判性思维教学是非常重要与迫切的，但在课堂进行语文教学时，一般缺乏显性的思维教学规划。因此，实践学校的华文教师重新规划课程内容，发展校本教材与教学资源，把批评性思维教学纳入学校中二、中三的教学进度。

二　文献探讨

　　批判性思考是一种必须用脑的认知活动。学习以批判、分析、评估的方式来思考，必须充分运用大脑的运作，包括集中注意力、将事物分门别类、筛选与判断等（Stella Cottrell, 11）。批判性思维是一种复杂的思辨活动，涉及广泛的技巧与态度，这包括：辨识他人的立场、论点与结论、评估支持其他观点的证据、客观衡量对立的论点与证据、能够看穿表面、体会言外之意，并且看出错误或不客观的假设。学会运用逻辑，更深入，也更有系统地去思考各种议题、根据具体证据和合理假设、决定论点是否正确可信、表达个人观点时能够条理分明以及足以说服他人（Stella Cottrell, 12）。很多人误认为批判性思维的能力是天生的，其实，很多人都具有批判性思维的潜能，只是还没有发挥出来，批判性思维能力是可以通过有系统的训练加以培养的。弗莱雷认为教学中的批判可使学生的社会责任感、批判思维技能、批判质疑能力和批判读写能力得以培养（保罗·弗莱雷，2001）。"价值显现论"认为批判的过程是一种学习的过程，是一种使学习对象意义显现的过程，同时也是一种使批判者自身价值立场和认识框架呈现的过程。批判性教学不是目的而是过程，批判性教学的最后目的是让学生主动去发现

（尹国杰，2003）。

许多老师和同学没有通过思维模式或系统性思考来完成内容的学习，他们只是按照常规的顺序将内容保存在记忆中。这样低水平的方式学习很容易让人失去智力发展的基础，无法构建更深层次的知识建构，更无法长期掌握知识内容（理查德·保罗，108）。理察德.保罗和琳达认为批判性思考是一种技巧，用来分析并评估我们人类的思想，以改善我们思考的品质。我们生活的品质就在于我们思考的质量，如果我们要思考深入，我们就要认识我们的各种思维元素，并且要有系统、有条理地进行训练（保罗与琳达，6）。对思维模式了解得越深，对知识内容就掌握得越好。在进行批评性教学时，我们需要借助一种模式或者工具，以进行有系统的训练。保罗思维模式就是其中一种思考工具。实践学校教师在进行批评性思维教学时，采用了理察德·保罗思维模式作为教学工具。保罗思维模式是一种激发思考、列有八大思考引领方向的批评性思考逻辑工具，针对一个课题或者一个问题进行深度思考活动。保罗认为思维有八大基本特征：

1. 所有的思维都有目的。
2. 所有的思维都至少提出一个问题。
3. 所有的思维都需要信息支持。
4. 所有的思维都需要概念。
5. 所有的思维都包含推论。

6. 所有的思维都包含假设。

7. 所有的思维都包含预测。

8. 所有的思维都包含观点。

（理查德·保罗，109）。

保罗提出的八大思维元素，可以采用十个思维标准来检视。这些标准包括：清晰度、准确性、深度、广度、重要性、精准、相关性、意义、公平和完整性。思维标准用来检视思维元素的运用，以求发展出一套智识特质。

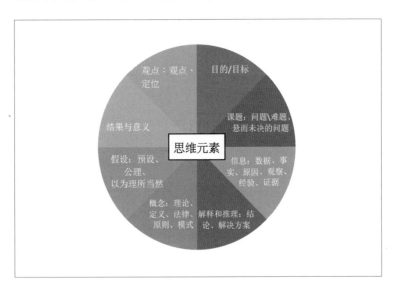

图二　保罗思维模式

三　方案设计

（一）通过专业学习社群小组发展教师能力

发展校本课程时必须同时发展教师的教研能力，把不同模式的知识理论以及经验带入学校，可以提升教师展开教学研究、进行教学研究的能力，并把这种能力转化成课堂教学能力，提升教学质量。实践学校通过创设专业学习社群小组（Professional Learning Community），对批评性思维教学进行探讨与研究。专业学习社群小组，可以让教师通过协作学习一起朝向共同的愿景，聚焦于学生的学习，共同对教学成果负责（DuFour, R. 2008）。

（二）通过设计校本课程发展具特色的教学资源

教育部鼓励各校在发展课程时，积极开发具有自己学校特色的校本课程。实践学校的校本课程采用保罗思维模式学习方案，设计培养学生批判性思维的学习活动，让学生通过思考、讨论和反思任务，提高他们的思维水平。教师专业学习社群小组共同研究与开发一套校本教学资源配套，并自行编写适合学生水平的文章与活动练习，设计批评性思维学习活动。当学生在使用保罗思维模式思考的同时，他们也同时在培养自己的心智习性；当学生面对困境或者问题时，需要

运用一些智慧的有效行为来协助解决问题，这些心智习性就
有助于他们理性解决问题，体现优质思考的特质。

（三）通过教学模式的转变培养学生学习的自主性

传统课堂教学以教师为中心，学生的学习是被动的，课
堂的教学活动往往欠缺与文本、与教师以及学生与学生之间
的交流与互动。批判性教学则强调以学生为中心，关注学生
的发展，强调学生的自主性，关注学生在过程中建构知识，
与传统式的课堂教学有很大的不同。维高斯基认为批判性思
考教学视学生为教学活动的主角，教师的任务在于引导和确
立此活动的进行（Vygotsky, 1991）。教育家陶行知说过：
"先生的责任不在教，而在教学生学。教的法子必须根据学
的法子"。新加坡中学华文课程标准（2011）也提出"培养
自主学习，拓展华文空间"的理念：中学华文课程应倡导自
主、合作、探究的学习方式。学生是学习的主体，学习者要
对自己的学习负责。教师则是学习的引导者。教师应组织和
引导学生在实践中学习，加强学生之间的互动与合作，培养
学生积极、自主的学习精神。

四　教学设计

实践学校选择中二快捷高级华文以及中三华文课程的班

级进行教学实践。考虑到学生的认知不同，起跑点也不一样，保罗思维模式中列有的八大思维元素按阶段在课堂活动中出现。作为开始，教师选择四到六个元素，多次在课堂活动中让学生依据这些元素进行思考和讨论。在学生熟悉使用这些元素思考和讨论后，教师再依序逐渐增加元素，让学生进一步掌握这些元素在不同活动中的运用。教师选择有意义的课题，让学生在思考教师提出的课题时，聆听别人的观点，分析问题、寻找和整合证据，并进行推断，最后得出自己的结论。教师在布置活动任务时，可以要求程度比较好的学生使用比较多的元素进行思考与讨论。整个思考的过程的意义在于按照思考元素、逐步理出一个逻辑思路。这种思维训练必须持之以恒，以期达到理想的教学成果。

（一）教学设计一：写周记

一般周记以记叙事件、抒发个人情感为主，少有议论性质的随笔文章。在写作教学里，学生经常面对的问题就是写得不够深入，或者更准确地说，无法写得深入。学生在写作时经常会出现一种情况，那就是一件事还未写完或者交待清楚，就转写另一件事，没有时间比较深入地分析问题。这种写写跳跳的现象显示学生的思考过程不够深入。

作为培养学生批判性思维的其中一个教学策略，就是将记叙文随笔改为议论性质随笔。让学生学习观察周围事物，

并时时有意识地提醒自己要进行思考，有意识地训练并运用
自己的思考步骤。因为是随笔性质，字数要求不需要太多，
学生在书写时就不会面对字数不达标的压力，而是按照教师
提供的一些问题，逐步思考和回应。周记的课题要能激发学
生关心社会问题，教师可以让学生在班上与同学分享他在周
记中对某个课题的想法，并布置问与答时段，让同学们进行
交流。这是有意识地结合二十一世纪技能培养的需要，通过
社会课题培养学生的社会意识、公民意识。

在议论文体的周记活动里，教师必须提供课题提示。对
于后进生来说，教师提供的鹰架非常重要。问题式的提示比
陈述式的提示更能激发学生的写作。例如："令你烦恼的所
有事情"，范围很广，学生可以天马行空地写。如果修改
为："我们每天的生活都充满压力，如果你是年轻人，压力
更大。为什么一些年轻人所面对的烦恼远比老年人或者成人
更多？你能举一举你最近在生活上所面对的问题吗？你如何
解决这些问题？这些问题还能有其他解决方法吗？如果有，
你认为应该如何解决？"。这里主要是探讨学生思考问题的
能力，要求学生逐步思考所有相关的问题以及问题与问题之
间的联系，培养他们思考解决问题的能力。

其他与青少年相关的课题，例如："心目中的偶像"、
"最喜爱的电影"或者"最喜欢的音乐"等都是很好的训练
题材。与其写下"我的偶像"，可以将题目改为："你有喜

欢的偶像吗？这个偶像有什么特质？你认为他为什么会有这些特质？你怎么知道你的偶像就真如你想象中的一样？那些不喜欢他的人会有什么不同的看法？为什么他们会这么想？你如何知道是你对还是那些不喜欢你的偶像的那些人才是对的？你认为你的偶像有没有有哪一些行为是不对、是你不应该模仿的？"这些一系列的问题是希望培养学生从多个角度来分析所看到的表象，可以进行比较有深度的思考，并且在思考问题的过程中，展现一种谦卑的生活态度，学习聆听并尊重别人的观点。一天写一点，积少成多，以后整合曾经写过的周记就可以成为有深度的议论文章了。

（二）教学设计二：阅读

教师选择一篇适合中二高华／中三华文学生阅读的文章，例如：报章的一则报道《掀起一场快乐革命》。可让学生按照文章内容，分组进行讨论。这个活动的目的主要是让学生熟悉模式中各个元素的内容，并依据这些元素进行有系统的思考。

文中大意是四名受访大专年轻人对新加坡年轻人所作的调查结果，显示年轻人不快乐。这几名年轻人进行一场《快乐革命》的活动，积极推广只要改变观念与作法，就可以让自己感受快乐。

	批判性思维元素		检视
1	目的 (Purpose)	希望传达年轻人可以快乐起来的意识。	这个目的是不是有意义的？要时时检查自己的目的。
2	问题／课题 (Issues)	年轻人不知道如何使自己快乐。	所有的推论都是为了解决问题，可把问题细分为几个小问题。
3	观点 (Points of View)	现代人生活压力大，无论怎么做都无法快乐起来。年轻人一踏进职场，需要时间调整心态，如果没有很好的心理建设，就会很不快乐。 另一观点是：要快乐，只有改变社会、改变生活的节奏才行，但是社会和生活的节奏，却是无法无法改变的。	确认自己的观点，并找出其他观点。确保自己在评估这些观点时公平合理。
4	假设 (Assumption)	假设年轻人不知道如何使自己快乐的方法。 假设年轻人只要知道方法就会快乐。	思考自己的假设是否合理？ 思考自己的假设会如何影响自己的观点。
5	信息：证据／数据等	针对新加坡人的社会调查、针对大学生为	寻找证据以及持相反观点的证据，确保自

	批判性思维元素		检视
	(Evidence/Data)	对象的调查报告、网站浏览人数、网站点击率、面簿上的"赞"、网上的留言、校园摆摊的留言等（文中的大学生设立网站并到校园摆摊进行调查）。	己有足够的理由和证据支持自己的观点。这些证据必须清楚、合理并适用于这些观点。
6	概念 (Concepts/Idea)	现代人与年轻人快乐的概念。	确认这是文中要表达的概念吗？
7	解释与推论 (Inferences)	年轻人如果不在进入职场时就开始改变自己的心态，凡事积极、正面地去看，就会一辈子不快乐。	确认自己的推断是否达致结论，检查自己的假设是否会达致这个推断。
8	结果与意义 (Consequences and Implications)	年轻人如果开始踏入社会时对人对事没有保持乐观的心态，将导致自己在生活上很不快乐。 年轻一代的心理健康是不是我们社会应该关注的？如何帮助我们的年轻人找到快乐，这又是谁的责任呢？这是值得我们思	找出正面与负面的影响，考虑所有的结果。

批判性思维元素		检视
	考的。 年轻人如果一开始就保持乐观的看法，积极面对人生，那就会对未来抱持希望。 我们就会有乐观快乐的年轻一代。	

（三）教学设计三：时事／社会课题的讨论

1	科目	中学华文
2	年级	中二高级华文／中三华文
3	先备知识	在上一堂课中已经基本掌握保罗思维模式的元素
4	课题	《新加坡人的公共交通礼仪》、《新加坡人的环保精神》、《新加坡服务业的水平与素质》
5	课时	210-230分钟
6	教材	社会课题录像、报章剪报
7	资源	教师提供可让学生讨论的词汇（例如：公共交通工具、礼仪、文化素养、文明精神等）。水平较好的班级可以不提供讨论词汇，学生有需要时，教师才给予帮助
8	教具	白板、电脑
9	学习目标	让学生学会使用保罗思维模式中的元素思考，以探讨新加坡的一些社会课题：新加坡人的社会礼仪、

		新加坡人的环保精神以及新加坡服务业的水平与素质
10	评估方式	口头提问 完成活动纸上所设计的问题 教师点评 学生自评 同侪互评

时间	教学活动	活动内容
210-230 分钟，视学生学习情况而定。	教学流程：通过三个步骤（教学三部曲）循序渐进，让学生逐步理解保罗思维模式元素的用法，并进一步巩固与加强。	
5 分钟	引起动机	教师提问：同学们，你们认为新加坡人有礼貌吗？你们是否曾在公共场所遇过不愉快的事件？你是否也曾遇过让你印象深刻、让你感动的人或事？
50 分钟	三部曲之一 学习使用保罗斯维模式元素思考 观看短片一 教师通过提问引导学生观察社会现象并思考社会问题	教师说明：同学们，我们已经介绍过（上一堂课）保罗模式，现在，让我们积极主动利用这个模式来分析我们所看到的新闻片段，看看如何用保罗模式把问题分析得更加透彻、更深入。 《新加坡人的公共交通礼仪》 短片中展示地铁站内的上下电梯、进出车厢以及搭乘其他公共交通时国人所展现的行为表现。主持人将国人搭乘不同

时间	教学活动	活动内容
		公共交通工具时的行为进行比较，说明新加坡人缺乏礼让精神。 教师提问：在这段片子中，我们是否发现了有待解决的问题？（国人搭乘公共交通时的行为表现很不优雅。） 教师提问：我们可以从什么地方，什么角度来思考和推断呢？（从公众角度、外国游客以及主持人。） 教师提问：我们可以提出什么假设呢？ 假设1：我们新加坡人为什么会在公共场所你争我挤，丝毫不注重礼让精神？ （我们新加坡人会在公共交通场所你争我挤，丝毫不注重礼让精神，是因为我们不注重礼仪的培养。） 假设2：如果我们不注重礼仪的培养，我们会成为一个怎么样的社会？（我们会成为一个没有文化素养的社会。） 假设三：将三个国家的情况作一比较，如果我们虚心向其他国家学习的话，我们的社会与国民会有什么转变？ （我们学习其他国家的社会礼仪，国人就会比较具有文明精神。）

时间	教学活动	活动内容
15 分钟	三部曲之二 练习使用保罗斯维模式元素思考 观看短片二及三	同学们，我们先来观看第二个和第三个片段《新加坡人的环保精神》。 这个部分播放主持人在两个地方进行测试的片段。一是在街头了解国人对垃圾分类的概念。测试结果是国人对垃圾分类意识一知半解。另一是在超市，测试国人使用环保袋的习惯。测试结果是国人不常使用环保袋，与韩国比较，环保袋的设计和推广方式也有很大的不同。
10 分钟	活动： 教师说明	教师说明：同学们，请按照上一堂课我们所讨论的方式，进行小组讨论。请按照保罗思维模式中的元素思考：这两个片段主要说明什么？这个节目希望探讨什么课题？探讨这个课题的主要目的是什么？节目从谁的角度进行分析、提出哪些假设？节目采用哪些证据证明它的观点，做出什么推论？结果与影响又有哪些？
50 分钟	学生分组讨论	教师在小组讨论时逐步引导学生。 在学生结束讨论时，请各组学生汇报讨论结果。 思考内容： 1. 今次探讨的课题是：国人的环保精神。 2. 探讨这个课题的目的是：找出提高国人环保意识的办法。 3. 概念：环保观念

时间	教学活动	活动内容
		4. 假设： • 国人缺乏环保精神，没有使用环保袋的习惯，也缺乏把垃圾分类的习惯。 • 通过媒体的宣传以及其他推广的办法，可以培养国人的环保精神。 5. 这个节目的观点：国人的环保意识不足，有必要加强。 6. 信息（证据／数据等）： • 通过街头测试结果说明新加坡人没有使用环保袋以及把垃圾分类的习惯，证明国人环保观念不强。 • 把三地居民在日常生活中表现出来的环保行为作比较，说明国人的环保意识不强。 7. 解释和推理：教育国人把垃圾分类以及鼓励国人使用环保袋、通过媒体宣传以及其他推广的办法等，国人的环保行为是可以培养的。 8. 结果与意义： • 如果国人欠缺环保精神，就会造成资源的浪费。 • 如果国人欠缺环保精神，会使新加坡人形象受损。 • 国人的环保意识是可以通过民众教育培养的。

时间	教学活动	活动内容
15分钟	三部曲之三 复习与巩固保罗思维模式之使用	教师播放片段四： 《新加坡服务业的水平与素质》 服装品牌店销售服务：片中把新加坡销售员服务水平和态度与日本以及台湾的进行比较。 教师说明： 同学们，你们经过先前的练习，现在对保罗思维模式应该比较熟悉了。请在看完短片之后先自己独立思考一番，然后再回去小组讨论，并完成活动纸上的问题。要抓紧问题的关键，再按思维元素逐一思考。
50分钟	学生讨论，完成活动纸上按各个思维元素设计的问题	思考内容： 1. 今次探讨的课题是：新加坡的服务业表现如何？ 2. 探讨这个课题的目的是：证明我国服务业素质有待提高。 3. 假设： 国人缺乏竞争意识，不在意自己的服务水平。 4. 这个节目的观点：认为我国服务水平必须提高。 5. 信息（证据／数据等）： 通过观察我国服装品牌销售员的服务态度以及比较日本和台湾的服务水平，说明我国服务水平远不及日本和台湾。

		6. 概念：服务业的竞争力。 7. 解释和推理：只有提高服务水平，才能加强我国的竞争力。 8. 结果和意义： 　如果国人缺乏竞争意识，服务水平不高，将会影响我国的旅游业。 学生讨论后进行小组分享。
10 分钟	学习评估	教师点评：在每一堂课后，教师会点评学生在讨论时是否积极参与讨论以及所讨论的内容是否切题。 学生个人自评：学生反思自己是否按照保罗思维模式元素进行思考。 学生互评：学生在小组内互相检查，有否按照元素思考。偶有学生跑题，要及时拉回。

五　反思与建议

1. 教学上的困难：实践学校教师都认同培养学生的批评性思维能力是非常重要与迫切的，但是他们却也担心批评性思维教学会占据太多的教学时间，影响教学进度。同时，教师也担心教学难度太大，就学生能力来说，不容易消化与掌握，这将导致课堂教学效益有限。因此，要展开批判性思维方面的训练，必须让教师看到批评性思维的作用以及对学生的帮助。在教学上，需要按部就班，先选择比较少的元素，等学生掌握其中的一些元素后，再逐步增加至所有八个元素。

2. 教师能力的培养：教师本身需要掌握并熟于运用批判性思维能力，因此对实践学校来说，如何把教师已经具有的批判性思维能力转化为教学能力，是一项迫切的挑战。尽管实践学校通过教师专业学习社群小组让教师进行集体讨论、集体备课、集体观课、反思讨论之后调整教学内容，再进入课堂教学，教师还是需要更多的时间熟悉并掌握保罗思维模式的各种元素。教师可以继续通过专业学习社群小组深化集体的讨论与备课，并进一步探讨如何内化对保罗模式的认识，例如：教师平时在生活中也有意识地使用这些元素，增强自己对这个模式的理解与运用，这样在课堂上才能比较熟练地进行教学。

3. 跨学科能力的培养：批判性思维的培养极富挑战性，因为这既有赖于"计划性的训练"，同时需要经过数年的积累与发展，绝非数周或数月即可以一蹴而就的（理查德·保罗，40）。批判性思维能力的培养可以在语文科方面开始，并进一步推展到其他科目。跨学科能力的培养，让学生的思辩能力在不同学科中得到巩固与发展，提升学生思考的品质，最终形成一种终身技能，无论在学习上、在职场上或者在生活中，都可以有所发挥。当学生毕业成长，在生活中面对人生问题或者在事业上面对工作问题时，都有一套思维方式，使他们具备面对问题、分析问题和解决问题的能力。学校如果能把培养学生批判性思维作为校本课程的一大特色，那就可以通过各科规划培养学生批判性思维的学习与活动，学生可以通过练习与巩固，实实在在培养扎实的批判思维能力。

六 总结

在新加坡教育部规划的二十一世纪教育成果中，批判性思维能力是新一代学生不可或缺的重要思考技能之一。传统的教学，往往使用以教师为中心的模式，并且非常强调学科知识的学习。语言学习的目的之一也兼具发展学生的思维能力，我国教育部在二○○九年颁布《21 世纪教育学习技能》的教育成果与指标时，就特别强调我们的教学模式应该在传授学科知识以及灌输正确价值观和技能培养之间，取得良好的平衡，因此，教师必须秉持坚定的信念，除了灌输学生语文知识之外，也要有意识地通过显性教学，加强学生思维能力方面的培养。

参考文献

一　書籍

Richard Paul, Linda Elder 著　侯玉波译　《批评性思维工具》　北京　机械工业出版社　2013 年

Stella Cottrell 著　郑淑芬译　《批判性思考：跳脱惯性的思考模式》　台北　寂天文化事业公司　2005 年

Vincent Ryan Ruggiero 著　金盛华译　《思考的艺术》　北京　机械工业出版社　2013 年

李子建主编　《校本课程发展、教师发展与伙伴协作》　北京　教育科学出版社　2010 年

新加坡教育部课程规划与发展司　《中学华文课程标准》　新加坡　新加坡教育部　2011 年

二　期刊論文

尹国杰　〈批评性教学在新加坡〉　《外国中小学教育》　第一期　2003 年

Richard DuFour.(2008). Revisiting Professional Learning Communities at Work, New Insights for Improving

Schools.Indiana: Solution Tree Press.

Vygotskey, Lev.S. (1962, 1991).　Thought and Language/ Thinking and Speech. Cambridge Spacingssachutesetts: The MIT Press. (new edition).

Ministry of Education (2010).Nurturing Our Young for the Future: Competencies for the 21st Century.Singapore.

批判性思考迷你指南（2006），Critical Thinking Foundation
　　　网站：http://www.criticalthinking.org/pages/resources -in-chinese/654

Linda Elba (2013). Analytic Thinking Sample Booklet
　　　网站：http://www.criticalthinking.org/store/products/ analytic-thinking/171

新理念，新设计
——电影教学配套设计与教学

洪瑞春

提 要

华文在新加坡是第二语文，新课程，新目标强调的是加强学生的语文应用能力、配合"个性化"教育、发展学生的潜能和促进学生的思维能力发展等，进而协助学生掌握二十一世纪所需要的技能。[1]传统的电影教学，常只是"灌输"式的教学模式，大都以教师为主导，在学生观看影片后，由老师分析影片的内容、主题、拍摄特点等，偶尔只让学生发表个人的意见或感受，一般也只集中在影片内容讨论。传统的教学方式固然有其价值，但是对促进达致新课程的目标效果不大。本人认为根据建构主义学习理念设计电影教学配套，让师生、生生在互动中学习，将有助于达致新时代、新教育目标要求的学习效益。在论文中，本人重点分享三方面：1.电影教学配套设计理念与框架，2.应用电影教学配套的教学策略，3.评估方式。

关键词：电影、电影教学、教学配套、建构主义、教学策略

---

1 新加坡教育部课程规划与发展司：《2012大学先修班华文课程标准》（新加坡：新加坡教育部，2011年），页3-5。

一 概述

　　华文在新加坡是第二语文，学生渐失语文学习与应用的大小环境，导致词汇贫乏、理解能力不足、口语表达和交际能力差等问题。本人选择的教学对象是高中学生，学生基本上已具备华语会话能力，但是进行话题讨论与表达个人意见时，也常出现口语与书写上的困难。本人希望通过应用建构主义学习理念设计电影教学配套，结合适当的教学策略与评估方式加强学生的学习效益。本人选择电影制作教学配套主要是因为高中的课程改革将电影欣赏列入选修单元[2]，加上电影是人类精神文化的浓缩，具有强大的艺术感染力和社会影响力。电影教学能为学生营造多感官刺激的输入环境，激发学生的学习兴趣和学习动机，同时活跃课堂气氛和调节学生的学习情绪。因此，为了激发学生的学习兴趣，教师应该选择贴近学生生活或学生感兴趣的影片作为辅助教学工具，以紧抓学生的注意力，让学生沉浸在电影的故事和情节中，通过情境、形象、直观和语言等激发学生的学习热情，让课堂教学更加充实、活泼。

　　传统的电影教学设计常是"灌输"或"单向"的教学模

2　见自高中 H1 华文课程框架，新加坡教育部课程规划与发展司：《2012 大学先修班华文课程标准》（新加坡：新加坡教育部，2011 年），页 10。

式，老师是主导，学生常只是听众或观众。老师通常先让学生观看影片，然后讲述或评论影片的内容、主题、拍摄手法等；偶尔只让学生回答问题，谈看法或感受。课后，学生的主要任务常是按规定写观后感或作文，鲜少有交流、讨论或探索。传统的教学方式对加强学生的语文应用能力与促进学生自我语文能力的形成助益不大，更遑论配合"个性化"教育、发展学生的潜能和促进思维能力发展与协助学生掌握二十一世纪所需要的技能。建构主义认为："学习包括意义建构的社会化过程和个性化过程。"[3] 因此，本人尝试以新理念、新设计进行电影教学设计，引导学生赏析影片，并让学生在我们提供的设计平台上进行交流、探索与建构，从而促进自我意识与语文能力的培养。

二 电影教学配套设计理念与框架

（一）设计理念

二十世纪六〇年代初，瑞士儿童心理学家皮亚杰在吸收了维果斯基的历史文化心理学理论，奥斯贝尔的意义学习理论以及布鲁纳的发现学习理论等基础上提出了建构主义理

---

3 George W. 等著，宋玲译：《建构主义学习设计》Constructivist Learning Design （北京：中国轻工业出版社，2008 年），页 3。

论，对传统的教学观提出了挑战。皮亚杰认为"学生会积极
地建构他们自己的知识；教师不能只是把知识传递给学生。
个体学生会把学校期望他们学习的内容与他们自己的经验联
系起来，而且会有意识地参与知识的文化建构。他们会为自
己创建个人意义，会在同伴小组中讨论社会意义，会在班上
与其他学生选定分享意义，然后再与教师一起考虑他们的思
维活动和学习的同时，反思标准的意义。"[4] "建构主义学
习理论认为，学习是获取知识的过程。知识不是通过教师传
授的，而是学习者在一定的经济社会文化背景下，借助其他
人的帮助，利用必要的学习资料，通过意义建构的方式获
得。获得知识的多少取决于学习者根据自身经验去构建有关
知识的意义的能力，而不取决于学习者记忆和背诵教师讲授
内容的能力。"[5]。建构主义认为"学习是一个发生在个体
心里的内在的过程"，"必不可少的学习过程是当一个人的
思维受到挑战时所发生似的认知冲突和反映。"[6]因此，
"教师通过创设刺激学生去满足他们学习需要的真实语言情

4　George W. 等著，宋玲译：《建构主义学习设计》Constructivist Learning Design，
　　页 px。

5　何克抗：〈建构主义——革新传统教学的理论基础〉，《教育传播与技术》，1998
　　年，见周艳阳：《建构主义理论指导下的语文教学设计》（石家庄：河北师范
　　大学硕士学位论文，2005 年），页 14。

6　张奇等译：《学习与教学——从理论到实践》（第五版），Margaret E. Gredler,
　　Learning and Instruction –Theory into Practice (Fifth Edition)（北京：中国轻工业
　　出版社，2007 年），页 73。

境，而成为学习的促进者。"[7]

建构主义学习理论强调四大要素：一、以学生为中心，学生是信息加工的主体，知识意义的主动建构者，教师只是帮助学生主动建构意义的帮助者与促进者。二、"情境"，在学生构建意义的过程中起着重要作用，尤其强调真实情景的必要性，认为学习者只有在真实的社会文化背景下，借助于社会性交互作用，利用必要的学习资源，才能积极有效的建构知识，重组原有知识结构。三、"协作学习"，它对知识意义的建构起着关键性的作用，强调学生之间，师生之间的协作交流及学生和教学内容与教学媒体之间的相互作用。四、学习环境设计，认为学习过程中，教师要为学习者提供各种资源，鼓励学习者主动探索并完成意义建构，以达到自己的学习目标。因此，本人根据建构主义学习环境强调的四大要素——"情境"、"协商"、"会话"和"意义建构"设计教学配套与选择教学策略，让老师成为课堂教学的设计者与引导者，让学生在师生与生生互动过程中建构自己的意义，促进学生自我语文能力与相关技能的培养。

（二）设计框架

设计框架从整体概念到个别情境共分成以下三个进阶过程：

7　同上，页76。

1 电影赏析的基本知识与技能培养

　　传统教学，教师通常是随机、随意的，或直接选择观看影片和讲解影片；通常不会系统性的传授赏析影片的相关知识与技能，以致学生无法有系统的、逐步的掌握与应用相关的知识与技能加强对影片的理解与赏析。这类教学方式导致学生只有个别影片的认知，无法从体系、根本、或运用知识、技能、理据等赏析影片，以致"见树不见林"，甚而以为"见树即见林"。因此，在进行电影教学前，本人认为应该先就电影语言、修辞手法、镜头运用、叙事方式、情境构建等几方面进行简要介绍，然后引导学生进行探索，以具体掌握赏析电影的相关知识与技能。具体操作过程以电影语言教学为例说明如下，见图一：

电影语言	天然语言	对话、独白、旁白、字幕等	天然语言与非天然语言之间的关联与作用探讨。
	非天然语言	画面、镜头、声音、色彩、节奏、叙述方式蒙太奇等	

教师针对以上各项通过选取适当的片段进行引导，让学生在基本认知中进行探索，以掌握电影语言的基本赏析概念与技能。

图一　电影语言教学框架设计[8]

8　教学设计参考自周斌：〈论电影语言与电影修辞〉，《修辞学习》2004 年第 1 期（总 122 期），页 20-21。

通过以上框架，有助于学生具体的、系统的掌握电影语言与积淀赏析影片的相关知识与技能。这也是学生自我赏析能力培养与个人素养积淀的根本。

2 影片赏析基本框架建构与电影赏析整体能力培养

学生掌握基本的影片赏析概念与技能后，我们可以选择一部学生较能了解，较有兴趣的影片，进行第二阶段的教学设计，目的是让学生对一部影片的整体构建有一个完整的认识；同时又能应用先前学习的知识与技能去认识与赏析影片。设计请看图二：

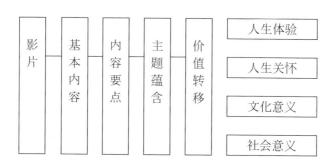

图二　影片赏析基本框架建构

为了让学生对影片有整体的概念，学生观看影片后，教师可以按以上过程通过提问、小组讨论等师生或生生互动方式，让学生表达自己对整体影片或个别细项的感悟。这个阶段的教学设计，也可以借用科拉霍尔（D. R. Krathwohl）等人开拓自布鲁姆教授（B. S. Bloom）的"认知分类层次发展理论"（A Taxonomy for Learning）引导学生从表层的理解，深化到分析、评价与创造。协助学生逐步的从影片的基本内容到人生体验与社会意义等建构意义，形成赏析的整体概念。即，"见树见林"或"拥树不离林"的概念。学生基本掌握了赏析影片的整体概念后，可以进行下一个层次活动。即，引入先前学习的电影语言、修辞手法、镜头运用、叙事方式、情境构建等，让学生进一步进行学习转移。比如，选择从拍摄手法、音乐、色彩应用、电脑特效、语言或叙事方式等去解读内容要点、主题蕴含、人物刻画或社会意义等。

3 "情境"设计与自我赏析能力建构

建构主义强调："教师不再是教学活动中惟一的主角，甚而转型成辅助者、教学环境的设计者、教学气氛的维持者、教材的提供者。"[9]完成以上两个步骤的教学后，往后的电影教学为了配合课时、学习目标、学生的能力与兴趣等客观条件，可以选择"情境"设计策略进行"针对性"或"个性化"的教学。在进行"情境"设计时，必须注意以下三个关键问题[10]：1. 目的：您为什么要让学生参与这个学习

9　李引萍：《试论语文教学的建构主义理论与实践》（上海：上海师范大学硕士学位论文，2003 年），页 9。

10　George W. 等著，宋玲译：《建构主义学习设计》Constructivist Learning Design（北京：中国轻工业出版社，2008 年），页 28。

情节？2.主题：您想让学生学习的中心内容是什么？3.评估：您会怎样评估学生的学习？

现以影片《阿凡达》为例，针对"情境"教学设计分享几个概念。

（1）《阿凡达》的"潘朵拉"意识探讨

可以为学生提供样板，通过引导或让学生通过协商丰富对"潘朵拉"的具体认识，如图三所示：

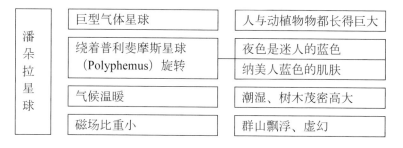

图三　潘朵拉星球思维图

（2）针对"对比"手法的应用设计情境

在《阿凡达》影片中，对比手法的应用是最为普遍的，可以通过以下设计让学生进行意义建构。

2.1 生存空间的对比

先提供两个相对的片段，如：

片段一 影片开头，人类在太空仓局促、封闭的情境	对比	片段二 潘多拉星球自然广阔、开放的环境

要求学生：

- 针对以上情境进行解读，建构意义

- 要求学生针对"生存空间的对比"进一步协商，探讨是否还有其他相关的对比镜头或片段

- 探讨这一组对比片段给予的体验或感受

- 如有需要，教师可以按情况给予暗示或引导，如：

  封闭情境的例子有：

• 人类处在太空仓中，铜墙铁壁，防备严密，长期困在拥挤、高科技仪器密集的室内。

• 室内狭窄的人行过道、用水杯模拟的高尔夫球道。

• 人的精神与灵魂困顿在狭窄的空间与私欲中。

广阔情境的例子有：

• 潘朵拉外星球恍若仙境，有透明的蒲公英、水母一样的精灵树；有水晶般晶莹剔透的灵魂树；有迷人的瀑布、像含羞草一样开合自如的花朵、高耸入云的大树和悬在半空的山石。

• 杰克用头发上的神经驾驭着像翼龙一样的巨大飞鸟在空中

自由自在的飞翔，带领我们观看潘朵拉迷人的景观。

2.2 对待生命价值的对比

先提供两个相对的片段，如：

片段一 人类践踏生命的轻蔑态度	对比	片段二 纳镁人尊重热爱生命的态度

要求学生：

- 活动设计与教学过程同 2.1
- 如有需要，教师可以按情况给予暗示或引导，如：

人类践踏生命的轻蔑态度的例子有：

- 杰克的哥哥汤米因被误解而遭射杀，尸体被草草火化
- 汤米的死，相关人员不但没有哀恸神情，甚至还认为他是一个没有价值的科研人员；他们在火化炉旁，兴致勃勃地和杰克谈论接任工作和酬劳，一副漠视生命，冷漠、可怕的嘴脸。
- 将军下令轰炸潘朵拉星球，以无坚不摧的军事武器摧残潘朵拉仙境和残杀纳镁人的可怕情境。

纳镁人尊重热爱生命的态度：

- 纳镁（NA'VI）美女为了为了找寻食物，不得已猎杀动物，她伤心地抚摸刚被射杀的猎物，口中不断念着安抚猎物灵魂安息的咒语，祈求猎物的灵魂回到守护神"伊娃"（Eywa）身边，表现出她对生命与灵魂的敬重。

- 杰克受到纳镁女的感染，捕杀猎物后也为猎物念安息咒
  语，感受了敬重生命与生存的意义。

- 在潘多拉星球上，为了拯救危在旦夕的女科学家，纳美
  人在祭祀师的带领下，用辫子与他们的女神"伊娃"沟
  通，进行举行盛大的祈祷。

2.3 在《阿》影片中，可以应用"对比"进行设计的还
有：环境色彩对比：沉郁的黯淡色调对比绚丽的奇异光彩；
活动范畴对比：局促的寸步难行对比自由的快速奔腾；价值
取向对比：狭隘的功利主义对比豁达无私的精神；两性对立
对比：男性的强权霸道对比女性的宽仁豁达等。

（3）"象征"

"象征"，即把特定的意义寄托在所描写的事物上，表
达了某种特定的情感，增强了影片的表现力。在《阿》影片
中，我们也可以应用以上的设计概念针对"象征"的应用设
计情境，让学生进行意义建构。

《阿》的象征手法主要体现在以下几方面，如有需要，
教师可以提供适当的暗示或引导。

- 繁衍之树（Home tree），这是棵令人震撼的参天古树，
  在纳美人心中是神圣不可侵犯的圣树，是精神与灵魂的
  象征；树的底部正好是令地球人垂涎的珍贵的
  Unobtnium 矿床，因此这棵圣树就成了地球人为了开

采矿产必须摧毁的障碍，古树也因此象征了精神信仰与私欲贪婪冲突的象征。

- 灵魂树，是纳镁人精神与灵魂归属和向往和谐、安乐的象征。

- "阿凡达"源自双腿残疾的海军陆战队员，象征肢体的残疾远不如精神的残疾来得可怕。

- 虚构的"潘多拉"的环境与纳美人的生活信念象征地球人精神世界与美好价值观的丧失。

- 纳镁人与阿凡达骑着飞龙快乐、自由的翱翔，象征精神与灵魂的释放与对和谐世界的向往。

（4）比喻

"比喻"，即形象生动、简洁凝练地描绘事物，借此讲解道理。在《阿》中，我们也可以应用以上的设计概念设计情境，让学生针对"比喻"进行意义建构。

《阿》的比喻手法主要体现在以下几方面，如有需要，教师可以提供适当的暗示或引导。

- 巨大无比的树木：影片有意的以很夸张的手法描绘树木，让树木巨大得令人震撼不已，其实这是编导想借巨大无比的树木制造"震撼"效果；也借此比喻自然界的伟大、壮观；并借自然的伟大、壮观对比人类的渺小。暗喻，人类怎么能为了小小私欲肆意摧残伟大、壮观的自然？

- 战机发炮摧残潘朵拉环境的可怕情境，表面上展示的是强大、无坚不摧的军事力量；其实，是编导借此比喻人性贪婪、可怕与残酷；令人发指的军事行动其实是人心、人性残酷的表征。

三　应用电影教学配套教学的策略选择与应用

　　"教师的作用在于发展一个适合于每个学生检验观念方式的模型，创设挑战学生思维方式的情境，并帮助学生检查他们当前思维方式的一致性。"[11]目的是："将学习重点从正确地复制教师所说的话和所做的动作，转移到学生通过自己的经验成功地组织知识。"[12]因此，教学策略应该遵循建构主义强调的"协商和会话"、教学目标与学生的程度等做灵活调整。策略应用举例说明如下：

　　策略一、采用建构主义学习设计（CLD-- Constructivist Learning Design）策略

---

11 Confrey, 1985, 见自张奇等译：《学习与教学——从理论到实践》（第五版），Margaret E. Gredler, Learning and Instruction –Theory into Practice (Fifth Edition)（北京：中国轻工业出版社，2007年），页73。

12 冯·格拉塞菲尔德, 1987, 1995, 见自张奇等译：《学习与教学——从理论到实践》（第五版），Margaret E. Gredler, Learning and Instruction –Theory into Practice (Fifth Edition)（北京：中国轻工业出版社，2007年），页73。

CDL 的框架以三个关键问题为基础：[13]

1. 您的学生想学什么？

2. 您的学生目前在他们的学习中处于什么样的位置？

3. 学生将如何了解人们期待他们学会什么？

CDL 架构学习包括以下六大元素：[14]

1. 创设情景：为学生学习描述相应的目的，确定一个学习主题，并选择相应的评估体系。

2. 组织小组：将学生、资料和设备系统化，促进意义的生成。

3. 建立联系：通过描述学生的发展水平、社会经济环境和文化背景，在学生的已有知识与他们期待学习的知识之间搭建一座桥梁，揭示它们的前概念，并建立与实际生活的联系。

4. 精心构思一项任务：让学生在参与任务的同时，解决那些他们自己预先提出的疑问，并仔细考虑学生对这些问题的回答，确保他们会持续思考。此外，在构思任务期间，还要通过设定社会意义来描述学生是如何展开学习的。

5. 筹备一次展示会，让学生展示与介绍成果，以及说明他们如何确定与建构社会意义。

---

13 George W. 等著，宋玲译：《建构主义学习设计》Constructivist Learning Design （北京：中国轻工业出版社，2008 年），页 2。

14 同上，页 5-6。

6. 鼓励反思：鼓励学生通过情感体验等反思他们在学习情
   节中的思考过程。

CDL 模式样板设计请参见图四。

水平：	
学科：	
标题：	
设计者：	
情境	
小组	
桥梁	
任务	
展示	
反思	

图四　CDL 模式样板

我们可以采用或参考 CDL 模式的框架，让缺乏整体思
考习惯或不具备具体思考技能的学生按此样板培养习惯与能
力。比如让学生针对影片选择按自己想学的、明白自己所处
的位置做出发，然后提升至"人们期待他们学会什么"，以
丰富和增进学习效益。

策略二、结合差异教学理念

可以考虑应用差异学习理念，根据学生的能力与兴趣因
材施教。比如对慢生而言，先让学生专注在电影的内容；程

度较好的，专注在主题、蕴含或个别修辞手法的探讨；程度最好的，要求进行自然语言与非自然语言等相关联的意义建构。此策略的采用，是为了符合"建构主义的教师在不同观念水平上为学生创设个性化意义的情境。"[15]与"让学生在课堂活动中建构自己的意义。"[16]

策略三、结合合作学习理念

二十世纪七〇年代，美国兴起的新教学理论"合作学习"（Cooperative learning）认为通过"合作学习"可以满足学生的心理需求，促进学生的情感发展，让有不同特点的学生相互帮助，更能调动慢生的学习积极性，促进全体学生共同发展。[17]杰克布斯（George M. Jacobs）认为："合作学习是帮助学生最有效地协同努力的原理和方法。"、约翰逊（Johnson）认为："合作学习是在教学中采用小组的方式以使学生之间能协同努力，充分发挥自身及其同伴的学习优势。"我们可以应用以上设计的框架，通过指定学习目标或让学生自由选项，结合合作学习概念增强学生的学习效益。

策略四、为特定群体设定学习目标

今日，许多高中生的口语表达能力不足，尤其是对指定

---

15 张奇等译：《学习与教学——从理论到实践》（第五版），Margaret E. Gredler, Learning and Instruction –Theory into Practice (Fifth Edition)（北京：中国轻工业出版社，2007 年），页 75。

16 Jacqueline Grennon Brooks, Martin G. Brooks 著，范玮译：《建构主义课堂教学案例》（北京：中国轻工业出版社，2005 年），页 5。

17 马兰：《合作学习》（北京：高等教育出版社，2005 年），页 1。

话题，常难以表达和进行有效的交流。如果，问题是出在语言的组织与表达上，可以考虑选择让学生观看外语影片，如英语配音的《阿》，先确定学生理解影片的内容要点，然后根据选项设计样本让学生应用先备知识进行转码。如有必要，甚至可以提供基本句型让学生参考。由于，学生已经通过自己熟悉的语言观看了影片，在讨论过程中，他们较容易理解协商活动过程中的讨论内容，也比较有信心表达自己的立场，相信这有助于加强学生的语言应用与培养学生的自我语言能力。这就是"儿童在参与对话的同时，也正在逐步建立起一套完整完整的词汇和短语系统，这种建构将一直持续到他们可以用句子表达。"[18]

如果是学生的听力能力较差，则应该选择语音标准、清晰，语速适当，话语内容是学生的知识、生活经验能明白的片段进行教学设计，以加强学生听的能力，然后要求学生在聆听后根据提供的样板进行协商、会话，建构自己或团队的意义。

如果是为了加强学生的书写能力，则应该针对学生的背景与能学能力选择能加强学生感悟的片段进行设计，然后让学生进行协商，最后将结果通过样板记录下来，然后进行改写与扩写等。

---

18 George W. 等著，宋玲译：《建构主义学习设计》，Constructivist Learning Design（北京：中国轻工业出版社，2008 年），页 3。

如果是为了训练学生的分析与评价能力，可以考虑提供对比、象征、比喻等片段，让学生通过协商进行脑力激荡、整合与呈现建构成果。

为了促进学习效益，我们可以为特定群体的学习目标提供样板，如图五：

《阿》的主题意识探讨	保护环境	提供相关片段	以口语或书写呈现建构结果
	尊重生命	提供相关片段	以口语或书写呈现建构结果
	渴望和平	提供相关片段	以口语或书写呈现建构结果

图五　针对特定群体教学设计样板

无论应用以上的哪项策略，在学生建构意义的过程中，教师必须遵循建构主义课堂强调的五项原则：[19]

1. 教师征求并重视学生的意见，即学生的观点是教师设计课程的依据。

2. 课堂活动挑战学生的假设，即富有意义的课堂活动通过证实或观念的转变，来支持或反驳学生的假设。

3. 教师提出不断出现的相关题目，即关联与意义需要学习者自己去发现，让学生以学习者为中心，组织哪些能促

---

19 Jacqueline Grennon Brooks, Martin G. Brooks 著，范玮译：《建构主义课堂教学案例》（北京：中国轻工业出版社，2005 年），页 5。

进个人意义创造的课堂活动。

4. 教师围绕主要原理和重要观点来建构课程，即把缺乏关联的局部整合起来，为学生提供挑战，让学生尽力解答重要问题，并通过自己的调查辨明观点。

5. 教师在日常教学活动中评价学生的学习情况，即将评价与常规活动直接联系起来。

这五个基本原则，为教学提供了基本参考框架，让学生在预设的情境中通过参与活动、合作、互动、激荡、反思、建构等辨识、批判原有信息，甚至提出新观点等。因此，教师必须允许学生为自己的看法进行解说，让学生为自己的看法进行解释和辩护，同时提醒学生细心聆听他人的意见、尽力理解与尊重他人的看法，不论能否接受他人的看法，或接受他人的批判，都应能说明理由，并表示尊重。

建构主义强调"由于重视学生自己的主动建构，所以学生成为教学过程的主角，学生有责任就自己的经验加以诠释并依据自己对经验赋予的意义进行主动建构。因此，教学过程里学生应主动、积极的参与，并就相关经验看法与同学或教师讨论，从而深入反省思索自己原先的知识并建构出新的更恰当的知识。"[20] 同时，"由于肯定同学间互动及师生互动的重要，所以同学的合作学习方式被高度的肯定，教学时

---

20 李引萍：《试论语文教学的建构主义理论与实践》（上海：上海师范大学硕士学位论文，2003 年），页 9。

学生常被要求分成小组来学习，在各小组内学生各自讨论、发表意见、相互检视及论辩，最后达成一些共识，协议是不可免的，也是合作学习的重要特质。在合作学习时学生有义务提出自己观点，并与同学进行合理的沟通，所以民主的素养成了保障沟通进行的重要条件。"[21]相信通过以上策略进行教学设计与实践，"学习者在获取知识的过程中不只是记忆教师提供的信息，而是在建构他们自己对知识的理解。"[22]

　　小结：谨引李引萍论文中的一段话做小结："建构主义作为一种新的学习理论，对学习和教学提出了一系列新的解释，它强调知识并不是对现实世界的绝对正确的表征，不是放之各种情境皆准的教条；学习者不是空着脑袋走进教室的，在以往的生活、学习和交往活动中，他们逐步形成了自己对各种现象的理解和看法；而且，他们具有利用现有知识经验进行推论的智力潜能；相应地，学习不简单是知识由外到内的转移和传递，而是学习者主动地建构自己的知识经验的过程，即通过新经验与原有知识经验的相互作用，来充实、丰富和改造自己的知识经验。"[23]

---

21 李引萍：《试论语文教学的建构主义理论与实践》（上海：上海师范大学硕士学位论文，2003 年），页 10。

22 George W. 等著，宋玲译：《建构主义学习设计》Constructivist Learning Design（北京：中国轻工业出版社，2008 年），页 3。

23 李引萍：〈试论语文教学的建构主义理论与实践〉（上海：上海师范大学硕士学位论文，2003 年），页 30。

四　评估方式

采用建构主义的"协商方式"或"合作学习"理念设计教学时，不能采用或依赖传统的评量方式。因为，在协商与合作过程中，许多有意义的学习或观察无法以传统的问答试卷结果或分数做说明，比如学生的学习动机、合作意识、交流方式、交际能力、沟通技巧、质疑、提问能力等。更何况，"合作学习追求的是不仅会给自己带来好处，同时也会使小组其他成员有所受益。"[24] 可见，协商过程中，组员的态度与贡献等也应该是评估或评价的部分。因此，约翰逊等人针对课堂合作学习的评价提出五条必须遵循的规则，即一、全面评估，全面评价；二、及时评估；三、评估包括对学生的直接指导；四、所有评估评价均使用标准参照方式；五、运用多样化的评估方式。[25]

现以"过程"评估为例说明，教师应当设计一个学生可以据此对学习过程进行评估的程序，就如爱德华·戴明（W. Edward Deming）指出"教师在评估中应该关注学生学习的过程而不是只关注其学习的结果"[26]过程量表的设计样板如

---

24 马兰：《合作学习》（北京：高等教育出版社，2005 年），页 5。
25 马兰：《合作学习》（北京：高等教育出版社，2005 年），页 120。
26 马兰：《合作学习》（北京：高等教育出版社，2005 年），页 121。

图六：

项目	谁在组织、引导、发言	教师评价或小组自我评价
1. 小组如何进行协商或组织学习过程		
2. 发言次数		
3. 能针对话题做有意义的发言		
4. 参与态度		
5. 语言表达能力		
6. 个人贡献		
7. 引导小组能力		
8. 材料收集、准备		
9. 时间分配		
10. 情绪控制		
11. 观点整合能力		
12. 意义建构能力		
13. 团队合作精神		

图六　过程观察记录与评估样板

进行过程评量时由于时间少，要观察的学生与事项多，不可能在同一堂课进行所有项目评估与评价。因此，建议在进行过程评估时，可以参照图六样板做以下选择：

- 每回，针对个别小组只选择观察其中的二至三个小项，选项的标准按各小组的学习目标而定

- 在同一小组，教师可以针对性的告诉个别学生他要观察或评估的是什么，最好限制在一至二项。比如，有学生因口语能力差不善交际，可以清楚告诉学生，在协商过程中，你将观察他的语言表达能力和参与态度，然后给予评估和评价，其余余者类推。

- 在小组中，教师也可以指定个别组员负责某项任务，然后针对性的做客观观察与记录，然后进行讨论、引导思考、反思、发现；或进行公开、公正的评估与评价以营造和谐、积极的学习氛围。

小结：谨引李引萍在论文中说的一段话做小结："随着人们对认知的理解，评量方式转向重视实作及其它可以证明内在认知变化的证据，所谓第四代的评量应运而生。它的基本特点是评量者与被评量者及评量的有关者之间进行协商，并就评量活动的重点、程序及行动的解释与主张以讨论方式决定，因此评量者并非评量的控制者而是协同合作者，换言之评量者与被评量者处于平等的合作关系而不是以往的考核者与被考核者的关系。除了纸笔测验外学生日志、档案、观察与讨论记录、实作结果都是评量可采用的方式。"[27]

---

27 李引萍：《试论语文教学的建构主义理论与实践》（上海：上海师范大学硕士学位论文，2003 年），页 32。

五　小结

"学习的目标是为了使学生实现迁移。……如果学生不能把教师传授的知识和技能有效地运用到以后的学习和实践中去，那么任何学习都应该说是失败的，都没有存在的必要。在学校课堂教学中，教师所追求的、学生所需要的东西不仅仅是在课堂中简单地理解和识记的知识，而是希望这些被学生学习的知识能发挥长期的效果，即能迁移到其他的学习和工作、生活中去。"[28] "学习的最终目的并不是将知识经验储存于头脑中，而是要应用于各种不同的实际情境中。只有通过广泛的迁移，原有知识经验才得以改造，才能够概括化、系统化，使原有的经验结构更为完善、充实，从而广泛、有效地调节个体的活动，解决实际的问题。因此，迁移的结果使学习者的知识结构得以优化，从而提高学习者的能力。"[29] 为了协助学生有效的进行学习与迁移，电影教学配套的设计与实践以三个进阶串成整体，即先通过"电影赏析的基本知识与技能培养"让学生先掌握赏析电影相关的元素；接着，再通过"影片赏析基本框架建构与电影赏析整体

28　曹宝龙：《学习与迁移》——Learning And Transfer（杭州：浙江大学出版社，2009 年），页 2。

29　曹宝龙：《学习与迁移》——Learning And Transfer（杭州：浙江大学出版社，2009 年），页 3。

能力培养"让学生运用（迁移）先前学习的"元素"掌握赏析电影的整体概念，最后，再通过"情境"设计与自我赏析能力建构让学生运用（迁移）先前掌握的个别"元素"与"框架"赏析影片中的个别情境，让学生走入影片有自己的赏析视角与感悟，能走出影片去探视现实人生。

除此，本人提出根据"建构主义"理念设计电影教学配套，也希望通过此配套改变以教师为中心，单纯传授语言知识和技能的教学方式；希望能借此突出建构主义强调的以学生为中心的教学模式，通过教师的设计、组织、引导、协助和促进，学生能利用框架或通过提供的情境进行协作以建构意义，进而加强自我语文能力应用。本人认为，通过"创设情境——组织协商和会话——完成意义建构"的设计模式和氛围营造，将有助于充分调动学生的自主性、积极性和创造性，并完成对当前所学的知识的意义建构的理念。在完成意义建构的过程中，学生综合了听、说、读、写四种基本技能的训练，不仅建构了内容，也会增强语言交际能力的培养和自我语文能力的形成。最终，也自然提升了学生赏析影片的能力与个人素养。

参考文献

一 書籍

Jacqueline Grennon Brooks, Martin G. Brooks 著　范玮译
《建构主义课堂教学案例》　北京　中国轻工业出
版社　2005 年

张奇等译　《学习与教学——从理论到实践》（第五版）
Margaret E. Gredler, Learning and Instruction –Theory
into Practice (Fifth Edition)　北京　中国轻工业出
版社　2007 年

George W. 等著　宋玲译　《建构主义学习设计》
Constructivist Learning Design　北京　中国轻工业
出版社　2008 年

姜丽萍　《对外汉语教学论》　北京　北京语言大学出版社
2008 年

曹宝龙　《学习与迁移》——*Learning And Transfer*　杭州
浙江大学出版社　2009 年

周艳阳　《建构主义理论指导下的语文教学设计》　石家庄
河北师范大学硕士学位论文　2005 年

李引萍　《试论语文教学的建构主义理论与实践》　上海　上海师范大学硕士学位论文　2003 年

马　兰　《合作学习》　北京　高等教育出版社　2005 年

二　期刊論文

周　斌　〈论电影语言与电影修辞〉　《修辞学习》　2004 年第 1 期　总 122 期

后记：本文原发表于 2010 年"语文及国际汉语教育的反思"国际研讨会（苏州）；会后入选会议论文集"面向多元化的语境：语文教育的反思"，何文胜主编，于 2012 年，苏州大学出版社出版。本人是论文的主导，征得论文协作者的同意，以本人的名义发表于本论文集。

教学目标的设定与表述刍议
——反思教案设计比赛参赛作品

林振南

提 要

教学目标作为教学的出发点与归宿，影响到教学的整个过程与教学成果。笔者有幸参与了树人奖教案设计大赛与读报教育教案设计比赛的评审工作，阅读了近五十篇的教案，为了进一步反思有效课堂教学的因素，因此根据设定与表述教学目标的研究成果，归纳出设定与表述教学目标的理念与原则，并运用这些理念与原则评价与反思参赛者所设定与表述的教学目标，以总结出参赛者在这一方面的强点与有待发展之处，并且提出进一步提升设定与表述教学目标的建议。

关键词：教学目标、设定与表述、理念与原则、有效教学

一 反思动机与目的

教学目标是"目前达不到的事物，是努力争取的，向之前进，将要产生的事物"。教学目标是指教学活动预期所要达到的最终结果。（徐英俊，2002）教学目标是教学者在教学之前对教学成果的主观意愿，也是学习者在学习过程中应该实现的行为状态的具体详细的表述。教学设计的本质是从优化教学效果的目的出发，教学目标是教学设计过程中关键的一环，因为教学目标的设定与表述影响了接下来教学策略的决定，教学方法的选择，教学过程，包括教学评价的设计与实践。教学目标所表述不应该只是教师的行为与教学过程，而忽略了教学的目的是为了促进学生的行为的改变，以获得学习成果，因此笔者针对参赛教师所设定与描述的教学目标，根据教学目标设定的理念与原则作一番反思的是有意义的。

本文欲探索的问题如下：

1. 应用设定与表述教学目标的理念与原则求来反思参赛作品中的教学目标有哪一些强点？有哪一些应该进一步改进？

2. 影响设定优质教学目标的可能因素有哪一些？

3. 怎样设定与表述能实现有效教学的教学目标？

二 文献综述

教学设计研究者都认为教学目标的设定应该以学习者为中心，最终的目的则在于培养具有自主学习能力的终身学习者。（黄美好、杨旸、庄弼，2010），因此教学目标的应该涵盖知识、能力与情意的要素。例如用质、量、例来表述教学目标，就是教学目标里包含了条件（Condition）、标准（Criteria）、行为（Performance）三要素来引导学生达到预期的教学成果，这三个要素是相辅相成。（方星、谭炜东，2011）。另外也有三维目标的提法，这种提法十分重视学生学习过程，反映在教学目标上，具体化为"知识与能力目标"、"过程与方法目标"、"情感态度与价值观目标"。（辛朋涛，2012）。

在描述教学目标方面，伯特。马杰（Robert Mager）提出行为目标模式，格若劳德（Gronlund）则认为应该先以概括性的术语来界定目标，然后附上适当、清晰的具体目标来加以阐释，以改进行为模式的偏差。马扎诺（Robert J. Marzano）继承了布卢姆教育目标分类学的基础，建构了教育分类的新模式，以分类法选择教学目标，传统的教学目标只设计教学内容与技能，而忽略了认知，教与学过程中学生的思考方式，新模式使教师更全面考虑教学目标，记住"任何目标中知识与认知过程的整体联系"，使教学目标的设定与描述的涵盖面更加周全。

在重理解的课程设计（Understanding by Design）的理论中，倡导者则主张用逆向设计法，把教学目标细分为课程目标与水平、学生必须理解的大概念、学生要探讨的关键问题、学生必须掌握的知识与技能，然后一反传统的设计顺序，先设定收集完成学习的证据的评价方法，然后才接下去设计配合教学目标的的学习体验与活动（Grant Wiggins & Jay McTighe, 2008）。

教学目标是教学设计的核心和课堂教学的依据。因此教学设计应该紧扣目标，教师不仅应致力于教学目标的设定，还要关注教学目标的侧重与融合；不但要致力于教学目标的直观呈现、明确表达，还要加强目标设定和执行之间的联系，实现教学目标的切实达成和真正落实。（黄红成，2011）

以上文献显示教学目标的研究的涵盖面是十分广泛，也涉及学习的本质与知识的分类，因此要设定与表述优质的教学目标必须考虑周到，也值得教学工作者不断探索。

三　设定课堂教学目标的理念与分类

传统的教学目标的设定与表述都是以教师为中心，教师作为教与学的主导着，掌控者，学生是被动的接受者与学习者，目标只描述教师的行为。现在的教学目标是以学习者为中心，学生是主动的学习者，自主学习者。教学目标必须是能够通过评价的方法，以便检验教学的效果，描述的是学生的行为。

伯特·马杰（Robert Mager）提出行为目标模式，他认为有意义的教学目标一定能详细地、精确地传达教师的教学目的。行为模式的教学目标包括了三个要素：

1. 学生行为：教师可以根据学生的行为来判断目标是否已经实现，因此教师得运用具体精确的语言，如能写出、能列出、能确认、能比较等的表述，而不用笼统含糊的词语如了解，理解，欣赏等动词。

2. 测试情境：教师在教学目标里得先设置测试情境，在这个情境中，教师必须阐明学生发生了怎样的可以检测的行为。

3. 成绩标准：评价的方法与标准。

但有研究者指出这个模式的缺点是教学目标可能会显得繁杂，无法阐述复杂的认知过程，如思维过程，也可能会忽略教学中不容易观察的重要部分，如情意的内涵。

为了弥补行为模式的缺点，格若劳德（Gronlund）主张先以概括性的术语来界定目标，然后附上适当、清晰的具体目标来加以阐释。布卢姆、安德逊（Andersion）、马扎诺（Robert J. Marzano）则主张以分类法选择教学目标，以改进传统的教学目标只设计教学内容与技能，而忽略了认知，教与学当中学生的思考方式，同时也顾及感情与价值观的领域。这种模式只用一个动词与一个名词，动词代表认知过程，名词代表描述期望学生掌握的知识，如学生能分辨拟人与比喻修辞手法的不同。

伊恩·史密斯（Ian Smith，2010）主张把教学目标分为学习目标与实现目标。他建议在教学设计中同时设计学习目标与实现指标，学习目标是在说明学生能用什么方法来完成什么学习，重点在学习，不在任务；实现目标是说明学生在完成学习的过程中能做些什么。他认为"学习总是杂乱的"，也提醒教师"思考学习目标与实现目标之间的联系与区别，这可能比你想象中的还困难"（伊恩·史密斯 Ian Smith, 2010）

重理解的课程与设计是采用逆向设计的过程（The Backward Design Process）。一般老师都是从课本中，从自己最喜欢的课文和常用的课堂活动着手，却不是根据预定的目标与要求学生达到的水平来设计课程。逆向设计是从终端开始，先预定的成果（目标和要求水平），然后根据预设的学习成果的证据（通过评价方法来确定）来设计各类相应的课程与学习体验，以便实现目标，达到课程的要求与水平。

在逆向课程设计的第一阶段的教学目标的描述分成了：

1. 预期教学目标：教学要实现的什么目标（如内容、水平、课程与项目的目标、预期学习成果等）。

2. 关键性理解（Key Understanding(s)）：学生能理解与课程内容有关的大概念，这包括大概念的具体内容，预设学生理解过程可能出现的误解。

3. 关键问题（Essential Questions）：那一些具争论性，但能促进探究和学习迁移的问题。

4. 知识与技能（Knowledge and Skills）：完成学习此单元后，学生能掌握些什么知识与技能？掌握了这些知识与技能后，学生才能促进对大概念的理解。

教学目标设定后，逆向课程设计法与一般的教学流程设计法不同：在教学设计的第二阶段就先考虑评价，而不是如一般教师在教学结束后才考虑。逆向设计理念认为与其在单元学习将近结束时才设计评价，或依赖课本或出版商提供的划一评价，是不一定能充分和准确的测量学习成果水平的评价。逆向设计要求老师在开始设计教学时就设计评价，以便实现目标与学习要求－教师必须收集学生的学习成果以便确定学生已达到预定的理解程度。（Grant Wiggins & Jay McTighe，2008）。

中国的课改提出了三维目标，把学生获得基础知识与基本能力的过程，学生学习与形成价值观的过程，都反映在教学目标上，具体化为"知识与能力目标"、"过程与方法目标"、"情感态度与价值观目标"。教学目标由偏重知识落实到三维并重，体现了对学生主体地位的重视和对生命存在的关怀。（辛朋涛，2012）

有学者认为采用哪一种目标设定与描述的方法取决于个人的喜好与为了完成课程总目标而做出的决策。教学目标的隐含目的在于将教师的意图传达给学生，并帮助教师评价学生的发展，因此主张采用折中法：不要制定过于抽象、空洞的目标，也不必遵循行为目标模式。先写一个较全面的目标，然后用尽可能清晰具体的目标加以阐释。（Richard I Arends，2005）

综合了以上的各种教学目标的设计理念与分类方法后，我认为设定语文课的教学目标应该体现以下的教育理念：

1. 教学目标的设计应兼顾工具和人文的内容，使二者有机地结合在一起，在运用工具中体现着人文素养，在培养人文素养中运用着工具。新加坡二〇一一年的中学华文课程标准就强调了这个理念。（CPDD, MOE 2011）

2. 教学目标的设定应以"学生为中心"，新加坡教育部所倡议的投入型学习框架就如此阐述："投入型学习框架的五项基本原则的每一项分别代表教和学的不同方面；即教学法、学习体验、学习环境的氛围，评价以及学习内容。所有这些都以学生为中心"。（《华文老师》第51期）因此教学目标的设定当然也应该以学习者为中心，为每一个学生着想，为学生的全面发展着想，尤其是要兼顾学习学习语文的起点与能力的差异，这也是新加坡二〇一一年中学华文课程的设计理念之一。

3. 教学目标的设定应注重培养学生的实践能力：语文课程的一个基本目标是培养学生运用语文的实践能力：学习语文的过程就是学生不断实践听说读写能力的过程。二〇一一年新加坡中学新教材为了实现学生在操作中、运用中把语文知识转化为语文能力的理念、设计了"先例、后说、再练"的这一个教材编写体例，也可成为教与教与学的历程，强调了练习与运用是教学目标中的不可或缺的一环。此外在课程设计中也充分利用家庭、学校和社区等不同的平台以及互联网学习平台等资源，扩大学生的学习与运用语文的空间。因此在描述教学目标时，描述学生运用语文的行为是不可或缺的。

4. 教学目标的设定应该以培养积极、自主学习的精神为终极目标（CPDD, MOE 2011）：时代的发展要求学生具备二十一世纪的关键能力，这包括搜集和处理信息的能力、获取新知识的能力、分析和解决问题的能力以及交流与合作的能力（Bernie Trilling, Charles Fadel, 2011），因此教师在设立教学目标时，应该提供让学生自主学习、合作学习、进行探究式学习的机会。

5. 教学目标的设定也应该包括情意的培养，人文素养以及思维能力的发展。新加坡中学华文课程标准中的培养学生通用能力的列表都列明了这些领域与细项（CPDD, MOE 2011），作为设定全面性教学目标的指引。

四 课堂教学目标的功能

从设定课堂教学目标的理念我们可以归纳出教学目标的功能。课堂教学目标设定作为教学设计的第一步，对教师的教和学生的学，影响深远。其功能主要表现在以下四个方面：

1. 确定教与学的方向：课堂教学目标是教和学的行动准则，为教师教和学生学指明了学习的方向，奠定了整堂课的基调，主导着教学活动的全部过程。对教师来说，它具有"引导教学"功能，它是选择教学方法的依据；对学生来说，它却具有"引导学习"的功能，明确的教学目标可以指导学生，把注意力聚焦于学习成果，更好地积极参与教学活动。

2. 调控教学过程：课堂教学目标确定下来后，能够制约教师在教学过程中的行为，从而使教学行为不会偏离教学目标或者没有善用教学时间。

3. 激发学习动机：学生明确了应该可以达致的预期学习成果之后，就能够激发完成新学习任务的动机，从而调动其学习的主动性与积极性。教学目标对学生的学习具有发动、促进、调控的功能，能够帮助学生形成正确的学习理念和方法，并通过学习过程的及时反馈，不断强化其学习动机和学习习惯。

4. 达致有效评价：形成性评价与终结性评价的依据都应该是教学目标，如果课堂的形成性评价与教学目标不吻合，就无法发挥形成性评价的效果；如果终结性评价的题目超出了原定的教学目标，所进行的评价就失去了效度，所以，科学合理的教学目标是编制高质量试卷的依据，是实施有效评价的前提。

5. 促进课堂互动：课堂教学以教学目标为主线，目标成为联系教师教和学生学的有效交往的桥梁。在生生与师生互动过程中，课堂教学目标逐渐实现，教师和学生都是受益者。

五 语文课堂教学目标设定原则

根据上述的思考与讨论，我认为设定语文课的教学目标应该遵循以下的原则：

1. 教学目标应该根据课程标准：目标应该能够显示语文学习重点的完整体系，每个学年、每个学段、每个单元乃至每一节课都应有明确的教学目标。这些目标之间是层层相扣的。教师应围绕教学目标设计与实施教学，避免教学活动的随意性。

2. 教学目标的内容要明确、具体，可操作：教师表述教学目标时应根据学科的特点，使用便于理解和操作的词语进行表述，不宜过于笼统。比如，有的教师在表述教学目标时写道："理解课文的内容"，"学习课文的词语"。这样的教学目标过于笼统，也不够明确，从中无法看出学生的学习方法与应达到的水平，也缺乏操作的可能。

3. 设定教学目标必须务实：教师在设定教学目标时必须结合教学内容和学生实际能力，以及课时，比如，有的教师在课时教学目标中这样写道："培养学生的批判思维的能力"。当然，在设定教学目标时有这样的目的是可取的，但这样的教学目标很难在一节课中实现，因而就显得不切实际，也有教师在一堂课里设定过多的教学目标，以致无法在规定的课时内完成或者匆匆教完，实际上学生并没有获益。

4. 课时目标的制订要依托于单元目标：课时目标是完成单元目标的基本步骤，设定课时目标要紧紧围绕单元目标。这就需要教师在把握学科总体目标以及教材编写理念的基础上，深入了解学生，客观分析教材，才能设定具体、操作性强的课时目标。

5. 灵活调整课时目标：设定的课时目标即使已尽可能地考虑了学生的先备知识、经验和课堂上可能会出现的情况等，实际的课堂教学也不一定能如我们所愿。教师在教学过程中还要根据教学实际，及时、灵活地调整课时目标。

6. 设定教学目标实必须考虑目标的可评价性：课堂的教学目标中所表述的学习行为必须能够在课堂进行形成性评价，因此形成性评价必须与教学目标紧密结合，这样在教学过程中教师就能通过不同形式的形成性评价，持续评价学生的学习过程，也让教师根据评价的结果不断调整教学，以提高教学效果。

六　语文课堂教学目标的表述

在具体的教学实践中，教师在表述教学目标时存在一些问题，例如：在教案上写着"通过……方法，使学生……，"、"培养学生的道德意识及社会责任感，树立正确的价值观和人生观"、"提高学生的写作能力"、这样的表述是对自己教学行为的要求，而不是表述学生学习后要达到的学习结果的要求；又如表述上措辞含糊，例如"复习如何审题"，这些都是无法观察、测量的学习行为和无法具体操作的行为等。要使设定的教学目标能够有效进行课堂教学，表述科学、合理也是非常有必要的。目标表述的规范至今也没有公认的统一标准，但是它必须符合一些要求。

1. 课堂教学目标是教师对学生学习结果的预期，因此不应该表述教师做什么，应表述教学后学生会做什么或会说什么。

2. 教学目标的陈述应力求明确、具体，可以观察和测量，尽量避免用含糊的和不切实际的语言陈述目标。用一些行为动词将会做什么和会说什么具体化，目标的表述就可具体化。

3. 教学目标的表述应反映学习结果的层次性。因为一个年级或者一个班级的学生是有差异的，因此在表述时应分层，使每一位学生都能学有所得。例如运用布卢姆的认知领域来设定适合不同学生能力的，认知领域层次不同的阅读目标。(陈之权，2011)

4. 教学目标应该是学生能够达到的基本目标。课堂教学目标是基本目标，是广大学生学习的底线，具有较强的可完成性。一般说来，教学目标所规定的对学生学习的期望水平应是所有学生无需特殊帮助都能达到的，是合格标准，并非优秀标准，它以适用大部分学生都能达到为原则，保证所有学生平等地获得学习上的成功，要求不能高，难度不宜大。或者可以设定学生必须达到的最低目标，让那些轻易达标的学生不断迎接新的挑战，也鼓励那些很难达标的学生发奋图强，（Robyn R.Jackson，2013）以显示教学目标的差异性。

一般情况下，一个完整的教学目标由四个基本要素构成：行为主体、行为动词、行为条件和表现程度，有研究者用 ABCD 表述法来表述教学目标，将教学目标的有效性发挥到最大，以便更好的指导教学。

ABCD 指的是课堂教学的具体教学目标应包含的四个要素，分别是：（李婧，2010）

1. A 即 Audience，意为"学习者"，即行为主体。目标的检验是评价学生的学习结果有没有达到，而不是评价教师有没有完成某一项工作，因此，目标的表述必须从学生的角度出发，表述行为结果的典型特征，行为的主体必须是学生，而不能以教师为目标的行为主体，规范的行为目标开头应是"学生"。我们习惯采用的"使学生……"、"提高学生……"、"培养学生……"等方式都是不符合表述要求的。

2. B 即 Behavior，意为"行为"，指学生能做什么及其学习结果的类型。这是教学目标重要的表述点，表述中要注意：一是学生必须完成的学习任务，二是用行为动词做具体而明确的表述，三是所表述的行为是能被观察的和可以评价、测量的。要说明通过学习后，学习者应能做什么，这是目标陈述句中的谓语和宾语，不能缺少，可采用说出、列出、认出、辨别、指明、绘制、解决、写出、画出、比较等。用这样的动词陈述目标，学生知道怎么做，老师也可以组织有效的评价。

3. C 即 Condition，意为"条件"，是指影响学生学习结果的特定的限制或范围，教学目标表述时要说明学生的行为是在什么条件下产生的。如果没有明确的行为条件，学生最终的学习结果往往就难以评价，因此，在表述教学目标时，通常都说明在什么样的条件下达到何等程度的结果。对行为条件的表述有四种类型：一是关于使用手册与辅助手段，如"借助工具书"或"允许查词典"；二是提供信息或提示，如"根据下列一组漫画传达的信息，写一篇不少于八百字的记叙文"等；三是时间的限制，如"在十分钟内，能……"、"通过两课时的学习，能记住……"等；四是完成行为的情境，如"在课堂讨论时，能表达……看法"。

4. D 即 Degree，意为"程度"，是指学生对目标达到的最低表现水平，是明确上述行为的标准，用来评价学习表现或学习结果所达到的程度，如"至少写出两个比喻的句子"，"百分之九十都正确"等。

课堂教学目标的设计直接影响到课堂教学的效果，影响到学生的发展，影响到课程的实施，因此应该设定科学的课堂教学目标，并采取合理的方法表述，以充分发挥课堂教学目标的功能，提高课堂教学质量。

七 教案教学目标的分析与反思

本文分析了三个教案设计比赛的二十份参赛作品。（新加坡教育部北区第四校群主办二〇一一，二〇一二"树人奖"教案设计大赛以及二〇一二《联合早报》、《逗号》、新民中学主办，新加坡华文教研中心协办二〇一二年全国华文读报教育教案设计比赛）。由于比赛作品受了比赛章程的约束，参赛教师只能设计一堂课，约六十分钟，因此只能根据以下几个课堂教学目标的设定原则来观察，反思，无法讨论教学目标系统性与全面性的原则。

评价参赛教案的教学目标各项的要求具体如下：

1. 表述的目标以学习者为中心，并且能促进学生自主学习的能力与精神。（庞维国著，2003）

2. 表述目标时使用具体可以评价的行为动词，描述学生能做什么，或者行为上的改变，包括知识、技能、情感领域与思维能力，但这些行为是切合学生的能力与需要，是可能完成与实现的。

3. 表述能产出学习成果的条件，包括学习方法，情境等。

4. 表述学习成果应该达到的水平，评价的方法与标准，同时选择的评价方法、评价的任务必须与学习目标匹配。

（Stiggins.R.J，2005）

在以上四项的评价要求中，根据教案中的教学目标的实际内容，加以分级。等级的说明如下：

从 0-5 级显示符合教学目标符合设定原则与平量标准的程度：

0 级-从缺

1 级-完全不符合要求

2 级-符合少部分的要求

3 级-符合较多部分的要求

4 级-符合大部分的要求

5 级-符合所有的要求

以下是根据上面的设定原则与评量标准针对二十篇教案做出评分。

	教学目标／评量标准	以学习者为中心：学生为主导，自主学习，学生的准备度，切合学生的需要与能力	学生行为的产出或改变：切合课程目标，在一定的课时内能实现	产出学习成果的条件：学习的方法	评价：学习成果的要求标准，评价的方法等
1	1. 运用找关键词的方法，小组集体研读镜头的"景别概念	2	3	3	1

	卡"，明确特写、近景、中景、全景、远景的概念。 2. 激荡学生的思维，小组讨论并探究各种不同景别的镜头采用的主要描写方法。如：对人物特写镜头可进行肖像描写；对近景中的人物可进行行动描写；能调动五官感知对中景、全景中的人物和环境进行描写。 3. 引导学生课后分工合作，运用分镜头脚本写作格式，将多个分镜头的描写组织在一起，以此构成较充实的球赛场面片段描写。				
2	知识目标：能理解《逗号》各版的内容。 能力目标：能掌握略读新闻的策略。 思维目标：能培养知识、理解、应用及分	2	2	从缺	从缺

	析的思维能力。 情感目标／态度目标 ／价值观目标：培养 学生的道德意识及社 会责任感，树立正确 的价值观和人生观。				
3	知识目标：巩固歌词 的写作技巧，掌握快 速把握新闻要点及进 行评论的技巧。 能力目标：能够对社 会中发生的新闻事件 进行评论，并通过编 写 rap 歌词的方式准 确发表自己的看法。 思维目标：培养学生 对新闻事件的分析及 辨证思维能力。 情感目标／态度目标 ／价值观目标：培养 善于关注新闻时事， 有社会责任感的学 生。	3	3	2	1
4	知识目标： 优雅社会、公德心、 责任感、使命感 能力目标： ·能针对社会话题发 　表意见。	2	2	2	0

	・针对别人的话题表达意见。 ・能够准确地从文章中搜索信息。 思维目标： 1. 立体思维方法（数据、原因、影响、利弊、建议、措施） 2. 多角度思维（不同职业领域、不同年龄层的受访者） 情感目标／态度目标／价值观目标：让学生认识到良好的社会道德行为准则是构建优雅社会的基础。				
5	知识目标：了解文章中一些生词的含义。 能力目标：通过口述及电子简报的方式呈现他们对于幸福以及梦想的理解，锻炼说与写的技能。 思维目标：运用"六何法"，分组活动讨论《幸福就是拥有梦想》的内容。 情感目标／态度目标	3	3	1	0

	／价值观目标：明白拥有梦想的重要性，反思自己有什么梦想，如何实现自己的梦想，得到幸福。				
6	知识目标： 1. 学生能按照情理设计对话。 2. 学生能按照情境来论证自己的观点。 能力目标： 1. 通过设计对话，进而培养学生的写作能力。 2. 通过表演（说／听），进而培养学生的语言表达的能力。 思维目标： 通过延伸故事的情节及评论他人的表现，进而培养学生的思考的能力。 情感目标／态度目标／价值观目标： 1. 通过对话设计及表演，让学生了解与家人沟通时，应顾及家人的感受。	3	3	3	1

	2. 培养学生的与人相处意识（Relating to Others）、自我意识（Self-Awareness）、自我管理（Self-Management）。				
7	学生在下课前，能够在老师的引导下，理解新闻中不同的观点，并能根据指定的角色，完成教师所设计活动纸，并通过口头呈现的方式说出自己的看法。	3	3	2	0
8	1. 准确的分辨句子中"暗喻"与"明喻"的修辞手法。 2. 运用"暗喻"与"明喻"的修辞手法造句。	2	2	1	0
9	1. 直接教学法、合作学习法、评价式学习、生活经验统整教学能巩固 5W1H 中的人物、时间、地点的知识。 2. 能区分记叙文中事件的开始、经过、结果。	3	3	2	0

	3. 能比较相似事件， 　找出共同点。 4. 能推测记叙文（记 　人写事）的主题。				
10	学生在上完课后， 知识目标：对在网络 上，尤其是在社交网 络上的自由发言权的 限制，以及在网络上 发表侮辱他人或重伤 他人言论将受到的法 律刑法有所认识。 能力目标：自行完成 一篇报章报道。 思维目标： 1. 复习如何审题。 2. 复习与掌握报章报 　道的写作框架-引 　言、背景、原因、 　影响／后果、建 　议、总结。 3. 通过小组学习与角 　色分配，以及懂得 　如何筛选所给予的 　报章上的内容，利 　用"个人家庭"思 　维模式为报章报道 　中"原因"、"影 　响"与"建议"这	2	3	3	0

	三个主要部分，进行思考并写出各别部分的关键内容。情感目标／态度目标／价值观目标：拥有自我意识，了解必须对自己在网上所发表的言论负责。				
11	教师依据课文内容，引导学生完成学习任务，已达到以下的目标： 1. 语言技能目标：学生能辨识议论文中的论点、论据和论证方法，同时了解引用与举例论证的方法，并讲明论证法在课文中的作要能够与隐含信息。 2. 情意培养目标：学生能对我国的东西方文化的异同有所认识，并能尊敬别人和自己，也能够转换视角，对差异进行反思。 3. 小组找出课文中论证的方法，讨论隐含信息。	3	3	2	1

12	先备知识： 学生已经掌握浏览式阅读法的技巧，并对阅读理解的六种题型有基本的了解。（参考附录五：阅读理解的 6 个层次。这是跟学生复习阅读理解时所使用的概念图。） 知识／能力目标： 1. 学生能够通过教师的引导进行浏览式阅读，找出线索，理解新闻报道的主题。 2. 学生能够在观赏来自不同领域的"生命战士"的微软简报与录像后，找出主要信息，加强对主题的理解，分享看法以及对个人的启示。 3. 学生能够利用电子词典或手机搜索辅助词语，理解和掌握跟主题相关的词汇，加强对重要词句的记忆。	3	4	3	2

4. 学生能够通过教师的引导进行浏览式阅读（搜索线索、关键词语/短句）和细读（归纳段落的要点），理解新闻报道的主题，并清楚地阐述看法。 5. 学生能够找出主要和隐含信息，完成阅读理解题（伸展与评鉴题型），并进行自我或同侪评估。 思维目标： 学生能够利用联系、分析和归纳的思维技能了解主题，并作出适当的评价。 情感目标／态度目标／价值观目标： 1. 学生能够理解命运由自己主宰，在面对挑战时要找出解决问题的办法，不要轻言放弃。 2. 培养学生以积极的态度面对逆境，克服困难。				

13	1. 阅读众人看法了解不同观点。 2. 共同分享学习归纳自己观点。 3. 树立正确价值观－使用文明用语。	2	2	0	0
14	在教师的引导下，学生在下课前，能够 1. 通过词汇卡（词语、解释、图片）的研习与猜谜游戏，掌握词语的意思 2. 通过掠读，根据教师的引导性问题（记叙文六要素），掌握篇章〈母与女〉的大意。 3. 通过教师提问，了解"先抑后扬"这一写作特点。 4. 通过逐段的戏剧表演与分析，辨识作者是如何通过动作与细节描写来勾画出母亲这一人物的深刻形象。	3	3	0	0

15	知识目标：理解六何法或者记叙文六要素，以及如何绘制思维导图。 能力目标： 1. 使用思维导图，运用六何法或者记叙文六要素的指示，完整与清楚叙述事件。 2. 在思维导图的帮助下，将内容真实的视频画面变成清楚完整，有条理且生动的叙事文字。 情感目标：对真实世界有所反思，提高危机意识，注意人身安全。	3	3	3	1
16	❖认知目标： 1. 学生完成这堂课后，能够了解什么是思维导图以及写景抒情散文的特点，提高对散文的理解和分析能力。 2. 对修辞格（比喻、拟人）有更深一步的认识。（之前学过）	2	2	2	1

❖技能目标： 1. 画出《四月的维也纳》的思维导图，并能够分析课文的写作特色和主题。 2. 找出文章中所用的修辞方法；在以后的作文中使用学过的修辞方法。 ❖情意目标： 1. 学生通过学习描写大自然的文章，进而唤起对大自然的热爱之情。 2. 通过图片、蒙太奇、配乐，进而唤起对大自然的情感。 3. 通过听老师分析文章《最后的铁道》的写作过程、材料选择与组织，了解散文创作的构思过程，掌握文章的思维导图。 4. 通过对第十三课《四月的维也纳》的分析、讨论，掌握思维导图和写景抒情散文的特点。				

	5. 通过小组呈现，加深对所学知识的理解，锻炼口语表达能力。				
17	教学目标： 1. 通过对主人公死因的分析，培养学生多角度多层面剖析问题的能力。 2. 通过对小说情节的研读，加深学生对社会现状及社会背景的认识。 3. 通过对小说人物的性格剖析，提高学生对文学作品的批判性鉴赏能力。 教学方法： 1. 利用戏剧教学法，通过"专家的外衣"、"坐针毡"的活动，让学生在参与活动的同时，达成学习目标。 整节课的设计是以"解决实际问题"为活动框架、以合作学习为活动方式，以认识小说的社会批判性为活动目的。	2	2	3	1

18	学生在下课前，在教师的指导下，能够：	3	3	3	2
	1. 掌握"意象"的文学概念，即在之后的活动中，运用意象来分析《命运的迹线》。				
	2. 理解《命运的迹线》中意象的运用，通过小组方式，完成教师所设置的活动纸，再进行演示与分享。				
	3. 根据教师所指定的意象，通过拼凑（Jigsaw）学习，理解《命运的迹线》如何运用丰富的意象再现主人翁的心理挣扎与成长，并以构思图呈现，再进行演示与分享。				
	4. 选择其中一个指定的意象，用 150-200 字的短文，描述该意象如何再现主人翁的心理挣扎与成长。				

19	学生在本堂课结束前，能够： 1. 通过小组讨论，根据录像内容，完成所分配的题目。 2. 通过老师的讲解与小组分享，完成所有阅读理解题目。 3. 通过小组讨论与老师的讲解，总结出阅读理解的基本技巧 （1）注意细节 （2）注意主要人物前后变化 （3）注意并找出篇章（录像）所要传达的隐含信息 4. 根据篇章（录像）的主题进行发挥，总结出自己的看法。	3	2	2	从缺
20	学生在下课前，能够在老师的引导下： 1. 正确回答教师所提出的有关《把黑暗带回家》文本内容的问题。 2. 以短剧的形式，呈现对于新加坡所面	3	3	2	2

对的社会问题的看法。 评估工具及方式： （1）有关文本内容的提问。(包括不同语言单位、策略及微技) （2）口头评估。（教师提问，学生回答） （3）小组短剧呈现 先备知识及能力：学生已懂得运用掠读策略，理解文本内容。				

根据以上的四个评价标准，针对二十个参赛教案的教学目标的表述，可以总结出以下的几点：

1. 目标的表述大都以学习者为中心，但是在促进学生自主学习的能力与精神则必须加大努力的力度：大部分的教案的教学目标都以学习者为中心来表述教学目标，例如学生"学生在本堂课结束前，能够通过小组讨论与老师的讲解，总结出阅读理解的基本技巧"，"学生能够画出《四月的维也纳》的思维导图，并能够分析课文的写作特色和主题"，"学生能按照情理设计对话"，"培养善于关注新闻时事，有社会责任感的学生"等，但是在表述促进自主学习的目标方面却几乎从缺，学生的学习多是在老师的引导下进行的，多是以老师为主导，例如"引导学生"。"激荡学生的思维"，"教师依据课文内容，引导学生完成学习任务"等，虽然在完成学习任务与课堂形成性评价的过程是有让学生实践自主学习能力的机会，例如"在思维导图的帮助下，将内容真实的视频画面变成清楚完整，有条理且生动的叙事文字"、"以短剧的形式，呈现对于新加坡所面对的社会问题的看法"，"学生能够找出主要和隐含信息，完成阅读理解题（伸展与评鉴题型），并进行自我或同侪评估"。但在提供让学生设计个人的学习计划、让学生设置自己能够达到的个人标准、教导与引导学生控制自己的学习进度等方面很少成为教学目标。（庞维国著，2003）

2. 教案中大部分的教学目标都运用行为动词，表述学生能做什么，或者行为上的改变，包括知识、技能、情感领域与思维能力，例如"小组讨论并探究各种不同景别的镜头采用的主要描写方法"，"能掌握略读新闻的策略"，"明白拥有梦想的重要性，反思自己有什么梦想，如何实现自己的梦想，得到幸福"，"针对别人的话题表达意见"，"掌握意象的文学概念，即在之后的活动中，运用意象来分析《命运的迹线》"，"学生能够利用联系、分析和归纳的思维技能了解主题，并作出适当的评价"，但这些行为是否切合学生的能力与需要，是否可能完成与实现的，是否能够加以评价则是必须关注的，例如如何评价"掌握"，"明白拥有梦想的重要性"？学生在一堂六十分钟的课时里，能否在完成其他五个学习目标后（见教案 20），还有有足够的时间来完成这么复杂的一个学习要求"学生能够利用联系、分析和归纳的思维技能了解篇章主题，并作出适当的评价"？此外，学习目标越具体，就越便于学生对照着学习目标自学，同时也得教会学生设定学习目标的方法，才能逐步培养学生自主学习的能力，也才能实现"少教多学"的精神。（庞维国，2003、陈之权，2011）

3. 部分教案表述了能产出学习成果的条件，这包括学习方法，情境等；例如"通过口述及电子简报的方式呈现他们对于幸福以及梦想的理解，以锻炼说与写的技能"，"学生能够利用电子词典或手机搜索辅助词语，理解和掌握跟主题相关的词汇，加强对重要词句的记忆"，有的教案把先备知识也写进教学目标里，如"学生已经掌握浏览式阅读法的技巧，并对阅读理解的六种题型有基本的了解"，然后在学生先备知识的基础上表述以下的教学目标："学生能够通过教师的引导进行浏览式阅读，找出线索，理解新闻报道的主题"，也有教案把教学法写在教学目标中，利用戏剧教学法，通过"专家的外衣"、"坐针毡"的活动，让学生在参与活动的同时，达成学习目标。整节课的设计是以"解决实际问题"为活动框架、以合作学习为活动方式，以认识小说的社会批判性为活动目的"，表述了教师选择些什么方法来完成学习行为，突出了实现教学目标的有关条件。（林进材、林香河，2012）。教学目标中也可以说明应用哪一种互动性教学策略让学生通过交流互动掌握学习内容（陈之权，2011）或者运用资讯科技来实现教学目标。（陈之权，2011）

4. 在表述学习成果应该达到的水平，评价的方法与标准，同时表述评价方法、说明与学习目标匹配的任务这一方面，参赛的作品多只是表述任务，鲜有提及评价方法，评价标准，例如"引导学生课后分工合作，运用分镜头脚本写作格式，将多个分镜头的描写组织在一起，以此构成较充实的球赛场面片段描写"，但并没有表述达到"较充实"的水平的标准是什么？在情意教学目标方面也多只是这样的表述"培养学生的道德意识及社会责任感，树立正确的价值观和人生观"，没有说明如何评价学生的价值观？以及如何评价学生树立的价值观正确性与否的标准。又如"小组根据视频绘制思维导图，分享，教师总结"，但没有提及点评的标准；又如"教师利用例句提问，指明学生问答，借此判断学生是否能分辨明喻与暗喻"，也是没有表述评价学生分辨能力的标准。此外，教师也必须为不同的教学目标选择，设定确切的评价方法，否则，评价的效度就得不到保证。
（Stiggins, R. J., 2005）

八 建议与结论

进行分析的二十篇参赛教案的强点是以学生为中心的设定与表述十分突出，也多数有表述学习成果的行为，有些教师也开始在教学目标中表述完成学习成果的条件与方法，虽然教学目标中也有表述评价的任务。但是表述评价方法与评价标则十分罕见。根据以上的观察结果，提出以下的建议供大家思考。

1. 对教学目标的概念的知识必须加强：从教师所设定的教学目标中，可以看出教师对行为、认知、情意与技能的四大领域的表述（林进材、林香河，2012）都可以更加具体化，而且要具有评价性。这可以通过学校专业学习社群（PLC）运用课例研究这一工具来促进教师在这一方面的专业水平。（林季华，2011），教师参加职后培训也可以巩固与深化这一方面的专业职能。

2. 必须熟悉课程纲要与熟悉教材：教师在设定教学目标之前，必须熟悉课程纲要与教材的编写理念，单元与课时的教学目标才能更加贴切地完成课程的教学总目标。例如新加坡二〇一一中学华文课程标准里说明课程的特点之一是重视学习过程，在日常的评价中以形成性评价为主，及时了解学生的学习进展，调整教学内容和进度，因此，在设定教学目标时就必须突出评价的方法与标准，加强学习目标的可评价性，也可以考虑学习逆向设计的方法，在完成设计第一阶段"确认期望的学习结果"后，就进入"第二阶段"，决定可接受的学习结果，要像评量者一样的思考，根据我们所收集的学生评量的结果来考量单元与课程的设计（Grant Wiggins & Jay McTighe，2008）

3. 必须理清教学目标与教学决策的关系：必须进一步了解教学目标与教学决策的关系，尤其是如何选择适当的教学策略与教学法（周军，2003）来有效地实践教学目标（宋德云，2010）。很多教师现在根本没有将教学任务（教学目标）与教学策略相适配的意识，教师更多地被告知或者习惯于将教学内容与教学方法相配，或者纠缠于是发现学习好还是接受学习好，是要采用合作学习还是个人自学。教师应该学习与了解应该依据什么来选择教学策略或者教学法。（盛群力，2005）

教学论的研究都表明，合理的教学目标能够发挥学生的学习积极性，促进教学活动朝最大的教学成效的方向发展，使教与学有效，同时也是教师寻求不断自我提升的检测标准，因此不断提升教学目标的设定与表述的水平是值得教师孜孜不倦地去追求的。

参考文献

一　書籍

[美]阿兰兹著（Richard I Arends）　丛立新等译　《学会教学》
　　　（第六版）　上海　华东师范大学出版社　2005 年

[美]罗宾. R. 杰克逊，李端红译　《教学可以很简单：高效
　　　能教师轻松教学 7 法》　北京　中国青年出版社
　　　2013 年

[美]Stiggins. R.J 著　促进教师发展与学生成长的评价研究组
　　　译　《促进学习的学生参与式课堂评价》　北京
　　　中国轻工业出版社　2000 年

[英]伊恩·史密斯（Ian Smith）　《分享教学目标：中学
　　　版》　北京　教育科学出版社　2010 年

柏林·崔林（Bernie Trilling）、查维斯·费德（Charles
　　　Fadel）、刘晓桦译　《教育大未来——我们需要的
　　　关键能力》　台北　如果出版社　2011 年

Curriculum Planning Development Division　《中学华文课程标
　　　准 2011》 *Ministry of Education, Singapore*　2011 年

Grant Wiggins & Jay McTighe、赖丽珍译　《重理解的课程

与设计》　台北　心理出版社　2008 年

徐英俊　《教学设计》　北京　教育科学出版社　2002 年

黎加厚主编　《教育目标分类学概论》　上海　上海教育出
　　版社　2010 年

陈之权　《大题小做 —— 新加坡华文课程与教学论文集》
　　南京　南京大学出版社　2011 年

潘旭等编　《树人奖文集》　新加坡　教育部北区第四校群
　　出版　2012 年

林进材、林香河　《写教案 —— 教学设计的格式与规范》
　　台北　五南图书出版公司　2012 年

林季华　《课例研究 —— 课堂里找答案》　新加坡　北区第
　　四校群弥陀学校出版　2011 年

周　军　《教学策略》　北京　教育科学出版社　2003 年

宋德云　《教师教学决策》　重庆　重庆大学出版社　2010
　　年

庞维国著　《自主学习 —— 教与学的原理和策略》　上海
　　华东师范大学出版社　2003 年

二　期刊論文

黄美好、杨旸、庄弼　〈关于“教学目标引领教学内容”的
　　实证研究〉　《广州体育学院学报》　30 卷 4 期
　　2010 年

方星、谭炜东　〈用"据、量、例"表述教学目标的探讨〉
《陕西教育（教学）》　2011 年 5 期

辛朋涛　〈三维教学目标：困惑与解析〉　《上海教育科研》　2012 年 5 期

黄红成　〈从应然到实然——基于目标有效达成的教学设计撰写方略〉　《中小学教师培训》　2011 年第 11 期　总第 304 期

李　婧　〈浅析教学目标分析〉　《现代教育技术》　2010 年 10 期　北京　北京师范大学教育技术学院　2010 年

陈之权　〈当代华文课程与资讯科技教学整合之初探——以新加坡为例〉　《教育资讯技术在华文教学上的应用》　南京　南京大学出版社　2011 年

王艳丽　《中学语文教学目标的设计》　天津　天津师范大学硕士学位论文　2009 年

新加坡教育部课程规划与发展司中学华文课程组阳光团队根据 PETALS Framework 2008 版节译　〈PETALS 框架简介〉　《华文老师》第 51 期　新加坡　新加坡教育部课程规划与发展司　2009 年

新加坡"领袖教师"与教师的专业成长
——以课例研究为例

林季华　谢瑞芳　林振南

提　要

为了让教师在教学路上不断成长，新加坡教育部注重培养专业发展路线的教师成为"领袖教师"来带动其他教师的学习。本文将探讨"领袖教师"如何通过课例研究，在全国、校群和学校，不同层面上，推动"以教师为主导"的模式，以此促进汉语教师的专业成长。这些模式包括：1.以特级教师为主导的全国培训课和工作坊，培训不同教龄的教师，推动与传达教学改革讯息，协助教师探讨有效的教学法。2.特级教师辅导主导教师和高级教师，给予他们支持与力量；主导与高级教师在校群或校内辅导新进教师。3.领袖教师主导的学习组织，如成立专业学习社群，其主要目的是让教师在教学实践中不断改进，促进教师的专业成长。这是以学校为本位，教师协作学习的培训模式。

关键词：领袖教师、课例研究、培训模式、专业成长、专业学习社群

一 前言

新加坡是一个小国，没有丰富的天然资源为依靠，人力资源对国家的发展就十分重要了。因此，新加坡十分重视人力资源的开发与发展。教育是促成人力资源发展的途径，根据世界经济论坛《2009-2010 年全球竞争力报告》，新加坡的环球竞争力，排名世界第三，位居亚洲第一。报告书也指出，新加坡着力于教育，是促成国家具备竞争力的重要因素；在二○一一至二○一二年的竞争力排名中，新加坡攀升为第二位。此外，根据麦肯锡公司二○○七年的一项报告——《世界一流学校的成功秘诀》，拥有一流师资的新加坡在全球教育体制排名中同样名列前茅。新加坡的教育能取得目前的成就，除了教导精心设计的课程外，高素质的教师进行教学，贯彻教育理念，也是新加坡教育成功不可或缺的条件。本文将介绍新加坡教师的专业发展，从系统的建立，到资源的开发，领袖教师的培养及学习文化的建构，形成教师主导的专业成长模式。

二　新加坡教师的专业发展

（一）新加坡教师的职前培训

新加坡国立教育学院（The National Institute of Education）是教师职前培训的唯一机构，教育学院提供了各类不同的课程，培养中小学以及高中课程的各学科教师。教育学院的学员在教育部的招募运动中被录取后，就进入教育学院接受培训。培训完成，再由教育部根据个人能力与学校的需要分配到学校执教。

教育学院的职前培训课程内容，是配合教育的方向不断进行调整与改革，培训是根据实际课堂的需要接轨。应用资讯科技辅助教学就是其中一个例子。新加坡教育部从一九九七年开始，便颁布了"资讯科技发展蓝图一"，接着推出蓝图二与目前的蓝图三。教育学院在一九九八年制定了学院资讯科技教学发展蓝图，更新培训内容，使学员具备实施资讯科技的知识与应用技能，以便在进入学校教学时，能够在教学设计中适当地融入资讯科技的元素。

教育学院的学员在接受职前培训期间，必须到学校进行实习。在实习时，学校委派资深教师成为"学生教师"（Student-Teacher）的辅导教师，指导"学生教师"备课，并

到课堂上观课，提供反馈，促进"学生教师"的成长，在此
阶段，可视为"师徒制"的指导方式。在实习期间，教育学
院导师也到校与辅导教师共同观课，评估"学生教师"的表
现。教育学院的学员毕业后，便被分派到各所学校执教。职
前阶段的培训完成后，教师的在职培训也不容忽视，在教学
的路途上，教师必须教学相长，终身学习，才能在教学中发
挥最大的影响力。

（二）新加坡教师发展轨道

二○○一年四月新加坡教育部推出了"教育专业与职业
发展计划"，简称为'EduPac'（Education Service
Professional Development and Career Plan）。"教育专业与职
业发展计划"提出的目的，是为了培养和激励全体教师，让
他们各尽所能，在工作岗位上能有优异的表现。在此计划
下，教师培训与职业发展路线挂钩，让教师在各自的领域通
过不同的职业阶梯，发挥最大的潜能，使教师与学生都受
益。

这个计划为教师规划了三种不同的职业发展轨道，分别
是专业教师轨道（TeachingTrack）、教育领导轨道
（Leadership track）和高级专科轨道（Senior Specialist
Track），如图一所示：

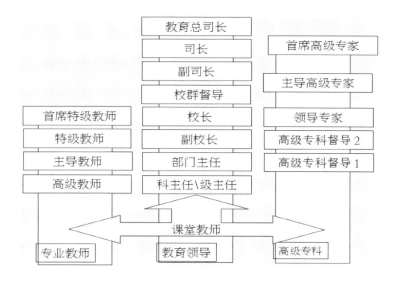

图一　教师职业发展轨道

　　新加坡教师无论是从事教学、教育领导，抑或是走高级专科路线，都可以获得持续发展的机会。教师选择的路线，是教师根据自身条件、工作表现、职业潜能或自主选择的结果。教师也可以在这三种轨道中进行转换。这三个轨道涵盖了教师专业发展方向，并体现出教师专业发展的需要。此外，上司亦可根据下属的职业发展潜能，为他们规划职业发展计划。

（三）在职教师培训与发展

1 教师专业与个人发展配套

为了塑造高素质的教师队伍，新加坡教育部在二〇〇七年推出了"教师专业与个人发展配套 2.0"（Grow 2.0 Package）。这个配套是从全方位来看待教师的职业和个人发展，共有四个维度：成长（**Growth**），肯定（**Recognition**），机会（**Opportunities**）和福利（**Well-being**）。在成长这个维度，着重于专业发展和提供在职培训的机会，支持教师继续深造。

教育部通过这个配套，资助教师进修，发展教师的专业能力，以提升教育素质，更重要的是关注教师的福利，以求贴近教师的心灵感受；提供工作上的弹性，使工作与生活达到最佳的和谐（MOE, Singapore, 2007）。在这个配套中，每名在职教师每年至少能上一百小时的培训课程。他们也能获得与学习相关的津贴，例如订阅学术杂志和期刊，参加研讨会，购买电脑及资讯科技产品等。此外，教师也可以申请专业提升假期来继续深造。为了给予鼓励和实际支持，教师在深造期间可获得半薪或全薪假期，条件视教龄而定，提供奖学金让教师继续深造，是鼓励专业提升的另一项措施。

2 在职教师的培训层面

在新加坡，在职教师培训的推动力来自三个层面。第一个层面：由教育部推动的培训。新加坡成立了新加坡教师学院（Academy of Singapore Teachers）、新加坡体育与运动师范学院、新加坡英语学院、新加坡艺术师范学院、新加坡华文教研中心、马来文中心以及淡米尔文中心来推动教师培训，通过培训课与工作坊为全国教师提供培训。第二个层面：以学校为本位的培训，它的优点是学校拥有自主权，根据需要量身订制各自的培训方案。例如：学校成立专业学习社群（Professional Learning Community），目的是让教师在教学实践中不断改进，以提高学生的学习成效。这是以学校为本位，教师协作学习的培训模式。学习社群由四至八位教师组成团队，使用课例研究（Lesson Study）为工具来探讨团队成员共同制定的研究主题。教师们通过集体备课、观课，反思，来提高课堂教学的成效与质量。第三个层面：教师自主学习，例如由教师主导的学习组织，这是由具有共同专业意向的教师组成的小组。例如"小学种子网"聚焦小组。这个小组关注小学一、二年级学生的全面教育发展，使学生在正规教育的起步阶段，能平稳过渡，奠定稳固的基础。

三 领袖教师与教师主导的学习文化

（一）领袖教师的角色

何谓"领袖教师"，美国学者 Barth（1990）指出当老师以个人或团体的形式去履行任务和为学校的利益承担责任时，他们便扮演领袖教师的角色。在二十一世纪的今天，学校权利下放，教师要努力作自我赋权（self-empowerment），终身学习，从事教学研究和与各教职员共同建立专业学习社群。在参与和发展学习型学校的同时，教师作为领袖教师的角色便强化起来（李伟成、许景辉，2005）。领袖教师最大的贡献在于改善学与教的效能和令学校不断自我完善（Crowther et al, 2002）。其次，是与各同事一起工作，一同参与改善学校的各种活动和计划（Pellicer& Anderson, 1995）。这种角色的转变体现了教师对专业的承担、对同侪的关怀、对专业伦理的认同，并承诺作终身学习和学校与课程的变革者。最重要的是，"领袖教师"不一定指某种特殊的职位或岗位，而是说当今的教师都是领袖教师（李伟成、许景辉, 2005）。

本文谈论的"领袖教师"，并非行政教育轨道中的学校领导层，而是指专业教师轨道中引领教学的"领袖教师"，这些教学领导者包括高级教师、主导教师以及特级教师。领袖教师在不同的层面上，积极推动教师主导的学习文化，赋权于教师，促进教师的专业成长。领袖教师通过层层递进的方式来为完成增权赋能的使命。特级教师在全国的层面上引领主导教师、高级教师，并建立伙伴关系，培养教师主导的学习文化。主导教师与高级教师则在校群与学校的层面上，实际地帮助教师建立教师主导的学习文化。

二〇一二年五月三十一日，教育部长王瑞杰在教师研讨会上发表演讲时指出，随着我们重新界定二十一世纪期望的教育成果，我们也必须清晰界定对二十一世纪教师的期望。为了培养教师实现对他们的期望，首先，必须从教师发展的"短缺模式"转向"教师成长模式"，即从解决教师存在的不足转向增强教师已有的优势。在一些领域，教师需要克服缺点，但是主要的关注点应该放在开发教师的兴趣与优势领域，帮助教师全面发展。赋予教师更大的自主权，应该鼓励教师成为"自我管理"的学习者，自己规划自身的专业发展。通过对自身学习需求进行自我评估与反思，教师将成为更具反思精神的学习者，并成为学生的楷模（MOE, Singapore, 2012）。要鼓励教师成为成长模式的主导者与自主学习者，"领袖教师"中的特级教师、主导教师、高级教师必须与课堂教师共同携手合作，体现由教师主导（Teacher-led），由教师提供给教师（From Teachers to Teachers）的集体协作、共同学习的精神。

（二）专业学习社群

为了提供教师在教学中不断改进的平台，让教师深化教学内容，加强教学理论与实践的联系，新加坡教育部在学校成立了专业学习社群（Professional Learning Community）。通过专业学习社群，教师共享知识与有效方法，加强合作关系，达致全面性、高质量的教与学，形成教师社群追求卓越的专业精神。在专业学习社群中，"领袖教师"便扮演教学领导的角色，带领教师进行深入的探讨与反思，改进教学法，使学生获益。新加坡的专业学习社群采用杜福（DuFour）的模式为依据，聚焦"教学"与"学习"，建立系统化、结构化的合作模式。此模式提出三大理念与四个关键问题：

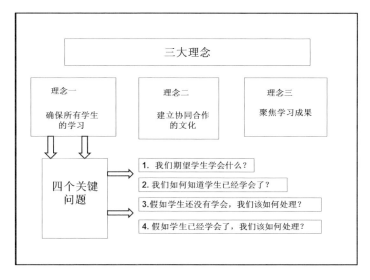

根据教育部英文版本 Coalition Equipping Workshop"（9-02-2010）
电子简报翻译与整理（林季华，2010）

图二　专业学习社群模式

专业学习社群成员要以三大理念、四个关键问题为依据，进行探讨与反思。但是，实际的课堂情况到底是什么，我们又如何知道学生是否有学习，教师的教学是否"以学生为中心"，学生是否能投入学习之中。这便需要借助工具来进行检视与收集课堂证据。因此，教育部便向学校推荐使用"学习圈"、"行动研究"或"课例研究"为工具来进行检视，同时，这也能促使专业学习社群的反思与讨论不会失去焦点，也有一定的模式可遵循。

在教育部推荐的这三种工具中，学校领导倾向于选择"课例研究"为学习社群的工具，主要原因在于课例研究聚焦观察学生的学习，探讨学生在课堂中的反应，这与学习社群的关键问题紧密相扣，这两者的关系可分析如下：

表一　三大理念四个关键问题和课例研究的关系

序号	专业学习社群：三大理念与四个关键问题	课例研究
1	确保所有学生的学习	课例研究最有力之处在于培养教师拥有观察学生的视角，让我们观察学生如何学习；学习我们以前不曾看过的东西：那就是学生的思维与反应。
	• 我们期望学生学会什么？ • 我们如何知道学生已经学会了？ • 假如学生还没有学会，我们该如何处理？ • 假如学生已经学会了，我们该如何处理？	• 分析教学难点、学生学习问题，制定研究目标 • 扣紧教学目标，进行课堂观察 • 注重教学过程，观察课堂中学生如何学习 • 以课堂观察所得为依据，分析在教学过程中学生是否有学习。如果学生还没学会，修改教案，以促进学习；如果学生已经学会了，修改教案，拓展学习 • 注重学生的差异性，帮助不同学习能力的学生达致目标
2	建立协同合作的文化	• 组成团队，分工合作 • 集体备课，集思广益，共享教案与资源

序号	专业学习社群：三大理念与四个关键问题	课例研究
		• 通过反思，进行交流，促进教师专业的成长 • 建立尊重、互相信任的伙伴合作关系
3	聚焦学习成果	• 长远目标，促进学生的长期发展 • 关注学科与研究课的目标 • 聚焦学生如何学习 • 注重学习过程如何达致学习成果

（三）课例研究

学校组织各个学科，各个年级的"课例研究"小组，由学校里的高级教师、主导教师担任团队领袖。由于课例研究需要"校外专家"的参与，特级教师便在不同的校群，与高级教师、主导教师合作，共同展开课例研究的活动。

课例研究是帮助教师改进教学的有效检视工具，它主要通过集体合作备课、观课、反思来达至检视目的，效果是显而易见的（Catherine Lewis, 2002）。课例研究提供教师一双观察学生的眼睛，让教师深入观察学生如何学习；具体感知教师以前不曾看过的东西：那就是他们的思维与反应（Catherine Lewis, 2002）。因此，课例研究是了解学生问题及寻找解决方法的最佳途径（James Stigler & James Hiebert,

1999)。课例研究具备两种条件：一、让教师参与、分享成功教学的手段与平台；二、让教师成为主导者的专业学习模式。不少专家学者已指出：同辈指导与观课文化能让教师建立一个互相帮忙、互相支持的合作关系，从而在校内成功地建立正面的学校文化，让教师在自我反思之余，又能互为对方的楷模或顾问（李婉玲, 2005）。

课例研究是改进教学的过程，它经由教师共同设计、教学、观课、分析、调整、记录来达成。一次的教学称为"研究课"，两次研究课便形成一个课例研究圈，过程如图三所示：

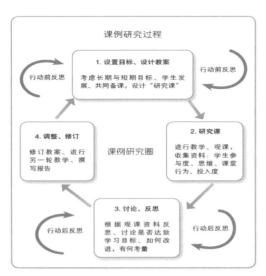

参考 Lesson Study: A Handbook of Teacher-Led Instructional Changeby Catherine C. Lewis (2002)，结合反思理论，林季华整理（2010）

图三　课例研究过程

四　通过课例研究促进教师专业成长

（一）"领袖教师"主导课例研究

新加坡在二〇〇五年开始推展"课例研究"（Lesson Study），国立教育学院与美国学者合作为教师开办课程，并在学校进行"课例研究"的实践。这些培训课与研究，都以英语为主，研究的课题也多围绕在数学、科学以及英文这几个科目。二〇〇九年底，教育部课程规划与发展司与华文高级教师进行对话，高级教师们提出了他们的意愿，他们希望能够参加中文的课例研究培训课，以华文教学的课堂，进行探讨与研究。教育部课程规划与发展司在了解了高级教师需要后，便邀请特级教师在二〇一〇年为学校教师进行培训。特级教师开发了"课例研究"的华文版教材，截至二〇一二年十二月底，全国有三百多所学校，超过一半以上的学校教师参加了特级教师的培训课。学校的高级教师参加了培训课后，回到学校便组织课例研究小组，并邀请特级教师担任校外专家（Knowledgeable Others）积极推动，进行课例研究活动，同时借助专业学习平台进行讨论与反思。由此，特级教师便成为课例研究的主导者，与主导教师、高级教师建立伙伴关系，共同促进教师的专业成长，"领袖教师"在教学实际中发挥领导教师的作用，在课堂中探讨有效的教学法。

学校的教师在经过课例研究的过程后，发现了课例研究的意义，有了教学意识的觉醒，就如一位教师的反思：

> 课例研究让我更深入的思考如何让学生在更大程度上达到学习目标的问题，我对"以学生为中心"有了更深层的认识。在今后的教学中，我会安排更多且有效的"以学生为中心"的课堂活动，以提高学生对华文的学习兴趣和效果。

"课例研究"在新加坡教师之间逐渐形成共同的话题，教师们也十分期待有机会能进行更多的交流。因此，特级教师便与主导教师、高级教师携手合作，举办公开课、全国课例研究分享会，带领教师参加世界课例研究大会。二〇一一年底，特级教师与高级教师结集出版了《课例研究－课堂里找答案》。这本集子的出版意义重大，这是本地第一本以华文课堂为中心的"课例研究"出版刊物。"领袖教师"开发的资源，成为专业学习社群的阅读材料，引领教师成为研究型、反思型的教师。

"领袖教师"通过课例研究，在全国、校群、学校的不同层面上，推动"以教师为主导"的模式促进教师的专业成长。这些协作模式有以下三种：

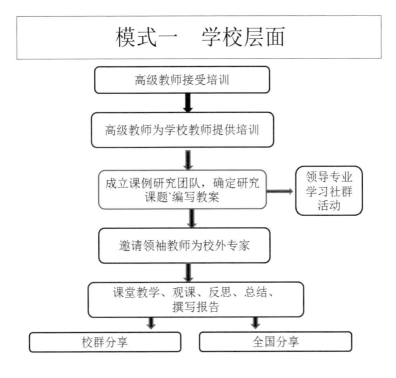

图四　学校层面协作模式

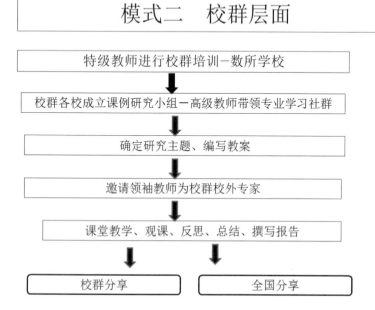

图五　校群层面协作模式

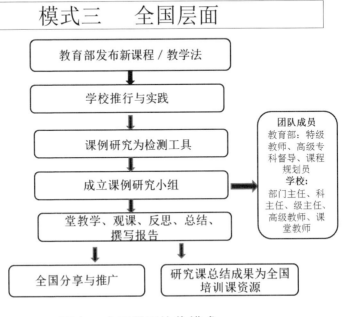

图六　全国层面协作模式

（二）课例研究案例

研究课题：如何利用动漫扩展学生的思维，丰富作文的内容

教学年级：小学四年级

教学时间：六十分钟

参与人员：执教教师、课例研究团队教师、课例研究组长（主导教师）

校外专家：特级教师

一般上，学生在写看图作文时，常无法想象或推敲出图中没有出现的情节，以致写出来的作文只有短短几句，或者不能连贯。有鉴于此，教师们设计了动漫作文，让学生观看每个图背后隐藏的情节，然后才开始写作。教师们坚信动漫能调动学生的积极性，激发学生的学习兴趣，通过视觉提供画面，铺展情节，扩展学生的思维，从而丰富作文的内容。

教学设计的考量包括：

- 学生的思维模式，学生能看到图片，但无法看到细节，推进情节的发展。因此，教师从学生的认知水平来进行思考，将平面的图片化为立体、动感的，帮助学生理解内容。

- 教师在设计动漫时，考虑到学生的差异性与多元智能。通过图像、视觉能帮助小学阶段的学生理解，联系原有知识，进而投入学习之中。

- 教师如何将教学内容以合适的方式呈现给学生，课前的思考、选材与设计十分重要。

课堂教学一

第一堂研究课：观察学生在没有动漫协助下写作的情况。

第一堂课	教学过程
	1. 引起动机：排一排（5分钟） 　学生把打乱的图片按情节先后顺序排列

第一堂课	教学过程
	2. 说一说：同学们根据所提供的词语在教师引导下说一说故事情节概要（10 分钟）
	3. 交代分组活动事宜（5 分钟）
	4. 分组活动：两人一组进行活动（15 分钟）
	（一）填写词语：把提供的词语填在适当的格子内。
	（二）看一看，说一说：两人一起讨论作业纸上的问题。（两两说）
	5. 写一写：学生各自完成教师指定的情节（15 分钟）
	6. 点评：教师抽样请学生上来分享完成的段落内容，其他同学进行点评。（10 分钟）

课堂观察与教师反思：

课例研究小组成员进入课堂观课，聚焦学生的学习与反应。课后，进行观课反思。反思以课堂观察所得为讨论依据。特级教师担任"校外专家"，引导教师进行思考。以下为教师的课后反思：

- 大部分学生只能根据每张图片简单的写出一两句话，无法联想出隐藏在图后的情节。由此可见，学生在观看静态的图片时，脑中无法勾画出情节，无法进行细节的描述，这使得他们的内容无法拓展。（**特级教师评：学生的思维模式与脑中的图像是教师该关注的重点。教师在进行教学设计时，要考虑学生的年龄与思维，不能以成人的模式来理解学生。因此，教师应思考如何引导学**

生，让他们能理解与投入学习。）

- 教师用提问方式协助较弱的学生写作时，学生写出来的作文虽然内容较丰富，但是从学生的反应中，看得出他们并不喜欢这样一问一答被动的学习方式。因此，教师意识到要学生投入学习之中，就必须寻找可行的策略。（**特级教师评：教师可思考如何应用有效的提问技巧，或其他方式让学生投入学习之中。**）

- 学生们在进行两两说的时候，程度差的学生只有聆听的份，却没有机会说。有两三个程度较差的学生，在同学和教师的协助下，还是无法在指定的时间完成一个段落。因此，提供辅助与学习鹰架是十分重要的。（**特级教师评：如果程度好的学生积极参与学习，而程度差的学生被忽略了，就不能算是投入型的学习课堂。应用差异性教学的原则，通过过程与成品的差异性设计，能使得不同程度的学生达到不同的目标与高度。**）

- 大部分学生在朗读自己写的段落时，声音太小，其他同学无法听清楚，这显示学生缺乏信心。（**特级教师评：从这里让老师思考的是，我们是应该让学生做课堂的主人，让他们多参与活动与开口。学生自信心的缺乏，正是一面镜子，让教师反思该如何营造轻松的学习氛围，让学生有机会多开口。此外，声量小，其他同学听不清**

楚，看起来是小问题。但是，这会影响同学们的投入度，一些同学会失去注意力，甚至带来课室管理的问题。）

- 在排一排的活动中，只是请四位同学出来排列图片。因此，不是每个同学都参与，有些同学便不能集中注意力。从这里，教师看到学生的特点与学习状况。因此，教师须改变方法，带动全班学生共同聚焦，集体学习。（特级教师评：有些学生不能集中精神，教师要如何设置班规，必须考虑如何照顾学习氛围。）

课堂教学二

第二堂研究课：观察学生在动漫的协助下写作的情况。

第二堂课	教学过程
	1. 引起动机：排一排（5 分钟） 学生把打乱的图片按情节先后顺序排列 （学生按照顺序在图片上填写 1、2、3、4 后，教师和学生一起讨论答案。） 2. 说一说：（15 分钟） 学生分段观看动漫后用所提供词语说出故事情节 3. 交代分组活动事宜（5 分钟） 4. 分组活动（10 分钟） 每组只写一段教师指定的情节。组长和组员一起复述。 指定段落的动漫内容，然后把提供的词语读一遍后才

第二堂课	教学过程
	各自开始写作。提醒学生一边写一边回忆动漫内容。 5. 写一写（15分钟） 学生各自利用提供的词语写出指定的一段。 6. 点评：（10分钟） 教师抽样请学生上来分享完成的段落内容，其他同学进行点评。（由于学生声音太小，所以让学生使用扩音器）

课堂观察与反思：

- 教师在排一排的活动中，指示不够清楚，进行的速度太快，以致学生作答时有茫然的感觉。在学生还没回过神时，教师又快速提供正确答案。这个环节，教师反思在教学中由于担心时间不足，因此加快速度完成任务。团队教师意识到，指示语对学生来说，十分重要。同时，在实际的课堂教学中，如果要促进学生的学习，"等待"时间是不可忽略的。（特级教师评："提问"是促进学生学习的一个重要策略，但是教师常常忘了让学生思考，利用"等待"时间让学生回答。教师总是为了节省时间而直接告诉学生答案，久而久之，学生便不用动脑筋思考，教师也很快地失去学生。要让学生投入学习之中，教师的观念与意识十分重要，必须由"以教师为中心"转移到"以学生为中心"。）

- 学生第一次观看动漫作文情节时，由于图像鲜明，引起学生的兴趣。教师观察到学生注意力非常集中，很快便清楚了情节的发展。（特级教师评：要让学生投入学习之中，配合他们的兴趣与好奇心，能够调动他们的积极性。此外，借助资讯科技设计动漫，提供情境，铺设了讨论的"桥梁"，让学生能拥有共同的图像，共同的话题进行讨论、分享与反馈的活动。）

- 由于教师交代人物身份时含糊不清，所以写第一段的好几个学生在写作时，一会儿写哥哥，一会儿写国华。由此可见，教师在教学时，强调关键点，注重细节，是教学中重要的环节。（特级教师评：教师应用的语言、指示语是课堂活动与任务成功与否的重要因素。有时候，学生不能达到目标，并非他们不积极学习，而是他们感到茫然。因此，教师将大任务分解成小任务，提供指示与反馈，才能提高学习成效，达到预期的效果。）

- 在这堂课中，教师们都发现当教师说可以开始写作时，同学们脸上都露出跃跃欲试的兴奋表情。这跟以前的"痛苦"表情是截然不同的。（特级教师评：从这里我们可以看到选择适当的内容，配合学生的心智发展与兴趣，以生动的形式呈现，能调动学生的积极性，让"痛苦"的任务变成"不太痛苦"，使学生在情感上投入学习之中。教师给予同学们引导，提供"鹰架"，照顾不同能力的学生，给予帮助，将建立他们的信心，让他们体验成功的喜悦。这样才能做到让每一个学生都投入学习之中。）

（三）课例研究与教师成长

在进行了两堂课例研究课后，便完成了一轮的"课例研究圈"。课例研究小组成员反思在课例研究过程中的收获与成长，教师在反思中指出：

"教师的每堂教学都是一次的实验。唯有如此，老师才能时时提醒自己从实验结果中学习。"

"我重视反思的部分，因为在进行反思的时候，我们会发现自己忽略的部分。反思不是批评，而是提出问题，然后大家努力想出解决办法。优点，大家学习；缺点，设法改进。"

"课例研究是一个有效激发思维的途径，也是让我们检视及反思课堂教学的工具。更重要的是，在参与、观察与反思的过程中，课例研究提高了我们的教学水平，促进我们的专业成长。"

"课例研究让我们在日常教学中能够更有意识地观察学生的反应，使得教学内容、方式以及难度更加适合学

生。在不断反思与改进中，我们的教学才能使学生获
益，个人也不断成长。"

"通过课例研究，我们能够深入地观察学生如何学习，
让我们发现更多在平时课堂中容易忽略的细节。另外，
同事之间的共同合作和分享，也能让我们互相学习、共
同进步。"

五 结语

新加坡教育部一向注重教师的专业发展，教师职业轨道
制定了明确的职业发展方向。"教师专业与个人发展配套"
的推出，从整体来看待教师的职业和个人发展，以塑造一群
高素质的教师队伍。除了由上而下的培训模式，近年来，教
育部积极推动由下而上，建立教师主导的专业成长模式。这
种转变，需要教师改变观念，培养教师正确的协作学习观
念。在这个过程中，"领袖教师"便能发挥引领与"脊梁"
的作用。新加坡的"领袖教师"在这几年内，正努力朝这个
方向迈进，并以课例研究为工具，建立了不同层面协作的模
式。

我们希望新手教师在资深的"领袖教师"带领下，减低
孤独与挫败感，能稳健成长，诚如一位新进教师在反思中表
示"在学校高级教师的指导下，我发现我更有自信地展开教

学。高级教师不但为我们分析研究课的优缺点，还提出宝贵的意见让我们参考。在拟订教案时，我也会参考高级教师所提供的意见，修订教案。课后，高级教师参与讨论，发表对该课的看法，让我能进行反思，以便改进课堂教学，获益良多"。这个"导师"与教师合作的过程，也是培养"娴熟教师"的重要途径。一位高级教师指出"我认为校外专家／顾问参与课例研究是十分必要的。他们在课例研究中扮演着导航者和护航者的角色。作为一线教师，我们具备丰富的实战经验，但是，一项教育研究光凭经验是远远不够的，还需要充分的理论作为指导，才能得出科学的结论。而校外专家／顾问恰好可以为一线教师提供理论方面的指导。"她也指出"大部分教师长期在同一所学校任教，容易陷入'只缘身在此山中'的局限。而校外专家／顾问经常与不同学校联系，视野比较开阔，能够提供比较客观而中肯的建议。"

新加坡的领袖教师在教师主导的专业成长中，开始了一些探索与实践，我们希望在现有的基础上能进一步发展，开发一些检测的工具，并结合教师职能发展框架，进行科学性的研究与总结。

参考文献

李婉玲　《教师发展——理论与实践》　台北　五南圖書出版公司　2005 年

许景辉、李伟成　《领袖教师与教师专业发展》　香港　汇智出版公司　2005 年

林季华、李玉娇　《课例研究——课堂里找答案》　新加坡名创出版社　2011 年

新加坡教育部网站.http://www.moe.edu.sg

Barth, R.S. *Improving schools from within: Teachers, parents, and principals can make the difference.* SanFrancisco: Jossey-Bass.

Catherine C, Lewis. *Lesson Study: A Handbook of Teacher-Led Instructional Change.* Research for Better School, 2002.

Crowther, F., Kaagen, S.S., Ferguson, M., & Hann, L. *Developing teacher leaders:Howteacher leadership enhances school success.* Thousand Oaks, CA: Corwin Press, 2002.

James W. Stigler**.,** & James Hiebart. *The Teaching Gap: Best*

Ideas from the World's Teachers for Improving Education in the Classroom. The free press,1999.

Pellicer, L.O,. & Pruitt, E.Z. *Schools as Professional learning communities: Collaborativeactivities and strategies for professional development.* Thousand Oaks, CA: Corwin Press, 1995.

——原文刊载于《国际汉语教育》2013 第一辑

作者简介

黄黛菁博士，北京师范大学汉语言文学学士、硕士，南京大学中国语言文字学博士。现任新加坡教育部课程规划与发展司华文首席特级教师，新加坡华文教研中心讲师。曾担任英华学校附小母语部门主任，二○○○年获颁全国模范华文教师奖，二○○八年获得北京师范大学杰出硕士论文奖。主要研究方向为二语教学、口语教学、写话教学及有效的课堂教学策略和教学法，曾受邀到北京、天津、无锡、杭州、郑州等地分享与示范新加坡的教学策略。

吴宝发博士，南京大学中国语言文字学博士。现任新加坡教育部课程规划与发展司华文特级教师、新加坡华文教研中心课程主任。曾任高中华文教师、新加坡教育部课程规划与发展司规划员和中学母语部主任。目前主要从事华文教师的培训工作，授课领域以阅读理解为主，同时也做课堂教学法与教学策略调控的研究。

周凤儿，南洋理工大学教育学院学位、专业部门管理文凭。现任新加坡教育部课程规划与发展司华文特级教师、新加坡华文教研中心讲师。曾任教育部教育科技司特别项目发展教育官、小学母语部主任、训育部主任、体育主任等职位。也是全国推广华文与文化委员会委员，小学新教材指导委员会委员，新加坡华文教师总会研究主任。领导教师专业团体出版儿童读物、设计教学课件与系统化的写作教学活动、进行专业提升的研究与教学探讨。主要从事语文教学与评价、小学校本课程的开发、协作学习、教学平台的使用等教学与研究。

张曦姗，新加坡国立大学中文系硕士。现任新加坡教育部课程规划与发展司华文特级教师、新加坡华文教研中心讲师。自一九八四年起任教于维多利亚初级学院，从事高中华文、中学高级华文以及高中文学主修课程的教学与研究。二〇〇八年获全国模范华文教师奖。主要研究兴趣为中学／高中口语教学、高中文学的教学策略与文本分析以及华文教材设计。

郭秀芬，新加坡国立大学中文系荣誉学位，澳洲昆士兰大学教育硕士学位。曾在政府学校（德明中学）、自主学校（英华自主中学，莱佛士书院及新加坡女子学校），高才教育课程担任华文教师，科目主任、课程主任、部门主任等职位。二〇一一年开始在新加坡华文教研中心担任在职教师培训讲师，二〇一一至二〇一三年担任中心的副课程主任，二〇一三年被委任为新加坡教育部课程规划与发展司华文特级教师。个人学术研究兴趣主要有：评价与测试、课程教材的使用及非华裔学生学习华文华语的问题。

郑迎江，南京师范大学汉语言文学学士、语文学科教学论教育硕士。现任新加坡教育部课程规划与发展司华文特级教师、新加坡华文教研中心讲师。曾任南京师范大学附属幼儿师范学校暨江苏省教师培训中心讲师，新加坡友诺小学母语部门主任。曾获颁二〇一二年新加坡国庆日表扬奖章、二〇一〇年新加坡教育部卓越服务奖、二〇〇八年全国模范华文教师奖。合著有《现代幼儿教师素养新论》（与万迪人、陈国强合著，南京师范大学出版社，2002）。

洪瑞春，新加坡南洋大学文学士，华中师范大学文学硕士（武汉）。现任新加坡教育部课程规划与发展司华文特级教师、新加坡华文教研中心讲师。一九八三年开始从事华文教学工作，二〇〇九年受委为华文特级教师。主要研究范围包括阅读理解策略、阅读理解到写作策略、差生教学策略、华文课堂教学设计与电影教学设计与实践等。

谢瑞芳，新加坡南洋大学文学士荣誉学位，南洋理工大学国立教育学院教育硕士。曾任教育部课程发展署小学华文教材组专科视导，中学母语部主任，教育部项目司高才教育组高才教育专科视导。现任新加坡教育部课程规划与发展司华文特级教师、新加坡华文教研中心讲师，也是教育部"二〇一一中学华文教材工作委员会"委员。带领教师团队探讨有效的教学法，使用中学华文新教材以提升学习效果，配合教师的专业进修提供相关的培训与咨询，通过课例研究促进教师的专业成长。

林季华，南洋大学文学士、新加坡国立大学中文系硕士。曾获新加坡教育部高级学位奖学金、模范华文教师奖。曾任中学母语部门主任、小学副校长、教育部特别项目专员。现任新加坡教育部课程规划与发展司华文特级教师、新加坡华文教研中心讲师。也是全国推广华文学习委员会委员，新加坡中学华文教师会副会长。主要专长领域为课例研究、投入型教学、差异教学以及亲子阅读。二〇一一与教师出版《课例研究——课堂里找答案》。

陈玉云， 新加坡国立大学文学士、南京大学工商硕士，现为新加坡课程规划与发展司特级教师，新加坡华文教研中心讲师。曾在建国中学、莱佛士书院、南洋女中、东林中学、华侨中学担任华文教师。在华义中学担任母语部主任期间，获得最佳个人贡献奖以及两次最佳小组贡献奖。曾在教育部总部担任高才教育专科视学、中学华文、小学华文课程规划员、二〇〇四年华文课程与教学法检讨委员会资源组组员。二〇〇五年获颁教育部卓越服务奖。二〇一〇年获得新加坡国立教育学院颁发的学校管理与领导课程-课程设计最佳小组奖。期间也受早报邀请参与《读报教育》教师手册的编写，并参与华文教研中心探究式学习以及自主性学习等校本研究。主要研究兴趣为口语教学、课程设计与教学、探究式学习、自主性学习、创造性思维教学以及批评性思维教学。

林振南， 南洋大学中国语言文学系荣誉学士，新加坡课程规划与发展司特级教师，新加坡华文教研中心讲师，担任《联合早报》学生报咨询，新加坡华文教师总会咨询，主要研究领域包括重理解课程设计、教育戏剧、社交技能与情绪管理教学、中学教材教学策略与评价、教学设计、教师领导、课例研究、合作学习、读报教育等。

新加坡华文教研中心丛书 1201002

深入教学
——新加坡华文特级教师的教学实践与反思

主　　编　陈志锐

责任编辑　吴家嘉

题字·印章　陈志锐

发 行 人　陈满铭

总 经 理　梁锦兴

总 编 辑　陈满铭

副总编辑　张晏瑞

编 辑 所　万卷楼图书(股)公司

排　　版　浩瀚电脑排版(股)公司

印　　刷　中茂分色制版印刷事业

　　　　　(股)公司

封面设计　斐类设计工作室

发　　行　万卷楼图书(股)公司

台北市罗斯福路二段 41 号 6 楼之 3

电话　(02)23216565

传真　(02)23218698

电邮　SERVICE@WANJUAN.COM.TW

大陆经销

厦门外图台湾书店有限公司

电邮　JKB188@188.COM

ISBN 978-957-739-886-4

2015 年 1 月初版

定价：新台币 480 元

如何购买本书：

1. 划拨购书，请透过以下账号

　账号：15624015

　户名：万卷楼图书股份有限公司

2. 转账购书，请透过以下账户

　合作金库银行　古亭分行

　户名：万卷楼图书股份有限公司

　账号：0877717092596

3. 网络购书，请透过万卷楼网站

　网址 WWW.WANJUAN.COM.TW

大量购书，请直接联系，将有专人

为您服务。(02)23216565　分机 10

如有缺页、破损或装订错误，请寄

回更换

国家图书馆出版品预行编目资料

深入教学：新加坡华文特级教师的教学
实践与反思 / 陈志锐主编.

　-- 初版.-- 台北市：万卷楼, 2015.01

　面；　公分.-- (华文教学丛书)

简体字版

ISBN 978-957-739-886-4(平装)

1. 海外华文文学 2.语文教学 3.文集

850.907　　　　　　　　103019170